U0588373

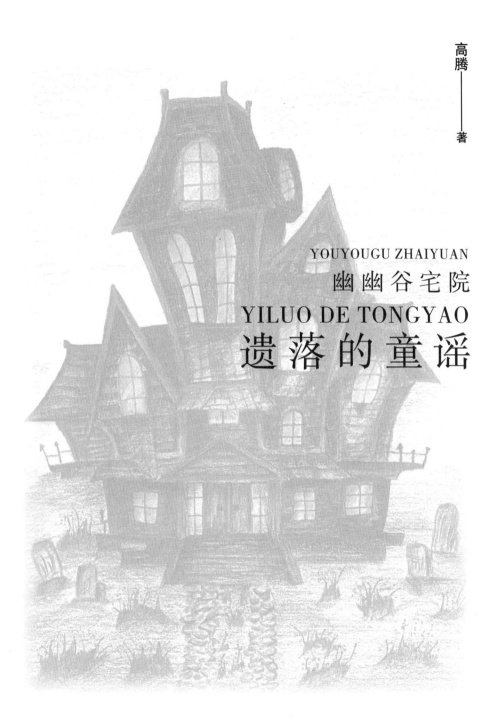

高腾——著

YOUYOUGU ZHAIYUAN
幽幽谷宅院
YILUO DE TONGYAO
遗落的童谣

时代出版传媒股份有限公司
安徽文艺出版社

图书在版编目（ＣＩＰ）数据

幽幽谷宅院.遗落的童谣/高腾著.—合肥：安徽文艺
出版社,2024.4
ISBN 978-7-5396-7953-2

Ⅰ．①幽… Ⅱ．①高… Ⅲ．①推理小说－中国－当代
Ⅳ．①I247.5

中国国家版本馆 CIP 数据核字(2024)第 026575 号

出 版 人：姚　巍
责任编辑：王婧婧　　　　　　　　　封面设计：张小蕾
···
出版发行：安徽文艺出版社　　www.awpub.com
地　　址：合肥市翡翠路 1118 号　　邮政编码：230071
营 销 部：(0551)63533889
印　　制：武汉楚商印务有限公司　　(027)65611006
···
开本：710×1010　1/16　印张：23　字数：300 千字
版次：2024 年 4 月第 1 版
印次：2024 年 4 月第 1 次印刷
定价：98.00 元
···
（如发现印装质量问题，影响阅读，请与出版社联系调换）
版权所有，侵权必究

谨以此书

献给

所有热爱冒险，尊重、理解友谊的孩子，
还有，痴迷冒险和侦探推理的童年的我。

鸣　谢

　　首先感谢张小蕾张姐在百忙之中帮我绘制了富有故事特色的图书封面，我第一部作品的封面也是她绘制的。尽管这对她来讲可能算是两次业余的习画练笔，但她细腻又精致的笔触确实让整本书更加丰富多彩。

　　我觉得发表一些读者对前作的看法，是一件有必要的事情。无论读者的读后感对这本书是喜爱还是吐槽，对于我的写作都是有助益的，继续保持优点，或者吸取教训改正缺点，都是收获。而且，其他小读者也可以以此作为阅读参考。对于插图，我觉得当然是成熟的成人画风更显严肃，但是我阅读研究的其他儿童文学作品中，并非处处可见我设想中的成熟画风插图，反而有许多孩子们自己画的图画，他们自己的画风，与故事内容更加匹配。儿童文学作品搭配童趣十足的插图，我想这样能让更多小读者对故事情节产生共鸣吧。

　　所以我还要感谢苏思霓、柯子涵和文连硕三位小朋友，在 2023 年暑假伊始，他们好不容易从繁忙的学校生活中盼来了两个月的暑假，能够放松身心，呼吸暑期令人愉悦且更加自由的空气，却意外接到了美术课和语文课的额外作业。我不知道他们的内心有没有为此略微一沉，然后开始面临老师检查作业的心理压力。毕竟，我上小学的时候，也不怎么喜欢写作文，特别是读后感或者观后感之类的文章。柯子涵和文连硕两位小朋友也是对文章改了又改，才认真誊抄在作文本上。而苏思霓小朋友在课外班学习美术，这在她看来可能也不是一次自由创作，而是另一项家庭作业。因此，这些对于他们来讲，也许确实是比较头疼的任务。

真是辛苦他们了。

在这儿我再次对三位小朋友表示感谢，希望你们之后每个假期都快乐、健康地度过。

高腾
2023.7

冒险与友谊

《消失的密码》读后感

在学习之余，我们的欢乐可以是和父母的野餐，山谷的探险，同学的聚会和课外书带来的愉悦。最近我阅读了《消失的密码》后，不仅享受了读书的快乐，还收获匪浅。

《消失的密码》以中国名画《骷髅幻戏图》为线索推动故事情节。本书讲述了两个同姓的六年级的哥哥寻找名画、探索名画秘密的惊险故事。

这让我想起大作家马伯庸先生写的《古董局中局》了，《古董局中局》也是讲述了三代人为了保护国宝，就是一尊武则天时期的玉佛头，而勇往直前，冲破层层阻碍，最后成功的故事。

《消失的密码》有明线和暗线两条线索。明线就是对名画的追踪与解密，暗线就是"友谊"两个字，也就是主旨。

友谊，只有用心才能看见。本质的东西用眼是看不见的。友谊不正是如此吗？李天择与李力锋追击"飞猪"团队时，他们俩的矛盾使"飞猪"行动秘密暴露，行动差点失败。两位好朋友尽管为此产生了很大的矛盾但还是出于对彼此的关心，相互帮助，相互照应，一起脱离困境。

　　所以友谊是珍贵的，友谊是伟大的。如果没有友谊，那么所有人都会在互相猜疑、妒忌中过着孤独寂莫的生活。它会激励人心，它会让人体会到拥有朋友的快乐与幸福，让我们开心地生活与学习。

　　我也阅读过其他的世界名著，比如：《童年》、《金银岛》、《老人与海》等，但《消失的密码》更贴近我们生活的环境，让我感受更加真实，我能很快进入书中精彩的世界，与主人公一起冒险，感受他们的想法，并从中学习更多的道理。

　　《消失的密码》让我们对做人要诚实，对朋友要忠诚这个道理有了更深刻的理解。不仅仅是"隐瞒，有时也是一种欺骗，关键看对方怎么去理解"。

　　　　　　《消失的密码》读后感
　　我满心期待地将这本书阅读了数遍，深陷其中无法自拔。那些经典的人物在我脑海里萦绕不绝……

　　我最喜欢的角色是李力锋，在全书中也算半个主角。我印象最深的一件事就是"飞猪行动的时候，为了确保天择的安全他不惜与天择发生了矛盾。尽管如此，他最后也不放弃队友，以机智的行动得天择解救于水火之中，两人最终和好如初。李力锋非常有个性，也十分机智有头脑。作者将他塑造得非常巧妙，在我的生活中也有这么一类同学，有个性，有胆量，敢作敢当，也很有责任心。

　　还有一个角色就是朱飞天了。在故事的前半部分，他充当的是一个搞笑的角色，真的好像一头猪"到了后半部分，他明白了真相，队友被天择请他吃包子所感动，于是开始保护天择，不让他被反派伤害。因此我明白人是有两面性的，只有在不同角度审视，才能得到更确凿的结论，而朱飞天的本心弃了切，只因为生活所迫被逼无奈、才当了一小阶段坏蛋的。

　　我印象最深的还有一句话："隐瞒，有时也是一种欺骗，关键看对方怎么理解。还有，你愿不愿意为了他的看法改变自己"。

　　除此以外，这本书还告诉我很多为人处事的道理，使我和同学们在现实世界的相处中受益匪浅。

　　故事那一个个生动鲜明的角色印入我的记忆，久久挥之不去。我缓缓合上书本，仿佛置身于神奇的书中世界之中……

　　　　　　　　　　　　　　　文连硕11岁

自　序

一个故事就像房间墙上画着几扇假门，虽然有很多可供选择的大门，但当作者将我们引向其中某一扇时，我们知道那是正确的，因为它被作者打开了。

——约翰·厄普代克

说来也巧，我刚刚修改完本书关于三星堆一号青铜神树的情节，就接到了好友的邀请，邀我前往四川广汉的三星堆遗址参观。这个机会我当然不能错过，因为自从将三星堆遗址的相关文物列入我的写作计划之后，我就一直希望亲自前往三星堆遗址，亲眼欣赏那些曾在网络或者书籍中见过照片的文物。

于是今年的四月一日（巧的是参观这样一个对我来讲相当严肃神圣的博物馆，居然是在一个愚人节），我终于满怀激动地见证了三星堆博物馆的壮阔气势，放眼望去全是人，汹涌的人潮几乎淹没了展馆建筑和展品。对我来说，我当然希望能安安静静地参观一座蕴藏神秘文化的博物馆。不过，摩肩接踵的游客还是令我感到非常激动，因为三星堆文化能够吸引这样多的中华儿女前来观瞻，体现出中华子孙对我国历史文化的热情。在去年三星堆遗址发布新的发现之前，这儿还没有这样热闹。所以这样的文化国粹需要更多的宣传和介绍。

三星堆文化属于古蜀文明，古蜀文明与华夏文明和良渚文明并称中国三大上古文明，历史时段在四千多年前。至于古蜀文明到底有没有自成体系的文字系统，目前学者们也是众说纷纭。但是，出土文物表面所刻画的植物形符号、动物形符号、人形符号、器物形符号、建筑形符号和几何形符号，也许可以理解为一种表意的象形文字吧，就如古埃及和玛雅文明的象形文字一样。

三星堆遗址的魅力不仅在于其出土的精

美艺术品——当然，在当时这些艺术品主要是被用于祭祀而不是摆设，还在于其文化的神秘性，用唐代诗人白居易《琵琶行》中的一句诗"犹抱琵琶半遮面"可以形容其"含蓄"。

在这座热闹的博物馆内，除了国宝级文物青铜大立人像、金面具、青铜大面具、青铜纵目面具和青铜太阳形器之外，我最感兴趣的，当然正是本部作品中介绍的一号青铜神树。

我非常期待能够将三星堆的其他文物融入接下来作品的情节设计之中，能将我们祖国博大精深的历史文化宣传发扬，是我的荣幸。希望我们的小读者能够对我国的历史文化产生更加浓厚的兴趣，将来填补中国历史文化的空白之页，将中国悠久又伟大的文化永久传承。

中国的文化博大精深，不只有历史文化，还有人文文化。接下来就要谈一谈这本书的主题了。

颜面问题是这本书的主题之一，其灵感起源于我求学时代一次丧失颜面的严重事故。高中二年级时，我的主攻方向是理科，所以对语文这门学科有所轻视，古诗词没有及时背诵，以至于一次月考失误，分数刚及格，成了全班垫底儿的。这就够糟糕的了，更糟糕的还在后面，语文老师居然当着全班的面宣布了成绩，最糟糕的是他没有宣布全班同学的成绩，只宣布了我一个人的名次和分数，当时看来，这纯粹就是跟我有仇。按他自己的说法，这是为了给我警示，让我更努力地学语文。

大家需要知道一下这件事的背景。我所在的理科班是高新一中的重点班，这个班里大大小小的消息课间还没结束就会传遍全校，曾经我们班一节语文课讲的内容是"语素"，课间居然被传成了"语速"，其他班的同学大惑不解："这说话速度是快是慢还有啥讲究嘞？"所以那一次我的名字传遍了全校。记得上一次我的名字传遍全校，是高一第二学期期末考试，我的化学成绩获得了全校唯一满分的时候。想想看，我的心理落差是多么大。

没错，那个老师试图以让人颜面尽失的方式激励人前进。

这是错误的方式！我至今都这样认为。

但与当初不同，现在我不认为他这样做是跟我有仇，也许他是为我好，我理解他的用意，但我不认可他的做法。虽然我后来不敢再小觑语文这门课程，成绩也没再像那一次一样糟糕，但这是后话。

这就提到了两件事，第一件事，颜面问题；第二件事，关心一个人，是应该用自己的关心方式，还是用对方认可的关心方式？

颜面，说小了是面子，说大了是尊严，是人们相处的相互尊重。

颜面丧失或因自己做事不当，或因朋友的无意失误，小说的起始，李力锋就属于前者，天择则属于后者。丧失颜面之后，产生负面情绪是正常的，特别是很被动的时候——这种场景在现实生活中很普遍，成年人世界中的这类例子也不胜枚举——接下来矛盾出现，麻烦丛生，好朋友之间又该怎么相处呢？

小说以此为开端，在之后的情节发展过程中，朋友之间发生的大事小事，将让主人公明白相互理解、互帮互助、互关互爱是作为朋友的义务。

人们会犯错，犯错了就要吸取教训，告诉人们不能怎么做与告诉人们应该怎么做同等重要，本部小说的情节设定更多考虑的是前者，因此颇具警示意味，戏剧效果也比较夸张。

本书的主题仍然是关于友谊，对于主题的诠释分为两部分，上半部分通过颜面问题，告诉读者维护友谊需要理解包容朋友的过错，并积极帮助好朋友改错，让友谊更长久；下半部分则探讨了朋友之间相互关心的方式问题。每个人关心他人的方式是不一样的。正如查普曼归纳的五种方式：

1. 会说出关于关爱的字眼：这类人会说出"我欣赏你""感谢你"这类明确的字眼，对他们来说这很重要，他们用语言表达出他们确实关心你，你对他们很重要。

2. 贡献时间：这些人表达关爱的方式是坐在你身边，陪伴你，你是第一位的。

3. 赠送礼物：这些人认为赠送礼物能表达对好朋友的关心和关爱。

4. 用服务的行为：这些人通过洗衣服、帮助朋友解决问题来表达关爱，他们的关爱是积极的，通常无所不在又容易被忽视。

5. 身体接触：他们喜欢通过拥抱、拍拍后背或者搭着肩膀等方式表达朋友之间的友好和亲密。

那么，假如第二类人用自己的方式去关心第四类人，第四类人是否能理解陪伴的重要性？或者第五类人用自己的方式去关心第三类人，第三类人对于拥抱这个行为是否会感到不适？

所以重要的不是自己的关心方式，而是对方需要什么样的关心，对方认为怎样的行为才算是朋友之间的关心。否则，彼此的好意很难被对方明白，甚至还有可能造成误解，正如书中第二部分的情节发展一样。

本书的主题围绕朋友之间矛盾的处理以及彼此间相互理解的重要性而展开。友谊的主题并不复杂。剧作家大卫·斯托利说过一句名言：如果你能把一件小事做好，那你也应该相信自己能干成大事。维护友谊是一件生活中的平常事，却是漫长人生中的必修课。

目 录
CONTENTS

下篇　谜国之歌

目　录
CONTENTS

引　子

"砰砰砰——"

一阵急促的敲门声响起，坐在桌前的男人放下手中的一面铜镜，疑惑地站起身，白色的长袍在他身后飘拂。他打开门，一位身披黑色长衣的男人立在门口。

"你是谁?"

黑衣人没有回答，一只黑色的口罩将他下半张脸遮得严严实实，那双犀利的眼睛瞪着愣在门口的男人。他伸出瘦长的手指，递出一个羊皮纸袋。

"李亿恒交给你的东西。记住，一定妥善保存，里面还有一封他给你的信，一定亲启。"

白衣男人接过羊皮纸袋，直勾勾地盯着黑衣人:"你到底是谁?李亿恒在哪里?"

黑衣人转过身，摁下电梯按钮。"记住，务必妥善保管这些东西，信要亲启。"

电梯门打开了。

"等一等！"白衣男人叫住他，"里面的东西不会让人大吃一惊吧？"

黑衣人站在电梯里，回身望着他："我不知道。"

"喂！李亿恒到底在搞什么名——"

电梯门合上了。

黑衣人消失在视野中。

白衣男人坐回书桌前，将羊皮袋里的物品摊放在桌子上，手中举着一封信。信很短，但仍让他皱紧了眉头。

他放下信，担心地叹了口气："这可不好办啊。我该怎么做呢？"

突然，他冲出书房，敲响了女儿卧室的门……

上篇

古堡之谜

第一章　神秘罐头

古人说："谨慎小心就是一半聪慧。"

——《一千零一夜》　[阿拉伯]布拉克善本全译

"砰"一声巨响，教室的门弹开了。午后课堂的慵懒眨眼间烟消云散。

皮靴张立在门口，面颊如同一个要腐烂的番茄，鼻孔喷着粗气。

道德与法治课丁老师被吓得不轻，嘴巴半张着，望着这座随时会喷发的"火山"："张老师，您这是……是要'提审'哪个倒霉蛋呢？"

皮靴张看都没看丁老师一眼，目如刀光，扫荡全班："你们一个个是不是疯啦？没钱请什么客！谁昨天吃的霸王餐，给我站出来！"接着，皮靴张的视线锁定在一名同学身上，确切地说，是锁定在这名同学的课桌上，因为该同学已经钻到桌子底下，不见人影儿了。

"李力锋！是不是你干的！还有谁，给我站出来！"

丁老师诧异地看着教室里，四位同学低着头，颤巍巍站了起来，而桌子底下的那位同学，迟迟没有露面。丁老师谨慎地看向皮靴张："他们吃了多少钱的霸王餐啊？"

皮靴张不耐烦地瞪了他一眼："你们一个个都不嫌害臊！进个凉皮店，还能吃霸王餐！"

丁老师和其他同学捂住嘴巴，声音很大地偷笑着。

丁老师见瞒不住了，索性放下手："张……张老师，哈哈——呃，咳咳——先息怒，"他清了清嗓子，盯着那张桌子，"桌子底下躲着的是不是始作俑者？"

皮靴张轻哼一声："这不明摆着嘛！"

天择幽怨地瞪向李力锋，他真是恨死这位不靠谱的朋友了，难怪他昨天急急忙忙拉着他们出凉皮店呢！没钱你倒是早说啊，哪怕不吃，也不能做这丢人现眼的事情，天择愤怒地想，还装大款请客，谁家大款请人吃凉皮呢？

李力锋终于从桌子底下钻了出来，满脸通红，头都快缩进肚子里去了。

"你们五个马上跟我去办公室！"皮靴张激动地冲他们甩着手指，口水从豁牙喷涌而出，仿若一辆洒水车开到了教室门口，"你们欠人家店主一个道歉！还有二十五块钱！"

全班再也憋不住了，哄笑声几乎把房顶掀翻。

天择感觉面颊如沸水滚过，这下把人丢大了，没准儿全校都会知道这个笑话。

"还愣着干吗！"皮靴张气呼呼叫道。

众人艰难地迈开双腿，在全班同学戏谑的目光中，排成一列，跟在皮靴张身后。而"霸王餐行动队"的队长，扭着身子脚蹭着地，最后一个离开座位。

香喷喷凉皮店的老板是个大胖子，这会儿正襟危坐于办公室的沙发上。看见五个垂头丧气的小食客，他站了起来，大肚子都快掉地上了。他堆起一脸笑："张老师，没关系的，可能是孩子们忘记付款了，或者是——是——"他想为"霸王餐行动队"开脱，可找不到合适的理由。

皮靴张皮笑肉不笑："洪老板，您就别再替他们说话了。既然您不介意他们吃饭逃单，为什么还要来学校兴师问罪呢？"

洪老板双手扭在一起，露出不好意思的表情："其实我觉得这事就算了，可我老婆——嗨，"他右手一挥，"非要让我过来问个清楚，倒不是我们缺那几十块钱，只是——只是——"

"行了，你也别解释了，"皮靴张可能觉得老板编不下去了，对于他这个五大三粗的成年男人，坦白说自己其实很缺那几十块私房钱，可不怎么体面，"他们吃霸王餐确实不对，必须跟你道歉。"

"对不起，叔叔。"李力锋低头嗫嚅着。

洪老板笑呵呵地看着他："小朋友，下回可千万别逃单了，严重的话，会招来警察叔叔的。"

"好啦，"皮靴张一拍手，"洪老板，今天的事就到这儿吧，你赶快忙去吧。别忘了，晚上给我留双份米皮和肉夹馍，辣椒要多，放学了我去取，钱已经给你了。"

洪老板做了个"OK"的手势，转身要离开办公室。李力锋突然叫住他，从口袋里掏出一张五十元钞票，恭敬地双手递上前："叔叔，这是我们昨天欠的钱，本来我想放学后给您送过去，没想到您这么快就找到我们了。不用您找钱了，多出来的算作利息。"

洪老板吃惊地盯着钞票，又看看李力锋，接着哈哈大笑，大肚子像个大皮球一样颤动着。"小朋友，欠我的二十五块钱，你们张老师已经给我啦，确切地说，她给了我六十块钱，顺便预定了她今天的晚餐呢。你把钱还给你们老师吧。"说完，他走出办公室。

天择一直瞪着李力锋。他现在觉得李力锋的每一个毛孔都散发着令人生厌的气息。这会儿又充大款，还仗义地给人家算利息，你早干吗去了！

接着，他发现班花一直在办公室门口偷偷看着。这时已经下课了，越来越多的同学从门外经过。他好像看到洪老板与班花对视了一眼，还彼此轻轻点了点头。

天择顾不上无地自容了。他突然想起，今天是周日，为国庆节放假补一天课，昨天可是周六放假啊，他们玩过密室逃脱，晚上一起吃饭，根本没穿校服。而且凉皮店也不在学校附近，而在钟楼旁边，洪老板怎么可能这么快就知道他们在哪所学校哪个班级上学。

也许有人告密？

他没法再想下去了，因为皮靴张发作了。

皮靴张靠在桌子边缘，双臂抱在胸前。李力锋躲到了天择身后。

"给我站前面来！敢做不敢当，是不是男子汉！"

天择低着头，开始用手掌擦脸。五位同胞站成一排。

皮靴张甩着手指头，从左一个个指到右，又从右一个个指到左："你们啊你们，可真给我长脸！一碗凉皮五块，五个人二十五块钱——你们要逃单，能不能给我一个体面点的数字！"

天择沐浴在皮靴张倾盆大雨般的口水中，这时就听李力锋嗫嚅道："老师，您……您是说，下次我们要是逃个二百五十块的单，您会觉得体面一些？"

皮靴张张大嘴巴瞪着他。

天择双手捂脸，哀叹一声。他觉得脚下的地板，会像办公椅一样马上沉下去。

"你还想有下次！"办公室像是被雷劈了，空气轰鸣，"暴雨"倾盆，"你还敢吃二百五的霸王餐！"

"不不不，张老师，我不是那个意思，我们再也不敢了。"李力锋连连摆手，其他同学也连声附和，保证这辈子都不敢再吃霸王餐了。

"对对，张老师，我们再也不敢了。"天择赶紧接话，"我们保证，再也不会发生这种事情了。李力锋，"他转头看向后方，"快把钱还给老师。"

李力锋上前，战战兢兢地双手捧上五十元，献给皮靴张。

皮靴张瞪了他一眼，转过身去，手掌撑在桌面上，上半身一起一伏："拿走，"她努力平复语气，"算我请你们吃的。不过，天下没有免费的午餐，"她顿了一下，"也没有免费的晚餐！你们回教室吧。"

五名同学一句废话都没说，立刻转身，脚底抹了油似的蹿出办公室。

李力锋边走边拍胸脯："好险啊，幸亏没让我们写检查。皮鞋张肯定是忘了，对吧，天择？"

天择步伐飞快，紧跟着前面三位同学冲向盥洗室，他必须洗脸。

"喂，你干吗不理我？"李力锋拉着他的胳膊。

"你干吗？"天择叫道。

李力锋愣了一下："你怎么啦？为什么脸这么红？"

"你不觉得羞，我还害臊呢！"天择甩开他的手。

"你听我解释——"

"别碰我！"

"昨天我钱丢了。我不好意思说，就——"

天择愤怒地看着他："你现在好意思说了？等我们把脸都丢尽了，你才好意思说？你这个朋友可真让我丢脸！"

天择大步朝盥洗室走去，留下李力锋一个人愣在走廊上。

天择把水开到最大，从额头洗到脖颈，头脑中一直闪现洪老板和班花在办公室门口那不易察觉的点头。他拼命回忆昨晚上凉皮店里的场景，食客的确挺多，他没留意刘静涵是否在其中。

哎呀，好烦啊！天择甩甩头，反正我们吃霸王餐本来就不对，被人告密也是活该。要怪只能怪李力锋。

他洗完脸往回走，看见李力锋还孤零零地在走廊上站着，他胸膛贴在窗沿，探头望着楼下热闹的操场。

天择从他背后走过去，又倒了回来："喂！你不去洗脸吗？"

李力锋没转身，冷冰冰地回道："反正把脸都丢尽了，还洗它干吗呀！"

"你昨天只顾你一时的面子，害得我们四个人都丢脸，你还有理了！你爱洗不洗，关我什么事！"天择气呼呼地走向教室。

李力锋仍然自顾自地盯着操场上玩耍的学生。

天择坐在座位上，端着《百科全书（地球探险卷）》，可一个字都读不进去。他用厚重的大书挡住自己的视线，这样他就看不到其他同学时不时偷偷抛来的嘲讽目光。怒火如同岩浆一般在他体内翻滚，将他的胸脯顶得一起一伏。

他已经将同一页看了两遍，每个字他都能看懂，可就是在头脑中连不成图像。因为他的脑海中浮现的全部都是他和李力锋做朋友之后，发生在自己身上的难堪事。

近朱者赤，近墨者黑，他告诉自己，想当初我可从没这么丢人过，自从跟李力锋交朋友之后，连同学们看我的眼光都变了。我到底是哪根筋不对了，竟会和他做朋友！

许多的同学围成一堆一堆，看着天择窃窃私语，甚至指手画脚。天择恨不得找个地缝钻进去。上课铃响了，天择终于能松口气，不用再忍受那些戏谑的眼神了。

语文课高老师在讲台上神采飞扬地讲解孟浩然的《宿建德江》："注意啊，同学们，这首诗并不是在单纯地描写景物，诗人是在借景抒情，抒发乡愁。秋天，最容易引发人们的乡愁……"

天择用手撑着头，听着上句没下句。听着听着，他发现高老师不知怎的，将孟浩然与陶渊明联系了起来。他坐直了，开始认真听讲，因为爷爷的笔记本中写到了陶渊明的《桃花源记》，而且秘境也跟桃花源有关系，所以，他对这位诗人既敏感又好奇。

"同学们啊，陶渊明对孟浩然的影响是很大的，特别是陶渊明的田园诗歌，孟浩然借鉴了不少，比如孟浩然的《过故人庄》中'故人具鸡黍，邀我至田家'一句，正是借鉴了陶渊明《归园田居》其五中的'漉我新熟酒，只鸡招近局'一句。当然你们现在还没学到陶渊明的诗，我只是拓展一下。我本人就很喜欢陶渊明，你们上初中就会学到很多陶渊明的诗作，他是我国东晋伟大的田园诗人。不仅如此，陶渊明还对上古神话很感兴趣，他读完《山海经》这部传奇之书后，创作了《读山海经》诗，一共十三首，有兴趣的同学，可以找来读一读。说到这个《山海经》啊，我也非常感兴趣……"

天择意识到高老师跑题跑得很远了，他们即将从课本中的建德江美景穿越到上古神话。而他已经准备好了，全班同学都准备好了。高老师经常用这种跑题而又奇妙的讲解，拽回放飞思想的同学的注意力。

一看大家都来了兴致，高老师继续说："《山海经》不是一蹴而就的，不是一人一时所作，比如，最早成书的《山经》，年代在唐虞之际大禹治水之后，在先夏时代。不过我国已知最早的文字甲骨文是在殷商时代诞生的。所以，先夏的《山经》没有文字记录，是通过口口相传的形式来传播的，还使用图画的形式流传，这就是当今早已失传的《山海经图》。而最后成书的《海内经》，成书时间约在西周末期，或晚至春秋战国，是用文字记载的。"

高老师顿了一下，环视全班，见所有人都紧盯着他，便知自己目标达到了。"那么，"他接着说，"咱们回到建德江边，看看孟浩然是怎么抒发乡愁的。"

全班传来唉声叹气的声音。

天择又把头撑在手上，无精打采地盯着语文课本。

正在这时，他听到后排传来窃窃私语的声音，李力锋正在和同桌张妮妮就某事展开激烈的争论。

"开不开？"李力锋嘀咕着。

"不行，正上课呢。"张妮妮低声反驳。

"高老师不会发现的。这应该很好吃。"

"上课不能吃东西。"

"哎呀，你看这标签上的图片，如此美味，你怎能忍住口水呢，馋了吧？"

"还是下课吃吧，现在吃会被发现的。"

"下课还有你的份儿吗？我那帮虎豹豺狼兄弟早就把它抢光了，我都吃不上。我们偷偷吃，不会被发现的。人得有点儿胆魄——"

"别——"

天择听到一个金属拉环轻轻崩开的声音，接着是一声尖叫，然后凳子倒了。天择回头一看，李力锋一个后滚翻栽到地上，张妮妮从座位上跳了起来，她捏着鼻子，一边尖叫一边冲出了教室。

他还没反应过来是怎么回事，就见教室后边的同学纷纷捂着口鼻，麻利地跳开座位，连叫喊一声都顾不上，争先恐后奔出教室，有人把鞋跑掉了，都没回来穿上。

两秒后，天择终于明白了。

一股能让人把昨天早饭吐出来的恶臭包裹了他，平时温文尔雅的同桌张馨蕾，一个跨越矫健地跨过他的座位冲上过道之后，他再也无暇考虑是谁家的厕所爆炸了，左手捏鼻子右手捂嘴巴，强忍着呕吐冲动，跳上过道，冲向门口。

没人敢在教室门口停留，全都冲向走廊两侧。高老师也奔了出来，一边捏着鼻子一边干呕，跌跌撞撞奔向楼梯口。

半分钟之内，六年级二班的教室已经空无一人。

紧接着，隔壁一班和三班秩序井然的课堂突然传来骚动，然后门"砰"的一声开了，所有人大呼小叫冲向走廊两边，跟二班聚在一起，再然后，四班的同学也奔了出来，接着五班、六班……最后走廊已经站不下了，后面出来的同学已经冲到楼下四、五年级的走廊上去了。不止一间教室的门口堆着跑掉的鞋子。

两分钟之内，整层教室的人全撤空了。

臭气还在弥散，而且愈加浓郁。

天择听见楼下教室的门"砰、砰、砰"一个接一个地打开，比课间还要热闹的喧哗，充斥了整座教学楼，然后是杂乱无章奔下楼梯的脚步声。

天择捂着鼻子，意识到这一层已经待不下去了，实在太臭了。他索性冲向楼梯口，后面一大堆同学跟上他，皮靴张也从办公室跑了出来，大喊："别慌！有序撤离！"

天择冲到楼梯口时，发现高老师没有走，他一边干呕，一边疏导同学们保持秩序下楼。天择躲开台阶上散落的鞋，一步两个乃至三个台阶往楼下跑，每一层的楼梯口都有老师在把守，尽最大努力维持秩序，还有人吐在了楼梯上。

天择耳边回荡着"同学们别乱"的叫喊声。

他好不容易才奔进了操场，放开手，尽情呼吸着新鲜空气。四、五年级的同学们已经开始在操场上奔跑打闹起来，接着，三年级、二年级的小同学也狂呼乱叫着冲进了操场，最后是一年级的小同学。

十分钟之内，全校所有同学已经在操场上集合了，那场面如同全体自由活动，奔跑的奔跑，打闹的打闹，聊天的聊天，呕吐的呕吐，乱得一塌糊涂。

天择转着身子用目光搜寻李力锋。只见在如此热闹的情景中，李力锋却孤零零地躲在一个篮球架底下，目光呆滞，脸色铁青。

天择听见身边有同学在问："我们的厕所爆炸了吗，咋会这么臭啊？"

一旁的张妮妮都快哭了："你们再别提了。李力锋当着我的面打开了一个罐头，然后，他好像放了一个屁，哎呀那个屁简直——"她又干呕了一声，"我就赶紧跑了！"

一名女生惊叹道："不会吧——"她环顾操场一圈，"谁的屁能有这威力，隔山打牛把全校同学都崩出来了，这比生化武器都厉害啊！"

周围同学一阵爆笑。

"天择，你的好伙计捅了这么大娄子，"那位女生说，"你们不是同甘共苦吗，还不快去关心关心他?"她嘲讽地笑了起来。

天择瞪了她一眼："我关不关心他，关你什么事!"

天择很生气，也很窘迫，毕竟全班同学都知道，李力锋是他最好的朋友。

哼，我才不管呢! 李力锋自己惹下的祸，他自己去解决! 真是谢天谢地，这次他没牵连我。

可他的视线还是禁不住瞟向李力锋，李力锋仍然站在那里，好像全身都在颤抖。这时学校大喇叭响了："所有同学，不慌、别乱，按照年级、班级迅速排队，等待指示。各班主任老师，有序组织学生在操场集合。身体不适的同学，立刻到校医务室。"

接着叶校长就一脸惊异地步入操场，步伐仓促，神情慌乱。同学们已经在有秩序地排队集合，他匆匆问了几名老师，得知没有发生踩踏事件，终于放心了，然后开始寻找教导主任，想弄明白发生了什么事。很快，高老师和皮靴张就被校长叫了过去。

李力锋像个木头人一样，双腿僵硬地从篮球架下挪到队伍当中，一句话都不说。几名女生朝他投去幽怨的眼神，而几个男生，则笑嘻嘻地看着他，大概是感谢他终于把全体同学从无聊的课堂上解放了。

他站在天择身后，天择突然有一种想问他的冲动。他实在是好奇，李力锋到底做了什么? 可一想到李力锋的面容，他就不由得来气，真不想再看见他! 尽管不知道发生了什么事，但天择知道，李力锋这次绝对闯大祸了，被校方处分都是轻的，没准儿会被开除!

这时一名男生凑到李力锋身边，低声问他："哥们儿，你到底干了什么啊?"他是李力锋另一个好朋友。

李力锋仍不作声，接着天择听到他在抽噎。

"他们说你放了一个臭屁？是这样吗？"

李力锋什么话都没说，但天择觉得他的眼泪已经落下了。

他没有回头去看。

"我可不相信，谁的屁可以臭成这样，都能当生化武器了！"那名同学低声问李力锋。李力锋终于泣不成声："我……我这次要……要完蛋了……"

"哎呀，你先别伤心，我上课听见你说要打开个什么东西，那到底是什么玩意儿？"

"一……一个……一个罐头……"

"罐头？什么罐头可以这么臭啊？"

"我……我也不知道啊……可能是……是变质了……"

天择捂着脸，我的天啊，你上课偷吃东西，我就不说啥了，可你吃前不看一下保质期吗？他真想转身把李力锋骂一顿，但他仍然决定不理不睬。

李力锋哭得更大声了："我……我没想到……真……真的……"

"你到底吃的什么？"

"那个……那个罐头上……铁皮盒子上粘着……粘着一条鱼……鱼的图案。"

天择在大脑中回忆了一遍自己吃过的鱼罐头，可没有哪种鱼罐头能臭出这个效果啊！就算变质了，也不可能臭得铺天盖地呀。

"罐头上写了名字吗？"

"全是……全是外文，我……我看不懂……"

天择想了一会儿，突然打了个激灵，他想到了一个可怕的名字——那的确是一种鱼罐头，这种罐头他以前听说过，但在超市里从没有见过，更没有吃过。

鲱鱼罐头！

天择闭上眼睛，我的老天，你怎么会有它啊？

"天啊，不会是鲱鱼罐头吧？"那名同学说。

李力锋紧张地问："什……什么啊？"

"这下你真摊上大事了！别说今天，明天我们能来学校上课，就算学校处理得很棒了。"

李力锋哭得更凶了，哭声吸引了旁边同学的目光。很快同学们的目光又被一阵整齐的脚步声吸引了，天择转头看去，校医务室一队人马套着白大褂，头上扣着防毒面具，整齐有序地穿过操场，冲进教学楼。

天择对见到全副武装的消杀人员毫不惊讶。鲱鱼罐头在全世界都是出了名的，其恶臭指数在所有食品当中位列第一。这种罐头是瑞典的特产，在国内很少见，因为国内很少有制造这种罐头的商家。为数不多的商场出售的这种罐头，大多是从国外进口的，其滔天的臭气是原汁原味的，气味儿比任何食品变质都来得彪悍。国内的人，正常情况下是不会吃这个东西的，一般要么是玩挑战游戏，要么就是猎奇心重，才会买一罐打开，图个刺激。而且，没有人会愚蠢到在室内开启这种罐头，因为如果这样干了，那个房间一时半会儿就绝对不能使用了，其臭味绕梁三月都算少的。

"那……那到底是什么罐头啊？"李力锋紧张地问。

"它是食品中的生化武器。"那名同学叹了口气，"瑞典人吃的。鲱鱼是一种海里的鱼，三百多年前，瑞典人穷困潦倒的时候，把这种鱼捞上来，当时没有冷藏技术，为了不让它们腐烂变质，就放进桶里或者罐头里自然发酵，饿了就吃，久而久之，鲱鱼罐头就成了他们的一道特色饮食了，现在这种罐头在瑞典还很畅销。不过瑞典国家法律规定，绝对不允许在室内开启鲱鱼罐头，必须在空旷通风的地方吃，因为臭气难散，容易引起公愤。哎，也难怪你看不懂罐头上的字，那可能是瑞典语。"

"哎呀，你别这样啊——快站好了——"

听动静，李力锋可能站不稳了。但天择还是决定不回头。

"我……我不知道啊……我这……"他哭声越来越大，接近崩溃，"我这犯法了啊……我……我冤枉啊……"

有同学捂住了他的嘴："那是瑞典的法律，不是中国的！你先告诉我，你从哪儿弄来的罐头？"

"我……我也不知道，我在抽屉里发……发现的，不知道是谁……谁给我的啊……"

天择惊呆了，心里暗叫："来路不明的食物你都敢吃？"

李力锋抹着眼泪："我……我……皮靴张说没有免费的晚餐，可……可我这儿有免费的罐头啊……"

天择简直哭笑不得，他恨不得把李力锋现在就摁在地上揍一顿，那可是鲱鱼罐头啊！看来你开罐头前说的"人得有点胆魄"，此言真不虚啊！哼，这下你真是把面子"赚"足了！

另一名男生捂嘴笑了，然后马上一脸严肃："谁这么狠，竟给你鲱鱼罐头，还是瑞典原产的，这下刺激过头了。"

李力锋终于崩溃了，大哭起来："谁来救救我啊……这是恶作剧啊……"

全班同学注意力现在都在李力锋身上，鲱鱼罐头的事情也传开了，全校师生会在消杀人员的防毒面具卸下来前，就知道发生了什么事。瞒是铁定瞒不住了。

那名同学搂着李力锋的肩膀："走，我陪你去找校长。"

李力锋甩开他的手，拼命摇头："我不……我不敢……求求你去跟校长说吧……我……"

天择忍不住了，做错了事，还不敢承认！他怒火中烧，转身扑向李力锋，化所有怨气为力量，双手扭着李力锋的肩膀，旁边两名男同学上来帮忙，李力锋拼命挣扎，天择大叫："你必须去！你必须承认错误！"

六年级二班的队伍立刻乱成一团，瞬间引来教导主任刘老师的目光。他朝这边跑来，后面跟着叶校长。

两人看着坐在地上的李力锋，又瞪向天择和其他同学："你们在干什么？还嫌学校不够乱吗？"教导主任怒喝。

没人说话，也没人敢正视教导主任和叶校长。

李力锋泣不成声，把头埋进膝盖之间，双手抱住头顶。

教导主任蹲在李力锋身边："同学，是不是他们欺负你了？还是你哪里不舒服？"

李力锋抬起红通通的双眼："老师，我……我错了……"接着哇哇大哭。

教导主任和叶校长面面相觑，不明白发生了什么事。而李力锋一句完整的话都说不出来。

天择看着地上的李力锋，心头突然冒出一股同情。他脑海中，浮现出李力锋在木材厂救他的场面，如果说李力锋现在也需要帮助，那帮他的人，天择觉得应该是自己。

他深吸一口气，然后走到校长面前，将语文课上发生的事情，一五一十地讲了出来。他眼看着校长和教导主任先是惊掉了下巴，接着面色通红，然后转为铁青，最后鼻孔里开始喷火。

他慌忙解释道："叶校长，李力锋是被陷害的，那个鲱鱼罐头不是他带的，而且上面都是瑞典语，他看不懂，只是……"天择低下头去，"只是，李力锋饿了，想上课吃点东西……"

学校的两位领导已经被气得说不出话来，脸色像快腐烂的番茄。

所有同学都安静地看着他们，谁都不敢再说话，连动都不敢动一下。

李力锋则惊讶地看着天择，大概没想到，气愤的天择会在这时候帮他说话。天择也不知道自己是怎么了，居然会帮李力锋申冤。他真后悔刚才说出这些话，怎么就没有过脑子！

半晌，叶校长呼出一口长气："我就说你们这些孩子，规定上课不能吃东西，就是不能吃！你们看看，惹了多大的祸！全校教学计划都得暂停！"

他每喊出一句话，旁边同学都要抖一下。

教导主任站起身："叶校长，您也别生气了，这件事情我们必须调查清楚。很少有孩子了解鲱鱼罐头的威力。呵呵，别说小孩了，我都不了解。上个月我也是好奇，专门跑到宝藏山的一个山顶上开了一罐。我的妈呀，您是不知道啊，"主任说着就下意识地想捂鼻子，"整座山臭得那是一个漫山遍野，山下的驴友直接放弃了登山计划，没人再敢往山顶来了。山顶的人跟逃难似的往山下奔。这一路上我'对不起'三个字可没少说。估计那个罐头现在还在山顶上躺着呢。后来那座山半个月都没有驴友攀登了。"主任苦笑了一声，"我和那个罐头可能毁了一座山哪。"

叶校长的脸越来越紫了，他瞪着教导主任叫道："好奇害死猫！"接着转向李力锋，"贪吃也害死猫！不守规矩也害死猫！"

教导主任尴尬地笑了笑："这事儿也不能全怪这可怜的孩子，就算他上课不吃，下课或者放学了吃，我们还是要面对当下这个局面的。

所以叶校长，找出是谁把鲱鱼罐头带进学校才是关键。这事儿肯定是有人想玩个恶作剧，没想到玩大了，"他瞥了一眼地上的李力锋，"你说这位同学也是够倒霉的，闯了大祸还不知道是咋回事呢。"

"哼！"校长盯着李力锋，"人家为啥不把罐头给别的孩子呢！偏偏给他！苍蝇不叮无缝的蛋！他肯定上课没少偷吃东西！"

"叶校长，你先别生气了。我琢磨着，那个同学的本意应该不是给这孩子偷偷送吃的，如果两人关系好，为什么偏偏送鲱鱼罐头，这东西可不常见啊，再说我们国家品味正常的人，也不会爱吃这玩意儿，他完全可以送薯条什么的。照这个思路分析下去，那个同学肯定了解鲱鱼罐头的威力，而且还生怕这个倒霉孩子认出上面的字，专门挑了个瑞典语标签的罐头，都不是英语的，目的就是让他不知道那是啥，只知道是个很好吃的罐头，于是，"主任同情地看了李力锋一眼，"他就掉进了别人设计的坑。我估摸着那个送罐头的同学，应该跟这孩子有什么矛盾，顺着这条线调查，应该八九不离十。"

叶校长气呼呼地瞪着主任："既然你分析得头头是道，这事就交给你去调查了！还有，让他们抓紧升级教室的监控系统，没监控真是麻烦！"他说完就走向教学楼，"我去监督消毒工作！"

教导主任说话的时候，天择的大脑已经转了好几圈了。全班就只有李力锋和王林爱上课吃东西，这是公认的。如果有人真想玩恶作剧，为什么不选择陷害王林，而偏偏要害李力锋呢？谁跟李力锋有这么大的矛盾呢？

接着，他的目光落到王林身上。难道王林跟李力锋没有矛盾吗？他俩绝对算得上一对冤家。如果真是王林送的鲱鱼罐头，那么陷害李力锋的动机，以及为什么不是同样贪吃的王林收到鲱鱼罐头，这两个问题就都得到解答了！

然而王林一脸无辜，没有一丝一毫的内疚。

"你们二班全体同学，跟我去篮球场，我们要把这事调查清楚！"教导主任严肃地说，"班长带队。班长？班长是谁？"

全班都在左顾右盼找刘静涵，可就是不见班花的身影。副班长张馨蕾疑惑地挠着头："奇怪啊，从教室撤出来时就没见到她，跑哪儿去了？"

"是不是去医务室了？"旁边有同学问。

"没听说她去医务室了啊。"张馨蕾说。

教导主任不耐烦地说："那么副班长带队！"

张馨蕾走在最前面，天择看着地上的李力锋，他现在很嫌弃这个朋友，谁的朋友会是这样？先让我背上个穷鬼吃豪餐的恶名——关键那也不是什么豪餐，接着又受到和惹祸精一丘之貉的挖苦，天择暗忖，摊上他，我真是倒了八辈子霉了！不过，他虽然这样想，但还是决定先帮李力锋弄清楚事情的起因，毕竟，这是一起神秘的冤案。而他对破案向来有一种癖好。尽管不情不愿，天择还是走过去扶起李力锋，搀着他跟上队伍。"你好好想想，最近到底惹了哪个不该惹的人了。"

李力锋用一张大花脸对着天择，天择差点笑出来。

"我……我还以为你不理我了……谢谢……"

"别误会，我只是不想看谁受冤枉。"天择冷冷地说，"我早就提醒过你，上课别偷吃东西，特别是别吃陌生人的东西。这道理你上幼儿园时都应该明白的。"

李力锋低着头，委屈地说："你说我最近咋这么倒霉呢！"

"你是倒霉他母亲给倒霉开门——倒霉到家了！哼，连带着我也倒霉。"

李力锋无精打采地低下头："我这下彻底完蛋了。我会不会被学校开除啊?"他抬头苦涩地望着天择，"天择，你是不是再也不想和我做朋友了?"

听完这话，天择心里突然有些酸。如果李力锋真的离开了他，他不知道自己还能不能再交到好朋友。他帮李力锋擦去脏兮兮的泪痕："我不知道。不过你得承认，你是个麻烦精。另外，事情还没有调查清楚，别担心被开除的事。"

李力锋重重叹了口气，又低下头去："我的一世英名，全被这破罐头给毁了。"

众人经过教学大楼前，只见大楼从上到下已被一团巨大的白雾包裹，仿若云中仙楼。消杀人员背着药水桶来去匆匆，忙着驱散臭气和捡拾同学们的鞋子。

他们进入操场东边的篮球场，站成内外两圈。教导主任像只傲娇的大公鸡一样，昂首立于圆圈中心。他环顾一周，待所有同学站定，他开口了——

"同学们啊，这次鲱鱼事件，性质是恶劣的，影响是巨大的。我不管是你们当中的谁，出于什么目的，扔了一只鲱鱼罐头，炸了学校——"

旁边有同学想笑，但很快在主任犀利的目光下，憋住了。

主任接着说："——都要负责任。我们学校也是人性化的，只要你勇敢承认，我们不会给很重的处罚。"

他停下来，又扫视一圈，篮球场上静得连一根针掉在地上都能听见。所有人都低着头，没人开口。天择偷偷朝王林瞥去，王林也低着头，双手扯着衣角。

教导主任叹了口气："好吧，那位同学，如果你不好意思在这里，当着这么多人的面承认，那么，我们现在回操场，我暂时不问了。不过，我希望你利用今天晚上的时间，做做思想斗争，最好道德能占据上风。明天，你把道歉信放进校长信箱，并署上名字，我们会替你保密。关于这件事情的处理，我们首先要看你认错的态度，只要你主动坦白，我们不仅不会开除你，还会从轻处罚。"

主任又开始环顾篮球场，同学们像木雕一样一动不动。

"副班长，带队回操场。"

他们在操场上等了将近一个小时，一队白大褂消杀人员从教学楼里出来了，队长走到校长跟前汇报情况，他用两根手指捏着一个透明密封塑料袋，提在胸前，里面是打开了一半的鲱鱼罐头。

叶校长盯着那个罐头，厌恶地挥挥手，让他把罐头拿走。

班主任开始组织同学们有序回班，先是一年级的同学，接着二、三年级……最后才是六年级同学。

教学楼里那股如同厕所爆炸了的气味几乎消失了，取而代之的是散发着淡淡花香的除臭剂的味道。不过，六年级的走廊里，那股臭味尚未完全消散，尤其二班的教室里，特别是李力锋的座位，这会儿所有人都躲着走。

教室所有门窗全部打开，顶上的吊扇高速旋转着，连空调都开着最大功率的自然风。教室里弥散着一股臭味和除臭剂混合的味道，不过已经可以忍受了，就是感觉像坐在了厕所边儿上。

张妮妮已经产生了心理阴影，死活都不回座位了，跟王林的同桌挤坐在第一排。李力锋的座位周围一圈，没同学敢坐回去，都跟其他同学在别处挤着。李力锋则跟他的另一名好朋友挤在一起。

李力锋本想和天择坐在一起，但天择一直阴沉着脸。皮靴张站在讲台上，锋利的眼神就没有离开过李力锋，吓得李力锋一直低着头。

"怎么样，我们敬爱的李大勇士，这回玩得过瘾不？"

台下有同学使劲儿憋着笑。李力锋的头快钻到鞋子里了。

皮靴张猛地一拍讲桌，眼睛拧成了三角形："还给我笑！你们还敢笑！这回娄子捅大了，知不知道！"

全班一片死寂。

皮靴张鼻孔喷着粗气，过了好一会儿才平静下来。"你们谁的鞋丢了，去左边走廊尽头认领。其他同学，收拾东西回家。教室需要通风散味儿，明天按时上课。"

皮靴张走下讲台，却见全班没人动弹，她瞪圆了双眼："你们很喜欢厕所吗？都愣着干吗！回家！"

教室里收书拉书包的声音立刻响成一片，皮靴张朝教室甩了一个愤怒的眼神，就转身走向办公室。接着教室里的大喇叭响了起来："请六年级二班班主任张老师、高老师，到校长办公室来一趟，有事商议。"

天择看向李力锋，李力锋坐在座位上，低着头一动不动，看上去他也体会到了一种不祥之感。

天择提起书包，准备走出教室，目光无意间扫到教室墙上挂着的毛主席肖像，下面写着他的一句名言：谅解、支援和友谊，比什么都重要。

是不是什么事情都能得到谅解呢？

天择把书包背在肩头，走出了教室。李力锋一个人孤零零地坐在座位上，低着头一言不发。

地铁上，天择突然觉得今天的事有些幽默。一想到李力锋这个可上九天揽月，能下五洋捉鳖的侠士，面对一个臭罐头，也只能是老鼠掉进面缸里——翻白眼儿，他就觉得这后半年不愁没笑话了。

可是他接着意识到，自己再怎么生李力锋的气，还是离不开他这个朋友。一位朋友，的确来之不易，他不想再回到过去自己一个人的日子。或许，他真的需要一个朋友。

　　回到家里，天择打开书包，掏出《百科全书（地球探险卷）》，同时，他的手摸到一个凉冰冰硬邦邦的东西，他往书包里一看，当场愣住了。

第二章　不明之物

別害怕狮子，因为它们是给锁住了的，故意放在那儿来考验有信心的人，同时也可以发现没有信心的人。

——《天路历程》　［英］约翰·班扬

天择盯着书包，以为自己眼花了。

因为他的书包里平白无故多了一个圆形的铜板，铜板底下还压着一张清晰的照片。

天择把两样东西放到桌子上，逐一扫视。他简直不敢相信自己的眼睛。这到底是什么东西？

他举起照片，照片上的物体，是一棵树。确切地说，是一棵全身都发绿的大树，看上去像是用青铜打造的，而且年代久远，似是一件古董。这棵青铜大树树干笔直，树枝分为上中下三层，而每一层又伸出三根枝条，每根枝条上都有一个好似花蕾的装饰，花蕾装饰上立着一只昂首翘尾的小鸟。

天择皱着眉头，觉得这棵青铜树很眼熟，爷爷似乎给他看过这棵青铜树的照片。他冲向书柜，抽出《百科全书（文明历史卷）》，在介绍中国古文明那一章翻阅着。很快，他的视线定在一张插图上，他举着照片与插图对照，那张插图上的青铜树与照片中的一模一样。

这棵青铜树出土于三星堆遗址二号祭祀坑，是与华夏文明、良渚文明并称中国三大上古文明的古蜀文明的代表，被命名为一号神树，目前在三星堆博物馆展出。类似的青铜神树，在三星堆遗址目前一共出土了八棵，只是其他七棵都不完整，修复工作随着对遗址的深入挖掘，还在继续进行着。

天择靠在椅背上，这可是国家一级文物啊，给我这张照片是什么意思？难道有人要打一号青铜神树的主意，就像前一阵失而复得的《骷髅幻戏图》？

"我的老天爷啊！"天择打了个哆嗦，他眼前浮现出一个巨大的快递箱子，正朝他奔来。他又查看了一遍青铜神树的尺寸，这棵树目前高度将近四米，其顶端部分还有缺失，修复完整后高度可能会达到五米，是全世界目前已知的最大青铜器。这么一个庞然大物，他怎么偷啊？

天择摇摇头。青铜神树可不像《骷髅幻戏图》。《骷髅幻戏图》体积很小，而且是在巡展时被人钻了空子偷走的。青铜神树可是被放在博物馆的大玻璃罩中展出的，移动起来很麻烦，大概不会拉出博物馆去巡展。

为了以防万一，天择打开电脑，查找关于三星堆博物馆的信息。当他看到一号神树目前没有巡展的信息时，他松了一口气。

青铜神树在博物馆里很安全。那么，这张照片是什么意思呢？天择手捧照片，仔细看着玻璃罩中的青铜神树，这也没什么特别的啊。

天择叹了口气，头靠在椅背上仰望天花板。难道这一切与爷爷和秘境有关？突然，他想起了爷爷给他的字条，字条上写着宋真宗的《励学诗》，可那首诗只是表面，线索隐藏在不起眼的指南针插图中。他打了个激灵，坐直身子举起照片，目光搜寻着照片的每个角落，台灯明亮的光芒透过相纸。

天择惊呆了。

他隐约看到照片中浮现出几行字。他把照片凑近刺眼的灯管，接着一拍脑门儿，我真蠢。

灯光打在照片背面，四行字从正面透了出来。天择把照片翻过来，果然，背面用黑墨水工工整整地写了四行字，是爷爷的笔迹，仍然是一首诗：

> 夸父诞宏志，乃与日竞走。
> 俱至虞渊下，似若无胜负。
> 神力既殊妙，倾河焉足有。
> 余迹寄邓林，功竟在身后。

天择立刻把第一句输入电脑，发现这首诗是东晋陶渊明创作的连作诗——《读山海经》十三首中的第九首。

"又是陶渊明。"天择自言自语，"今天语文课上，高老师也提到了陶渊明和他的这一系列连作诗。爷爷的笔记中还有他的《桃花源记》。"

天择盯着桌上的铜板，用诗来埋线索是爷爷的风格。只是这首诗的下面没有画指南针之类的插图。那么，应该与照片中的青铜神树有关。

天择把照片翻过来，盯着青铜神树。陶渊明的这首诗，显然是在歌颂夸父战胜大自然的勇气和信心。夸父追日的神话传说他很熟悉，可这与青铜神树有什么关系呢？传说夸父的手杖化作桃林，难道这是一棵桃树？

不。

天择回想着高老师在课堂上的话，这棵树是不是与《山海经》有关系？夸父、太阳、第九首诗，这中间肯定有联系。天择盯着青铜神树的树枝，自言自语着："神树分三层，每层三根树枝，一共九根树枝，每根树枝上有一个花蕾、一只鸟，共九个花蕾、九只鸟。夸父追日，一个与太阳有关的神话故事——"

天择想到了另一个与太阳有关的神话故事——后羿射日，这是小时候爷爷讲给他听的。传说远古时代，帝俊与羲和生了十个孩子，都是太阳，他们住在东方海外。十个太阳栖息在一棵大树上，每天有一个太阳升上天空照亮大地，十个太阳轮流执勤。有一天，十个太阳同时升上天空，炙烤着大地。为了拯救黎民苍生，后羿张弓搭箭，射下九个太阳，天空火球爆裂，坠下九只小鸟——三足乌，只留下一个太阳在天空。

而十个太阳栖息着的那棵大树，名叫扶桑。

天择在网上搜索扶桑和三星堆青铜神树，果然，青铜神树正是扶桑树的象征。九只青铜鸟，代表九个太阳。而那第十个太阳，是在天空执勤的，因此，应该位于树顶，只是一号青铜树目前部分残缺，原本的树顶位置可能还有一只青铜鸟，象征每天升空照耀大地的那轮红日。

可照片和古诗指明的，究竟是什么？难道是夸父追逐的那一轮红日，也就是三星堆一号神树顶端那个失踪的三足乌？

天择冲向书柜，抽出《山海经》。

他依稀记得，夸父和扶桑树在《山海经》中都有记载。他迅速翻动着书页，在《山海经》第八卷《海外北经》中，找到了这样一段话："夸父与日逐走，入日。渴欲得饮，饮于河渭，河渭不足，北饮大泽。未至，道渴而死。弃其杖，化为邓林。"又在第九卷《海外东经》找到了扶桑树的记载："汤谷上有扶桑，十日所浴，在黑齿北。居水中，有大木，九日居下枝，一日居上枝。"

天择合上《山海经》，这似乎证明了他的猜测。

他又拿起那个圆形铜板，盯着它上下打量。这块铜板很小，直径不到十厘米，其中一面打磨得很光滑，另一面的正中央凸出一个圆形的提纽，围绕提纽还刻着一圈莫名其妙的神秘图形，似乎是某种文字。

这又是个什么怪物？

天择看着铜板，首先它是圆的，可能象征太阳。天择这样想着，手指摸到铜板光滑的一面，他把铜板翻过来，光滑的铜板映出他模糊的面庞。他恍然大悟，原来这是一面铜镜！

如果照片里的青铜神树出自古代，那么照这个思路分析下去，这面铜镜会不会也是个古物？

然后天择的心就沉了。他感觉这件事似曾相识。

照片上的字是爷爷的，这面铜镜肯定也是爷爷给他的。联系到《骷髅幻戏图》热闹的失窃风波，天择推测，这面铜镜是个真品！

他扔下铜镜，用手捂住脸："我的老天爷啊！"他快哭出来了，"我的好爷爷，您究竟在做些什么啊？您怎么总跟文物过不去啊？"

他赶紧上网搜索，寻找古镜失窃的消息。

可没有找到。

最近没有哪一面古镜失窃的消息传出来。

天择靠在椅背上，松了一口气，难道我这次冤枉爷爷了？希望如此吧，他想。

他在网上查找了很多古镜的照片，很快就发现，这面古镜与上海博物馆展出的一面"见日之光"镜高度相似，无论大小和造型，都几乎一样。"见日之光"镜是一面西汉时期的古铜镜，直径七点四厘米，其背面中央也凸出来一个圆形的提纽，环绕中心提纽的是一圈铭文："见日之光，天下大明。"

天择举着铜镜，发现这面铜镜跟"见日之光"镜都属于流行在西汉中晚期的圈带铭文镜，只是两面铜镜上的铭文内容不一样。而且他手中这面铜镜的铭文，好像也不是西汉时期的镜鼎铭文，是另外一种他不认识的文字。

这就怪了，它的造型是西汉风格，文字却不是，难道这是一面混合派的铜镜？

天择接着看"见日之光"古镜的介绍。这面镜子最神奇的地方是，如果朝光滑的镜面打上一束光，镜面反射到墙上的光斑就会清晰地呈现出铜镜背面的铭文和图案，其效果如同光线穿透铜镜一般，因此又叫作透光镜。这种透光古镜基本都源自西汉时代，因为西汉之后，制作透光镜的技术逐渐失传了，上海博物馆存有上万枚古镜，这种透光镜也只有四枚，且都出自汉代，全是青铜打造的。

这种神秘的古镜，引得很多好奇的专家进行研究，其透光原理也终于被揭开了。但是，那些原理太深奥，天择根本看不明白。

不过他明白的是，他现在需要给这面镜子打上一束光。

他把镜面举到台灯下，调整角度，直到镜面反射的光斑在书桌背后的墙上形成一片清晰的图案。

光斑中较亮的部分，映出了铜镜背面的一圈铭文，不仅如此，在光斑的正中心，还出现一个明亮的三足乌图案，与青铜神树上的三足乌一模一样，这只三足乌站立在一根树干的顶端。

天择惊呆了！三足乌是太阳的象征，神话传说中，三足乌栖息于太阳正中心，周身环绕光芒。天择定睛去看光斑，三足乌图案周围果然还环着一圈光晕。

天择放下铜镜，他的思路已经很清晰了，如果这面铜镜就是太阳，那么它中心的那只三足乌，那只站在树顶上的三足乌，就是三星堆一号青铜神树顶端那只遗失的青铜神鸟！那只代表第十颗太阳的神鸟！

照片和铜镜都指向那只遗失的青铜神鸟，爷爷是要让我去寻找这只青铜神鸟的下落吗？但是唯一可能揭示神鸟下落的那一圈铭文，我根本看不懂啊。

天择琢磨着，青铜神树和神鸟，只不过是《山海经》记载的神话传说中扶桑树和居于其上的十个太阳的代表。找到第十个青铜神鸟又能怎样呢？爷爷是想让我把三星堆一号神树拼凑完整吗？

仅仅是这样吗？

包括高老师在内，很多人对《山海经》所描述的世界深信不疑，认为那是真实存在于上古时代的一个神秘世界，只不过由于某种原因，那个神秘世界消失了，就好像亚特兰蒂斯，好像陶渊明笔下的桃花源——这才是《山海经》的魅力所在，如同古堡市的秘境传说。

天择猛地抬起头，睁圆了眼睛——难道说，宝藏山秘境正是《山海经》里的世界？而遗失的青铜神鸟，是打开秘境之门的钥匙？

可我现在连秘境大门长什么模样都没见过呢，爷爷就已经让我去寻找那把钥匙了。

可我上哪儿去找啊？这些线索根本不够。对了，我从爷爷的日记中推断出桃花源村才是秘境啊，这与《山海经》又没有什么关系。

"啊——"天择呻吟一声，"爷爷啊，求您别再给我出难题了。有这个时间，您为什么不告诉我您在哪儿，我好想听您再给我讲故事啊——"

这时，客厅传来博士的声音："臭儿子，出来吃饭啦！"

天择的思绪从爷爷身上回到卧室，他赶紧把书桌上的东西全部放进抽屉。

自从上次李力锋和他妈妈在家吃饭之后，博士和夫人基本每天下午都准时回家，并且亲自下厨，换着花样为天择烹饪美味菜肴，他终于告别了外卖。在餐桌上爸妈不会问他诸如"今天作业写完了吗？""有没有挨批评呀？"之类的话，话题基本都是"今天有没有做值得你骄傲的事情啊？""今天学校里有什么好玩的事情呀？有没有困难需要我们帮忙呢？"等等，这真是一件幸福的事情。放在往日，天择一定会津津有味地描述今天发生的刺激事件，不过现在，他只能按捺住讲故事的冲动，只字不提霸王餐和鲱鱼罐头，转而聊起了别的。他害怕爸妈责怪李力锋，他也不知道为什么，反正就是不想让大人批评李力锋。

聊着聊着，天择的思绪不由自主飘到了下午上语文课的时候，他从书包取课本，还没有发现青铜镜和照片呢。所以，这两样东西，肯定是鲱鱼罐头"爆炸"之后，有人放进他的书包的。

当时，教室里只有老师和同学们啊。

不对！还有消毒人员！

天择皱起眉头，停下了手中的筷子，一个不成熟的猜想敲击着他的脑门儿。

王奇夫人疑惑地看着他："你怎么了，天择?"

天择回过神来："哦，没事。我在思考一道逻辑题。"

博士嘴里塞满了红烧肉，冲天择竖起了大拇指。

天择又夹了一块鱼香茄子，吃完就放下筷子："我吃饱啦，先写作业啦。"他跑回卧室，拿出书本摆在写字台上，可是今天的课堂，由于众所周知的原因，结束得相当仓促，老师根本没有布置作业。

他在作业本上写下几个大字：

鲱鱼罐头、混乱、消毒人员、放东西。

然后盯着这四个词陷入沉思。

一个人让李力锋在不明所以的情况下打开了鲱鱼罐头，接着全班乃至全校混乱，此时教室空无一人，随后陌生人员进入教室，他在不会被人发现的情况下，代替爷爷给我送来了两个神秘物件。

天择一拍脑门儿，鲱鱼罐头事件根本就不是谁的恶作剧，而是精心策划的！

而且，天择想，那个人是冲着我来的，目的是把青铜神鸟的线索直接送给我。因此，李力锋是无辜的，王林也是无辜的，无论这个人选择谁来打开这个罐头，他最后都会达成目的。而李力锋是我最好的朋友，他选择李力锋，当然在情理之中。这一次，是我牵连了我的好朋友。这不全是李力锋的错，我误会他了。

天择捂着额头，开始后悔放学时把李力锋一个人留在教室里。

可是，这个人，到底是谁？

第三章　意料之外，情理之中

我非常诧异，有这么多聪明的脑袋参与这件案件，为何没有一个人能穿透一层表象的薄纱，清楚地看出这件案件的本质？——至少，对我个人而言——这清楚得跟照相机拍下来一般，历历在目。

——《X的悲剧》［美］埃勒里·奎因

天择百思不得其解，这个人为什么要导演这么一大出热闹戏码，不惜让全校师生抛弃课堂，完成他的目标？天择想，他应该是消毒人员当中的一个。

不过天择很困惑，鲱鱼罐头在消毒人员冲进教室之前就已经出现在李力锋的抽屉里了。那么是谁放的鲱鱼罐头？放罐头的人，跟放东西的人，应该是一伙儿的。

可是当时教室里除了老师和同学们，再没有陌生人进入了。天择回忆着前前后后发生的事，下午第一节道德与法治课，按照李力锋的说法，他应该没有发现这个罐头。快下课时，因为霸王餐事件，他和李力锋都被叫进了皮靴张的办公室，一直到第二节语文课上课前才回来，这期间，李力锋不在座位上，天择也不在，然后，语文课上，那只罐头就出现了。

这么说，罐头肯定是在第一节课后的课间，被放进李力锋课桌的。

会是谁干的呢？

天择回想在这期间，有谁的行为不太正常。

反正不可能是皮靴张，那个时间皮靴张正忙着喷口水雨呢。然后他想起了洪老板和班长刘静涵隐约的对视。班长一直在办公室外，也不会是她。那会不会是洪老板？对，他是开餐饮店的，弄个鲱鱼罐头应该轻而易举。而且，他进入班级，应该很快就引起注意，毕竟是个陌生人。我明天到学校要问一问同学们，有没有看到一个大胖子靠近过李力锋的座位。

天择松了一口气。

如果真是洪老板，顺藤摸瓜，就能找到放东西的人。他肯定和我爷爷认识，不然他怎么会有爷爷亲手写下的古诗？参考爷爷交给我《骷髅幻戏图》的曲折历程，我完全有理由相信，爷爷会派不止一个人来完成交给我青铜神鸟线索的任务。这其中，可能会有那位曾偷出《骷髅幻戏图》的黑衣人。那个神秘的人，至今都下落不明。

而找到神秘人，或许就能找到爷爷了。

天择苦笑一声，这个学期可真热闹。他看着桌上的《山海经》，呵呵，连上古神话都搬出来了——

他突然坐直了身子，意识到自己忘了一个人——

高老师！

他在课堂上，从唐代孟浩然的《宿建德江》，引申到东晋陶渊明的《读山海经》，继而又对《山海经》大作介绍，可课本中并没有任何陶渊明的诗作啊，他把话题绕到那么远，仅仅是为了抓住同学们听讲的注意力吗？

还是，他在刻意提示我？

对啊，洪老板闯进教室，必然会引来好奇，可是高老师走进教室，这就很正常啊！如果他在教室里走上一圈，在李力锋座位旁停留一会儿，也不会让任何人生疑。

"我的老天啊！"天择捂着脑门儿，高老师是一位好老师，深受同学们的爱戴，他怎么会做这种事？

天择想起来，鲱鱼罐头"爆炸"后，高老师虽然很快就出了教室，但他基本是最后才从六年级楼层撤离的，会不会是高老师趁着混乱之际，返回教室放进了两样东西？

不，天择摇摇头。一切还没调查清楚，不能这么冤枉高老师。明天到学校，我问一问同学，一切就都清楚了。

第二天，鲱鱼罐头事件如同闷在罐头里的鲱鱼，在全校持续发酵着。不少家长都找进了学校，向校长讨要说法，因为有同学一直到今天早上都吃不下去饭。

至于全校同学，除了鲱鱼罐头，再没有别的话题了。天择经过三年级走廊时，一位小朋友高举一摞纸，狂呼乱叫着从他身边冲过，嘴里高喊着："号外！号外！厕所牌鲱鱼罐头上市啦！"

天择看到他一边跑一边沿路散发那摞纸，走廊里传来爆笑声。天择随手抓住一名男生，夺过他手中的纸，定睛一看，纸上画着一个炸弹形状的鲱鱼罐头，然后底下写着一句话："美羊羊小卖部爆款，男女共享，老少皆宜。"

"你还给我。"小男生生气地叫道，"抢别人东西是不对的。"

天择把纸从眼前移开，笑嘻嘻地看着他："违法散播传单也是不对的。"他脸色一沉，"没收啦!"

他气呼呼地把传单折起来，转身上楼了，留下那位一脸委屈的小男生无奈地摸着脑袋。

教室里更是热闹，各种夸大其词的言语和呕吐动作在同学们之间上演。李力锋则一个人坐在座位上，低着头闷声不吭。

天择走向李力锋。

李力锋依然一动不动，没有看天择。

他的座位现在没有味道了。天择搂着他的肩膀，和他挤坐在一起。

李力锋往旁边挪了挪，甩掉他的手。

"好啦，你火气比我还大?"

"你的气消了?不嫌我给你丢脸了?不嫌我是麻烦精了?"李力锋气呼呼地盯着课桌。

天择抿了抿嘴唇："对不起，昨天我应该放学和你一起走的，不该丢下你不管。不过有件事我得告诉你，鲱鱼罐头的事，我已经猜到可能是谁干的了。"

李力锋瞪大眼睛等着他继续说下去。

"但是我还得问一问，才能确定。"他把书包放到座位上，拽住好几个同学问，昨天下午道法课的课后，有没有大胖子或者高老师或者任何不属于这个班级的人进过教室?

当他咬着牙第十遍得到否定答案时，他彻底绝望了。

那个课间，没有陌生人和外班同学进过教室，高老师也是在上课时才走进教室的，课间没来过。

　　一定是什么地方弄错了，天择想。如果是这样，那么，鲱鱼罐头肯定是班里某位同学放的。

　　会是谁呢？折腾出这么大的事情，那个人的行为一定比较反常。

　　一个面庞渐渐浮现在天择脑海，他猛地看向前排一个座位，那个座位的主人，自从鲱鱼罐头爆炸以后，行为绝对堪称反常。

　　天择觉得胃里一阵翻江倒海。他不愿意相信。但他认为，这不是巧合！

　　他走向李力锋的同桌张妮妮。李力锋担心地问："怎么样，问清楚是谁了吗？"

　　天择没有回答他，而是问张妮妮："昨天下午道法课之后，班长有没有来找过你？"

　　张妮妮被这突如其来的询问惊了一下，但她还是很快答道："找过。她当时跟我讨论换黑板报的事情，让我设计板报主题，因为我的美术功底很——"

　　"她当时站在哪里？"天择打断她的话。

　　张妮妮指着李力锋："她没有站着，是坐在李力锋座位上的。而且只坐了不到一分钟，就急匆匆跑出去了。"

　　李力锋目瞪口呆地看着天择，他似乎明白是怎么回事了。他看着刘静涵的座位，皱起了眉头。

　　"怎么了，天择，你问这个干吗？"

　　天择没有回答张妮妮，而是注视着李力锋，李力锋也看着他："不会吧天择，你会不会搞错了？"

　　张妮妮还在追问："啥搞错了？你们在说啥呢？"

　　这时上课了，天择抿着嘴巴，对李力锋轻轻摇了摇头。

　　两个人默不作声地坐回座位。

天择意识到自己之前的确忽略了一个事实。处理霸王餐事件时，他在皮靴张办公室吓得提心吊胆，没有留意下课音乐响。这就意味着，他根本就不确定刘静涵到底是一下课就来到了办公室门口，还是等了一会儿——放好鲱鱼罐头之后，才过来的。天择心中非常纠结，作为班长的刘静涵同学，怎么能做出如此令人匪夷所思的事情？而且，有一件事他想不明白，刘静涵手上，怎么会有爷爷亲笔写下的古诗，她难道认识爷爷？

刘静涵现在在哪里？他必须找到她。

数学课上，天择很难听进去。他的目光时不时落在右前方刘静涵空空的座位上。他感觉自己离爷爷越来越近，这令他激动不已，但是，他生怕如那个梦一样，爷爷真的在伊卡洛斯 LS-1 上，他每追逐一步，爷爷就远去一米，他们之间，总隔着一段神秘的距离，一段难以逾越的距离。

张馨蕾撞了天择一下，天择回过神来。

"张老师都看了你不下十眼了，专心听讲。"她悄声提醒。

天择看向讲台，皮靴张转身在黑板上写字。他低声问张馨蕾："你昨天有没有见到刘静涵在我座位旁边转悠？"

张馨蕾慢慢转过头，温柔地说："请问，你座位上是有金子吗，值得堂堂班长围着转悠？"然后她翻了个白眼儿，又把头慢慢转回去，盯着黑板。

天择撇撇嘴。

"不过，"张馨蕾接着说，视线没离开黑板，"我跑上过道时，好像撞了她一下，而且不是撞上她的后背，是迎面撞上的。"

天择很惊讶："迎面？"

张馨蕾点点头："她当时似乎要往教室后面跑。"

天择不由得叹了口气。当时教室后面臭得一塌糊涂，而且张馨蕾潇洒地跨越他冲上过道时，教室后面已经没有同学了，刘静涵干吗要往后面跑？唯一的解释就是，她要趁乱放东西。

"你俩聊够了没有，嗯？"讲台上传来皮靴张严厉的质问，"刘静涵往后跑还是往前跑，需要大惊小怪吗？"她仍旧面朝黑板，连头都没转。

天择赶紧正视黑板，不禁第一千次感叹，皮靴张真是顺风耳，隔着三排同学，他都能听到谁在聊什么。

有同学在左顾右盼，看皮靴张说谁呢。

"别乱看，看黑板。"

她的视线还会转弯儿！

天择觉得皮靴张今天情绪很不好，似乎受到了某种打击，她讲课没了激情，口水"彩虹"也不见了，甚至都能十次看他走神，却不提醒他一句。

看来，皮靴张昨天和校长聊得一点儿也不开心。

下课后，李力锋跑了过来，一脸焦虑："天择，你确定没弄错吗？"

张馨蕾没好气地白了他一眼："都赖你！张老师这学期的优秀教师评选泡汤了。"

李力锋震惊地瞪着她："什么？你怎么知道？"

"早上我去办公室抱作业本，高老师告诉我的。你以为昨天校长找他们开会是因为什么？校长问了高老师当时的情况，然后责怪张老师对班级管理不力，造成严重后果，不仅要取消她优秀教师的评选资格，而且，可能还要撤销她的班主任职务。"

李力锋张着嘴，半天说不出一句话来。他一脸无辜地看着天择，表情中透着进退两难。

天择知道他在想什么，他不愿承认是自己害了张老师，同时，又不愿意举报刘静涵。

天择也没说话。因为不论鲱鱼罐头是李力锋带来的，还是刘静涵带来的，在校长眼里，都是张老师的责任。

突然，李力锋冲出教室。天择赶紧跟上，追着他跑进老师办公室。

皮靴张正陷在办公椅中，低着头，发着呆，无精打采。

一进办公室，李力锋站得笔直，他歉疚地看着皮靴张，嗫嚅着："张老师，我——对不起，我——不该上课吃东西的——我——"

皮靴张无力地抬眼看着他："什么都别说了，唉——事已至此，我只能——"她又低下头去。

李力锋张口想说什么，可话到嘴边，又咽了回去。天择能看出来，他非常内疚，尽管这件事情，错不全在他，主要责任在刘静涵，而天择，则是所有一切事情的根源。要怪，也只能怪天择，可天择认为，自己也是无辜的。

"你们还有事吗？"皮靴张看着他们，轻声说。

"张老师，对不起，我害得您不能评选优秀教师。"李力锋擦了一把眼泪，"我不是故意的，我也不知道——"

皮靴张举起一只手，打断了他："事情已经发生了，你只能吸取教训。我评不评选优秀教师无所谓，当不当班主任也没关系，但是，我希望通过这件事情，你要懂得遵守规矩的重要性。"

"张老师，我——我——要不我给校长写一份检查，我去向校长求情——"

皮靴张苦笑一声："都会主动写检查了，不错，你又进步了。"

李力锋低着头，大颗大颗泪水掉落在地。

皮靴张站起身，走到他身边，轻轻抚摸着他的头。

"没关系的，李力锋。事情还在调查中，校长昨天也是很生气，目前还没有正式下决定。"皮靴张的语气很温柔，"最近你的数学成绩进步很大，你要保持，再接再厉，我的事，你暂时不用操心。"说完，她看向天择，"你带他回教室吧。"

天择拽着李力锋出了办公室。但是李力锋死活都不进教室，他非要趴在走廊边上，看着楼下的操场，一句话也不说。天择陪着他站在走廊上，李力锋泪光在眼眶里闪烁："我……我好担心张老师。"

"我知道。可事情还没调查清楚，你不要担心。"

李力锋焦虑地看了天择一会儿，又低下头去："张老师好不容易对我充满了信心，可我……可我……"他抹了一把眼泪，"又给她闯祸了……校长会找她麻烦的啊。她肯定又要生我气了，不管我了啊……"

天择搂住李力锋的肩膀，说："相信我，不会的。你看看刚才，张老师根本没有责备你，昨天教导主任也是，他在校长面前还替你说话呢。所以他肯定认为，这件事应该由那个带鲱鱼罐头的人来负责，你只是不幸被他陷害了而已。校长是讲道理的，张老师也是。"

李力锋点点头。

"好了，别难过啦。"天择觉得是时候说出真相了，"其实这件事情，可能最后都要怪我。"

李力锋愣了一下，诧异地看着他："怪你？你放的罐头？"

天择目光盯着操场，将昨天下午放学后，发生的事情，以及他的推测，简短又完整地告诉了李力锋。

李力锋听完后，下巴都要惊掉了，他用手揉了揉耳朵："我的天啊，我——我没有听错吧。"

天择苦涩地看着他："如假包换。这次我没有隐瞒你，你会不会怪我？"

李力锋皱着眉头："老天，你在说什么啊，我怎么会怪你呢？他们要找上你，你有什么办法！"他盯着天择看了一会，"不过你又摊上大事了，你准备怎么办？"

"我想先找到刘静涵，她很关键。"

李力锋立刻来了精神："我的老朋友，知道吗，我一直都想跟班长大人一起玩游戏，这下，我的机会来了。"

天择撇撇嘴："就知道你醉翁之意不在酒。"

"嘿嘿嘿，还是你最了解我。"李力锋反手搂着他的肩膀，往教室走去，"不过，我是认真的，天择，只要你有需要，我会第一时间来帮你——你想怎么找？"

"问她的好朋友。"

上课了，高老师站在讲台上，表情是前所未有的严肃。他环顾班级一圈，认真地说："各位同学，我再提醒一遍，上课不要吃东西，特别是罐头，下课都不准吃。"

他的严肃没有达到应有的效果，不少同学开始放声大笑。

天择趁机对张馨蕾说："你说刘班长要是在，现在会不会站出来维持秩序啊？咦，你知道她今天为啥没来上学吗？"

张馨蕾止住笑，瞪着他。天择吓了一跳。接着张馨蕾站起来："都安静，我们在上课。"

她声音不大，但威力挺大。全班很快安静下来。

张馨蕾气呼呼地瞪着天择，低声说："只有她才能维持秩序吗？"

天择一拍脑门儿，意识到自己言语不当。他赶紧道歉："我不是那个意思，我以为你们是好朋友。你说说她，不就一个臭罐头嘛，居然连学都不上了，比你脆弱多了。"

张馨蕾脸上露出满意的微笑。

"等她来了，我一定要去批评她，身为班长，这样不以身作则！应该你当班长。"

张馨蕾脸上绽放出了一朵花儿。

"你说她啥时候来呢？我都迫不及待了。"

张馨蕾撇撇嘴："听说是请假了，昨天被熏晕了。啥时候来，还不知道呢。我听张老师说的。"

这可不太妙啊，天择暗忖，接着说："那你有没有她的电话？我今晚上回去就打电话数落她。"

张馨蕾立刻从书包里掏出一个小本子："给，自己找。"

那是一本通讯录，张馨蕾把好朋友家长的电话号码都写在上面。天择很快找到了刘静涵妈妈的手机号码，接着，在同一页上，他看到了李涛博士的电话号码，底下注明的却是"李天择"，号码旁边还有一个爱心形状的粉红记号。

在他发愣的期间，张馨蕾一把夺过通讯录，又塞进了书包，脸蛋儿红得透亮。

"唉，别呀，我还没记下呢。"

张馨蕾推开他的手："你别看了。"然后，假装专注地看黑板，其实眼睛的余光，一直尴尬地留意着天择的反应。

天择若无其事地说："其实我也有手机的，本来我想着把我的号码写给你呢。"

"谁要你的电话号码。"张馨蕾表面毫不在乎，脸上却浮现出情不自禁的微笑。

"嘿嘿，你真不要?"天择戏谑地看着她，"快给我，我给你写。"

张馨蕾红着脸，又把通讯录慢慢掏出来："事先说好，我要你号码只是——只是有啥数学题不会，让你给我讲。"

"没问题，班长大人，我随时奉陪。"天择笑嘻嘻地翻开通讯录，赶紧把刘静涵妈妈的号码抄在课本上，又在博士的号码底下，写上自己的号码。

整节课，张馨蕾的脸蛋就没恢复本色，而且坐得相当端正，动都不动，生怕再引来天择的目光。

一下课，李力锋就冲过来把天择拽出教室。

他兴奋不已："我说哥们儿，我咋瞅着你和副班长好像有情况啊?"

天择推了他一下："别胡说，这么多同学呢。"他往四周看了看。

"嗨，你就别装了。我看得清清楚楚，张馨蕾整节课上就是个大红萝卜，从头红到脚了。"

"哎呀，我这不是问她要刘静涵电话嘛，示好是必须的啊。"

"哎哟哟，你示好得把手机号码都给人家了，"李力锋好似喝了一罐子醋，"人家为啥起来维持秩序，还不是因为你当着人家的面，说班花的好话嘛。"

"我说皮靴张就该罚你写检查，你上课不是偷吃罐头，就是偷听别人说话，能不能干点光明正大的事情。"

李力锋扭着胳膊："嘿嘿，下面我说正事，你准备什么时候给班长打电话?"

"中午放学。我必须问清楚她怎么会有那张照片。"

"那鲱鱼罐头的事情怎么办啊？今天她肯定没把自首信给校长，这件事会越闹越大的。"

天择叹了口气："现在所有事情，只是我的推测，没有证据啊。她在你座位上坐了一会儿，我们就说罐头是她放的。她才不承认呢。"

李力锋若有所思地点点头。

从第三节课开始，张馨蕾无论在课堂还是课间，都在极力维持秩序，比刘静涵还有干劲儿。可她就是避着天择，一句话都不跟天择说，甚至都没往他这边看。而李力锋一会儿看看张馨蕾，一会儿看看天择，还捂着嘴偷笑。

中午吃饭的时候，李力锋在这件事情上，没少戏谑天择。天择以他最快的速度吃完饭，拉着还在往嘴里塞鸡蛋的李力锋冲到操场上，趁没人发现，掏出手机。

"我们还是换个话题聊聊吧，你打，还是我打？"

李力锋激动地看着他："我打。"

天择把手机号码背给他，他拨通号码，对方很快接听了。

"喂，请问是刘静涵妈妈吗？"李力锋的声音有点颤抖，"我是刘静涵的同学李力锋，请问她在家吗？"

天择见李力锋皱起了眉头："啊——那——"

天择夺过手机，打开免提："阿姨您好，我也是刘静涵的同学，听说她昨天回家后不舒服，已经请假了，我想问问她没事吧？"

"哦，你好同学，谢谢你关心静涵，她没事。"

"请问她在家吗？我们想问问她关于黑板报的事情。"

李力锋盯着天择，轻轻摇了摇头。

"嗯，她——她没在家啊，出去了。"

"阿姨，黑板报的事情很着急，今天就要设计，请问她什么时候回来，我们必须今天商量。"

"哦，哦，那——可她不在，我不知道——不然改天行不？"

天择和李力锋对视了一眼："那好吧，阿姨，她如果回来了，麻烦让她给我们回个电话。"

"好的。"对方匆匆挂了电话。

一股不祥之感，在天择和李力锋之间蔓延。

"我觉得，我们可能要去刘静涵家一趟了。"天择说。

李力锋兴奋地点点头："什么时候？"

"下午放学。我还要向皮靴张要地址。"

放学后，天择和李力锋来到办公室，皮靴张忙着批改作业，一见他俩进来，问道："有事吗？"

天择率先开口："张老师，我们听说刘静涵生病请假了，想去看望她，您能给我她家地址吗？"

皮靴张没有犹豫，起身从柜子里拿出装调查表的档案盒，递给天择："自己找。"

天择快速翻动着，李力锋则小心翼翼地问皮靴张："张老师，鲱——鲱鱼罐头的事，有消息了吗？"

皮靴张用困乏的双眼看着他："还没有，"她无精打采地说，"那位同学没有写信给校长，领导还在调查。行了，你别担心了，赶紧回家写作业吧。"

李力锋点点头。

"谢谢张老师。"天择说着，把盒子还给皮靴张，"张老师再见。"

出了校门，天择把李力锋拉进小卖部。

"对啊，我真笨。看望同学，怎么能不买东西？我们该买些什么呢？刘静涵不爱吃零食啊。"

"这件上台面的大事，就交给你了，"天择说着，自顾自沿着食品架寻找起来。很快，他就发现了厕所牌鲱鱼罐头。只剩一盒了。旁边一位三年级的同学正要伸手拿，他迅速把罐头抢了下来。

小同学的手停在半空，幽怨地看着天择走向收银台。

李力锋也提着大包小包的零食过来了。"咦，这是什么？"他拿起鲱鱼罐头一看，惊叫一声，把罐头扔了。

超市老板笑眯眯地捡起收银台上的罐头："嘿嘿，同学，放心，这里面不是鲱鱼，是香喷喷的糖豆。"

李力锋诧异地看着天择："你买这个干什么？"

超市老板替他回答了："这可是今天上市的新款，销量好得不像话。"

天择撇撇嘴："主要是三年级的小朋友在买吧。"

李力锋狐疑地望着他："你咋知道？"

"因为三年级同学的创意，还是挺强的。"天择掏出博士上午给他的二十块钱，李力锋补上剩下的二十一块八毛钱，两人出了小卖部。

"这个商店老板的孩子，是上三年级吗？"李力锋问。

天择从口袋掏出那张传单，递给他。"我早上上楼时，从三年级走廊截获的。"

李力锋展开一看，脸都绿了。"瞧瞧这些商店，昨天主角才登场，今天周边产品就出来了，真是会蹭热度。"

"这都不是关键，关键是我们不能不服老啊，都想不出年轻人这样的宣传创意了。"

"你要把这个送给刘静涵吗?"李力锋指了指袋子里的罐头。

"我觉得这个礼物最适合她,你觉得呢?"

李力锋会意地笑了:"我希望她能向我道歉。"

"我希望她能告诉我爷爷在哪儿。"天择说完给博士打了个电话,说自己晚上和李力锋一块吃饭,博士表示很遗憾,他还准备今天晚上做一道清蒸鲈鱼呢。

路上,李力锋兴高采烈:"天择,你说我是倒霉还是庆幸,虽然闯了大祸,可好朋友没有抛弃我,还能去班花家里。这是不是因祸得福啊?"

天择撇撇嘴:"你是跌跟头捡金条——运气好呗。"

李力锋摊摊手:"我要是运气好,昨天也不会丢钱了。"

天择看着他:"这事儿我气还没消呢!你的钱丢了当时怎么不说,还要硬着头皮请我们吃饭?"

李力锋低着头:"我那一百块,可能在玩密室逃脱时掉了。可我事先已经向大家承诺了啊,玩完游戏请客的。总不能让大家凑钱吧,我还免费蹭一顿?那多没面子。"他谨慎地看向天择,"对不起,天择。我害得你被全班笑话。"

天择无奈地摇摇头:"你这是象鼻子插葱——装蒜。"

李力锋尴尬地笑了笑。

刘静涵的家距离学校只有两个街区,天择和李力锋只乘坐了一站地铁。

刘静涵妈妈很快就开了门,尽管脸上很震惊,但等天择说明来意之后,她望着两位同学手中的慰问礼,只好无奈地把他们让进家门。"东西就放在桌上吧,谢谢。"

天择惊讶地打量着刘静涵的家,这八成是个古董世家吧,他想。

刘静涵家中干净整洁的客厅里，摆满了高到天花板的博古架，架子上是各种古瓶古罐，墙上还挂着很多字画，都散发着不输《骷髅幻戏图》的古韵。

刘静涵妈妈局促地坐在沙发上："谢谢啊，可是刘静涵现在还没回来，我会把你们的好意转达给她的。"

天择听出了这句话的意思。可是他假装没听懂。

"阿姨，她去哪儿了呀？我们很担心她。"天择说着也坐到了沙发上。李力锋有点不好意思，仍站在沙发旁。

刘静涵妈妈眼睛看向别处："嗯——她跟她爸爸出去办事了——"

"您能帮我们问问，他们什么时间回来吗？"天择客气地说。

刘静涵妈妈开始支支吾吾："我——不是，他们没带电话，我也不知道啊——"

天择觉得应该直入主题："阿姨，您听说过三星堆的一号神树吗？特别是，"他顿了顿，"树上的九只青铜鸟？"

刘静涵妈妈直勾勾地看着他："你——你问这个干什么？"

天择心中笑了笑，这位妈妈的演技实在蹩脚。

"您听说过西汉的'见日之光'铜镜吗？"

刘静涵妈妈愣了一下，接着赶紧说："不不，什么镜子呀，我没听说过，你说的我都没听说过。"她的眼睛瞟向厨房。"我灶台上还烧着菜呢，你们也赶紧回家写作业吧。"

天择坐着没有动，他尽量表现出一副严肃表情："阿姨，昨天有人给学校扔了一个匪夷所思的鱼罐头，家长们一直在要说法，现在还没破案呢。还有人趁乱给我书包里放了一面铜镜，我觉得那面镜子，是个古董。"

刘静涵妈妈动了动身子，眼珠子转来转去，"这事儿，跟我们有关系吗？"

天择摇了摇头，"我只是想，让你们帮我鉴定一下。那上面有一圈铭文，我看不懂。"

"哦，这样啊。"刘静涵妈妈想擦额头，又不自在地收回手，"可我不懂啊。她爸爸懂。"

"那好吧，阿姨，"天择站起身，故作遗憾地对李力锋说，"我们只能找警察叔叔帮忙了，顺便让他们查一下，看是谁扔的罐头。"说完就拽着李力锋朝门外走。

刘静涵妈妈突然站起来："哎哎，同学，等一下。"

天择斜睨着她："阿姨，您不去看看菜煳了吗？"

"我——"刘静涵妈妈拽住天择的胳膊，"对不起，我不该骗你们的。"

"阿姨，您有什么事情骗我们啦？"天择故作不解。

"唉，我知道静涵有些事情做得不对，我也不是要刻意护着静涵，但这其中的缘由，他们不告诉我。这样吧，你们如果想找静涵和她爸爸，就去僻静大道四百四十四号吧。"

天择诧异地看着她："他们怎么会在那儿？"

刘静涵妈妈看上去很苦恼："好像跟——跟你刚才说的什么鸟有关系。其他的我就真不知道了。"

天择满意地点点头："谢谢阿姨，这样我就不用麻烦警察叔叔了。"

"你可别说，是我告诉你们的啊。"

"放心吧，阿姨。"

地铁上，李力锋一直在追问，僻静大道四百四十四号，究竟是个什么地方？

但天择一直没有回答。他的心情很郁闷。

因为僻静大道四百四十四号，自古以来，就是一个不祥之地。

第四章　古堡里的秘密

奇耻大辱瞬间化作奋力前行的动力。那个可恶的捣蛋鬼要为她的胆大包天付出代价！没错，非常惨痛的代价！

——《刺猬杰斐逊和一桩悬案》　［法］让－克劳德·穆莱瓦

李力锋一声不吭坐在拉面馆的餐桌上，拿过辣椒罐，拼命往汤面里舀辣椒，半罐儿辣椒都进了他的碗。

天择看着他气呼呼的样子，夺过辣椒罐："你就别吃辣椒了，以免火上浇——"

李力锋打断他的话："李天择，你的老毛病又犯了！你又开始卖关子，是不是？"

"哎呀，你别生气。我不是卖关子，我要想想该怎么说。我怕那个地方吓到你啊。"

"我是被吓大的吗？"

"好吧。那我就直说了，你晚上可别做噩梦哦。"

"你放一万个心，我可不是胆小鬼。"

"僻静大道四百四十四号，在古堡市东郊，是一座古城堡，我们这座城市，很可能就是以它命名的。那座建筑荒废很久了，传说——"他凑近李力锋，压低声音说，"那里面很恐怖！"

李力锋浑身一哆嗦，双眼犹如两个大铜铃："怎么恐怖？"

天择一脸高深莫测："据说那里面，半夜三更很热闹，但是，没有一扇窗户后面亮着灯。比那个木材厂，还要恐怖——"

李力锋目不转睛地瞪着天择："你是说，那里面闹——"

"嘘——"天择把一根手指压在嘴唇上，"现在是科技时代，你干吗要用封建迷信来吓人？"

"那——那——"李力锋急得脸比辣椒都红，"怎么解释半夜三更的喧闹？"

天择声音更小了："这正是我觉得奇怪的地方。你说，大班长和她老爸，跑到古堡里干什么？"

李力锋摇了摇头。

"这正是我们要弄清楚的事情。"天择说，"现在只有他们，能解释青铜神鸟的线索。"

李力锋紧皱眉头："你是说，铜镜上的那一圈铭文，只有他们能解释？"

"你想想，他们家可是玩古董的，这种古文字翻译，对他们来讲根本不是难事。不仅如此，他们还可能知道我爷爷的下落。"

李力锋挠着后脑勺："那他们给你线索的时候，为啥不把铭文直接翻译出来？"

天择遗憾地摇摇头："我不知道。但大班长是在交给我青铜神鸟线索之后，才去的古堡，我觉得她的逃避，肯定不只是为了躲避鲱鱼罐头闯下的祸，她有更重要的事情去做，没准儿是我爷爷交给他们的另一项任务，应该也和青铜神鸟有关。"

李力锋挺直了身子，认真地看着天择："你说，我们接下来怎么办？"

天择想了想："国庆节你有空吗？我们到古堡走一趟。"

李力锋神采飞扬，他摆明了在等这个答案。

接下来的两天，是国庆长假前的最后两天，李力锋始终都处于亢奋情绪之中。

天择对即将来临的假期，更多的是紧张。他担心那面铜镜的真实来源，每一天，他都要搜索有没有博物馆失窃古物的消息。他并不那样关心秘境，他只关心他的爷爷。只要他独自一人，他就会望向天空，尽管一天比一天疯狂的沙尘暴卷走了这座城市的活力，卷走了人们所有的美好情绪，却无法夺走他对爷爷的思念。他的思念，如同沙漠之中的胡杨，深深扎根于大地之下，挺立于黄土的暴风之中。

班长能不能给他一个完美的答案呢？

鲱鱼罐头的风波，在校方支付了所有就医学生的医药费、减免了全校同学一学期的餐饮费，并公开发出一封道歉信之后，终于平息。那位携带鲱鱼罐头的神秘人，仍未浮出水面，在教导主任的捶胸顿足和校长无奈的叹息声中，调查工作暂时陷入了泥潭。

不过厕所牌鲱鱼罐头的热度，却是芝麻开花节节高，甚至超过了瑞典原产鲱鱼罐头。似乎全校都被罐头占领了。开罐头的声音，不仅响彻三年级的教室，就连六年级二班平时不吃零食的同学，课间都一罐接一罐地打开，开启之前还煞有介事地捏鼻捂嘴。

而他们一直不知道，带给他们这份乐趣的人，究竟是谁。

　　李力锋为古堡之行，买了十罐厕所牌鲱鱼罐头，他兴冲冲地说："嘿，天择，你说我们和罐头风波的策划者，在神秘的古堡里分享它们，会不会很幽默？"

　　天择盯着这堆爆款罐头："简直幽默到家了！"

　　假期第一天，天择怀着万分骄傲的心情，看完全程的天安门广场阅兵仪式，就开始准备东西，并告诉爸爸妈妈，下午要和李力锋出去玩，要到晚上才回来。

　　博士和夫人只是叮嘱了一句"注意安全"，并没有察觉天择的书包里，除了零食之外，还偷偷塞着一张照片和一面铜镜，以及一只手电筒。

　　前往僻静大道的地铁上，天择一直盯着李力锋的书包，它的侧边塞了一个大弹弓，简直比在地下埋了一百年的烂树根还难看。李力锋把它拿出来，在天择眼前摇晃："看，漂亮吧，帅吧！"

　　天择一脸嫌弃，一看就知道它出自李力锋之手："去见班长，你还带这个，怕她吃了你？"

　　"嘿，你懂什么，谁知道古堡里面有什么东西呢，我这可是为英雄救美准备的。"

　　"嚯，"天择假装一副崇拜模样，戏谑地冲他抱抱拳，"敢问兄台是哪派英雄？"

　　李力锋一本正经也抱拳："在下——护花使者派。"

　　"喊，"天择不屑地一甩手，"人家有她老爸保护呢，你瞎操心什么。"

　　"这不一样。弹弓可是远程作战武器，特点就是快、准、狠。"李力锋举着弹弓自我陶醉，"我爸爸说他小时候经常拿这东西打麻雀，我还从没见过这么好玩的东西，于是让他帮我做了一个。当然主要还是我做的。"

"你家祖传的艺术细胞，还真让人不敢恭维。"天择撇撇嘴，意识到自己应该也带一样武器的。

列车行驶了将近一个小时，他俩下车后，车上已经没有乘客了。下一站，就是地铁一号线东去的终点站。

天择不由自主地竖起衣领，望着前无古人后无来者的石板路。

李力锋一脸感慨："我的天啊，僻静大道这名字，只起对了一半啊。僻静没错，可这哪里是大道，简直就是驴车小径嘛，现在连驴车都不稀罕走了。"

天择环视一圈，一派荒凉之景，枯黄的野草和灌木，从眼前铺向遥远的地平线，与即将起尘暴的天空融为一体，开阔的视野中，唯有一座尖耸的古城堡，屹立在前方。

城堡高耸的尖塔直逼暗色涌动的天空，天择觉得塔楼里应该困着莴苣姑娘，然后还有一位骑着扫帚的老女巫，守在古堡的大门口。

李力锋担心地看着天择，天择知道他心里想什么呢。"护花使者派英雄，拿上你的作战武器，莴苣姑娘等着她的王子呢。"

李力锋一脸震惊："都啥时候了，你还开玩笑。"

天择笑嘻嘻地拽着他走向古堡："放心吧，我昨天查了，它只是年久失修，且维修费用很高，政府部门暂时没有修复它，所以没有对外开放。它绝对有成为热门旅游景点的潜质。"

"你说，咱们古堡市，咋会有欧洲的城堡呢?"

天择耸耸肩："我也不知道，它的建造者没有史料记载。我只知道它修建于明代，那个时期，正是欧洲文艺复兴时期，不过这座城堡的风格，却是欧洲中世纪时期的哥特式，这也没什么可奇怪的，本来哥特文化和文艺复兴文化在十四和十五世纪时，有一段混合期。"

李力锋一脸迷茫："啥叫哥特式？"

天择指着前方的古堡："喏，就是这样的。塔楼尖尖的，窗户又窄又高，墙上还装饰有尖拱。最重要的是，"他故意压低声音，"从里到外，都透着一种里面闹鬼的感觉。"

李力锋眼睛瞪得像铜铃，看了看手中的弹弓："这——这东西对付人还行，你说要是对付那种玩意儿，是不是——欠点火候？"

"嗨，吓你的，"天择拍了拍他的肩膀，"你不是去过意大利米兰大教堂吗？那座教堂就是哥特风格的代表之一。你在它面前有没有吓成这样？还有，法国巴黎圣母院也是。"

"可那些都是旅游景点啊，里面那么多人呢。"

"哈哈，这里面也有人啊——你的莴苣姑娘在里面呢，王子殿下。"

李力锋冷不丁踢了天择一脚："再开玩笑，我拿弹弓揍你。"

"我们可不能自相残杀，要保存战斗力啊。"天择拉着李力锋往古堡走去。

李力锋盯着城堡漆黑的窗口，嘀咕着："莴苣姑娘怎么还不垂下她的金发？我直接爬上去算了。"

"刘静涵是黑发。"

李力锋抬腿准备再踹天择一脚，天择灵巧地躲开了。

古堡前有一道宽阔的石阶，门框是尖拱形状。厚重的木门深深嵌入更加厚重的石墙内，紧紧锁闭，六百年的风雪，在上面谱写着历史的沧桑，深褐色的门板坑坑洼洼，但仍不遗余力地恪守本分，守护着它身后的古堡。

"我们怎么进去啊？"天择推了推大门，大门纹丝不动。

一个女人的声音突然响起："口令？"

天择吓得往后一跳。

声音是从门后传来的，又没了动静。

天择咽了口唾沫，瞪着大门看了好久，才壮起胆子问："你……你是谁？"

"口令错误。"一个深感抱歉的女人声音从门后传来，两人面面相觑。

半晌，李力锋悄声说："这是不是个电子锁？"

"口令？"那个声音再次响起，声调都没变。天择点点头，这门锁就像爷爷保险箱的门锁那样。

他把李力锋从台阶上拉下来。

"里面到底在搞什么鬼啊，进个门还要口令？"李力锋一脸沮丧，"我们怎么办啊，这样猜，要猜到啥时候去啊？"

天择把脸埋进手掌，他千算万算，没算到明朝的古堡，还带个密码锁。

突然他掏出手机，拨通了刘静涵妈妈的电话。在一通唉声叹气之后，他就挂断了电话。"她也不知道密码是什么。我问她刘静涵或者她老爸的电话，可这两人更绝，压根儿没带手机。"

李力锋垂头丧气地坐在台阶上。而天择似乎想起了什么，拉着他又走到门前，敲门。

"口令？"

"青铜神鸟。"天择一字一顿地说，忐忑不安地等待回音。

很快，一个冷冰冰的声音响起：

"口令错误。还有一次机会。口令？"

天择捂着脸，李力锋对着大门竖起大拇指，一脸调侃地赞许道："绝！你更绝！天下就你最绝！"

"口令错误。请五分钟后再试两次。"

要不是天择及时拉住李力锋，李力锋就一脚踹上门板了。

两人正推搡着走下台阶，就听身后那个声音又响了："哪儿有这么长的口令，蠢货。"

天择和李力锋愣在了台阶上，接着李力锋卸下书包就要砸过去。

天择夺下书包，把他推下台阶。

"天择，猜不对口令也就算了，还要接受这破门赤裸裸的嘲讽！"李力锋满脸通红，气得呼哧呼哧的。

"冷静一下。"

"天择，你别拦我，我去找个攻城锤！砸烂它！"

"哎呀，你先冷静！"天择拼命拽住李力锋，"你上哪儿找攻城锤去啊？这又不是中世纪！再说，就算你找到了，十个咱俩都抬不动。"

李力锋甩开天择的手："天择，现在已经不是我们猜多少次能猜对的问题了，而是我们还能不能猜的问题了。再猜下去，没准儿它就直接锁死了。"

天择看向大门，说："我们还有两次机会。我需要好好想想，口令可能就藏在班长给我的那堆物件中，而且，不会很长。"

李力锋安静地看着他。五分钟后，天择自信满满地走向大门，在说出"青铜神树"之后，大门终于受不了了："四次都猜不到，笨蛋。"

李力锋的书包终于如愿以偿地拍到了门板上。

天择忧郁地看着大门。

“天择，你可得加把劲儿了。我可不想第三次听到这种嘲讽了。”

天择一边想一边摇着脑袋，不是“见日之光，天下大明”，这太长了。那么是“青铜镜”？“夸父追日”？

两个选项，一次机会，天择犹豫不决。

李力锋紧张地看着他。

天择准备豁出去了，赌一把自己的运气。他定了定神，张开嘴——

“青铜镜。”话音未落，门后的判断声还未响起，他接着又说，“夸父追日。”

李力锋举起书包准备着——

“口令正确。夸父追日。欢迎光临。”一个愉快的电子声响起。

天择长长地舒了一口气，李力锋放下书包：“它终于有礼貌了。”

门后传来齿轮转动的声音，大门缓缓敞开了。

李力锋崇拜地对天择竖起大拇指：“我不该叫你天择，应该叫你天才！你是两个答案一块儿说的吗？”

“嗯。我赌了一把，我猜它能在一句话中，识别正确的口令字眼儿。哈哈——毕竟是电脑嘛，没有人脑那样智能啊。”

李力锋甩起书包，又朝门板上砸了一下：“你才是蠢货！你才是笨蛋！还敢嘲笑你李爷爷！早知道如此，我直接揣一本《山海经》，全书读给你听，累死你！”

天择斜睨着他：“你读，它听，你俩谁累啊？”

“说的也是。我都被这破门气傻了。”

昏暗的古堡内到处弥漫着木头和石头气味，地面铺着古老斑驳的木质地板，每踩一下，就发出老鼠嘶叫般的哀号。没走两步，突然“哐唧"一声，古堡大门自动关上了。后方没有了退路，前方是一座走廊迷宫。

李力锋啧啧道："班长平时不显山不露水，没想到她家这么有钱，在郊外居然有一座行宫。"

狭长的走廊朝四面八方延伸，走廊两侧全是深褐色的橡木门。每扇门上都刻着门牌号码，所有门都紧闭着。

"我的老天啊，这些门不会都要口令吧？"

"试一试不就知道了。"天择走向最近的一扇门，门牌上标着101。他轻轻敲了敲门。

门后传来一个男人不耐烦的声音："谁呀？"

李力锋松了口气："谢天谢地，不要口令。"

"叔叔，请问刘静涵在吗？"天择客气地问。

"刘静涵是谁呀？"那个男人有点生气了，"这么早，都没开市呢，找什么人呢！不认识！"

天择和李力锋面面相觑，不太明白男人在说什么。

"叔叔，这天儿已经不早啦，我的午餐都快消化干净啦！"李力锋对着门板叫道。

天择示意他别多嘴。

男人没有说话，应该睡着了。

"叔叔，"天择小心翼翼地解释道，"刘静涵是我同学，十二岁，一个小女孩。我们找她有急事。"

"哎呀！小孩子可真烦！我早就说过别把小孩子带进来，老刘就是不听！"男人牢骚满腹，"128！给我安静点，都休息呢！"

"对不起，打扰您了。谢谢。"天择咧咧嘴，拉着李力锋赶紧离开这扇门，蹑手蹑脚顺着走廊寻找128房间。

很快，他们就站在 128 房间门口。天择敲击着厚重的门板。

门后没有反应。

天择看着李力锋，李力锋也看着他："他们不会正在睡觉吧？这里的人也太奇怪了，白天睡觉，晚上去做贼吗？"

天择迟疑了一下，再次叩响大门。

还是没有反应。他正要叩第三下，"吱呀"一声门开了。

刘静涵抱着双臂，站在门后，一脸嫌弃地盯着天择。

李力锋嬉皮笑脸地说："哎呀，班长大人，没想到在这儿还能偶遇啊。"

刘静涵不屑地撇撇嘴，冷冰冰地说："你们找我什么事？"

李力锋一愣："我们……我们没找你啊，我们只是来……"他看了看天择，"来转一转。"

刘静涵叹了口气："你们知道这是什么地方吗？来转一转？"她看着天择，"东西收到了吧？"

天择也认真地看着她："没错，我们是来找你的。我们需要一个解释。"

刘静涵侧身到门边，把他们让进了房间。

这是一间很昏暗的屋子，窗帘把窗户挡得严严实实，屋顶上只有一盏鹿头造型的吊灯，鹿角上点着蜡烛。昏暗的烛光下，墙角摆放着密密麻麻的木架子。而架子上，天择看得真真切切，摆放的全是些老烛台、铜镜、铜钱、爵、编钟和青花瓷瓶子，等等，这些东西一看就是从地底下掏出来的，铜镜、铜烛台、古人喝酒的爵还有编钟表面都锈成了绿色，还沾着泥土。

天择瞬间明白了。他万万没想到，刘静涵的家人，居然是盗墓贼！

古堡市拥有三千多年的历史，曾是十三朝古都，随便一铲子下去，都可能挖出古董来。而这里，就是他们进行古董交易的地方，怪不得这么神秘。

天择曾听过鬼市一说。为什么叫作鬼市？其实跟鬼没有半点关系，只是因为鬼市是日落而作，日出而息，只在夜晚进行交易，这是它的标志。而交易的东西，当然都是见不得人的东西，比如说从古墓里盗出来的古董文物，谁敢光明正大地白天拿到商场里去卖？还有些比较奇怪的东西，比如说国家保护动物的标本。

难怪这地方的人现在都在睡觉呢。天择没想到，古堡市的鬼市竟然在这里。现在想一想，把鬼市安排在这里，确实很恰当。

"班长，"天择震惊地看着她，"这地方是贩卖古董的鬼市吧？你知道这样做是不对的。你为什么会在这里？"

刘静涵一仰头，摆出一副事不关己的样子："你找我到底有什么事情？我和爸爸还有事情要做。"

"啊？你们不睡觉吗？"李力锋好奇地左看右看，"你老爸在哪儿？"

"这不关你们的事。"刘静涵没好气地说。

天择心中的怒火越烧越旺，班长给学校捅了那么大的篓子，她现在好像一点儿也不愧疚。

"那什么才关我们的事？"天择喊道，"鲱鱼罐头吗？"

李力锋和刘静涵哑然看着他。

天择指着墙边的架子，怒吼道："这些可全是古董。你跟你爸在贩卖古董，你敢说这跟我们没关系吗。我会报警的！"

刘静涵眼睛瞪圆了，她大概没想到天择会发这么大的火。

"天择，"李力锋搂着他的肩膀，"有话好好说，别生气啊。"

天择一把摘下他的书包，将里面的零食一股脑儿倒在地上，捡起一个山寨鲱鱼罐头，举在眼前："你知道你的罐头引起了多大的风波吗！连小卖部都上架了！"他将罐头狠狠摔在地上，"李力锋会因为你被开除的！这个也跟我们没关系吗！"

刘静涵窘迫地盯着地上的罐头，脸红到了耳根："我——我没想到——"

"你没想到什么！"天择怒气冲冲地打断她的话，"没想到文物是全人类的，不是让你家挣钱的！还是没想到你刘静涵会害同学被开除！"他又捡起一只罐头，摔在地上，"刘静涵，你配当班长吗！"

刘静涵局促不安地动了动身子："李天择，先听我说——"她看着胸脯一起一伏的天择，"你俩在办公室的时候，我就想在那个课间把东西给你，可是张馨蕾一直在座位上，她不爱课间下座位活动。所以我才拿罐头备用，结果用上了——"

天择的脸扭曲了。

"而你也不爱下座位，午饭又吃得晚，所以我想用罐头——"

天择气得几乎跳了起来："所以你想用罐头臭翻整个教室，趁我们所有人都乱套的时候，给我塞东西对吧？"

"我想趁乱维护秩序，趁机给你放线索。我以为只有教室后半部分会臭翻，却没有想到，那个罐头影响力那么大——"

李力锋想拉住天择，可天择甩开他的手："你还向凉皮店老板告密，趁课间李力锋不在，往他抽屉里塞罐头！"

"凉皮店那事儿是个意外。我那天正好也在店里。而且我觉得你们本来就做得不对。"

"那你呢！"天择几乎成了一座火山，狂烈地喷发着，"你做的就对吗！"

"我只是没想到，那个罐头威力那么大……"

刘静涵还想辩解什么，天择打断她："好吧。我就一个问题，我爷爷在哪儿？"

这时，一堵墙响了。三人齐刷刷看去，那是一处壁炉，不知怎的，那个壁炉开始旋转，露出了一个洞，洞后面是个更昏暗的房间。

一位身着长袖古袍的男人，从壁炉后面衣袂翩翩地飘了出来，颇具仙风道骨。

刘静涵跑过去，站在他的身旁。

李力锋盯着这位古风十足的先生，眨巴着眼睛："叔叔，您这套打扮，可真别致啊。是特别设计的吗？"

那位先生皱着眉头，打量着屋子里的访客。

少顷，他开口了，一张嘴就冒着仙气："鄙人不知有贵客到访，失敬。"他居然朝天择和李力锋弯腰作了个揖，"小女如有不周，还望贵客海涵。"

天择和李力锋面面相觑，一时不知该怎么回应。

"叔叔，"天择平复着自己的情绪，略有尴尬地说，"没关系。您——您不必这样——"

可刘先生打断了他："适才贵客颇具窥探之心，鄙人颇好汉风，此乃汉衣，吾之最爱。"他说完冲二人微微一笑，天择脸庞皱成一团，李力锋挠着后脑勺。

刘静涵苦笑一声："哎呀，爸，你说点儿他们能听得懂的。别炫耀你的古文了。你们别害怕，我爸就这样儿。他是说，他喜欢汉代文化，这身白衣服，是汉代人穿的汉服。"

刘先生微笑地看着天择："不知贵客光临寒舍，有何贵干？"

天择指着满地的冒牌鲱鱼罐头，不紧不慢地说："尊父客气了。吾辈到访，实属无奈，此物，吾辈颇具窥探之心，恳请令爱赐教。"

天择说得一本正经，心里却暗自不屑，你一个盗墓贼，还正儿八经装文人，好像古汉语谁不会说似的。

"天择，"李力锋一脸苦涩，"求你别说文言文了，一个汉代人就够了，你怎么也穿越了啊。"

"哈哈哈——"刘父大笑起来，"你的古文还不错，李天择同学。"

李力锋松了口气："叔叔，原来您会说现代语言啊。"

"我跟你们开个玩笑。我喜欢研究古董，特别喜欢汉代古董，所以平时在家，或者在店里就穿这身汉服。"

刘父望着遍地罐头："静涵，把这里打扫一下。"然后他平静地看着天择，"这件事，我向你道歉，天择。那些本来应该由我给你的，可是我那天很忙，一直在这里。"

天择叹了口气："只是这件事，把李力锋害惨了。学校到现在还没弄明白罐头的事呢。"

"放心，假期结束后，我和静涵去学校解释。"

"爸——你——"

刘父严肃地看着刘静涵："闺女，你别怪爸爸严厉，我总是跟你说，做事情有很多种方法。而你却选择了一个，必须向所有人道歉的方法。我可没教你那样做。"

刘静涵一脸委屈："爸，可我也没办法啊，我——"

"孩子，无论你出于什么原因，做错了事，都必须承担责任。意外闯祸很糟糕，可是回避错误更糟糕！你瞒不过去，更不能让无辜的同学蒙冤。放心，爸爸陪你去。"刘父把女儿轻轻揽在怀里，看着天择和李力锋，"两位小同学，也请你们原谅静涵，她前两天从学校回来时，就已经知错了。为此，她吓得好几天都没去上学了。"

天择同情地看着班长，那可真不是一件小事。

"哈——好啦，"刘父松开女儿，"其实这事情都怪我。我把东西给了静涵，让她转交给你。"

"我这次来，主要是想知道我爷爷在哪儿。"天择打开书包，掏出照片和铜镜，举在眼前，"叔叔，这张照片，是我爷爷直接给你的吧？"

刘父看着照片："这个不是，是你爷爷派了一名黑衣男人，交给我的。并交代我必须把它，还有铜镜，确保万无一失地交到你手上。"

"所以你也不知道我爷爷的下落？"

刘父摇摇头："作为你爷爷的好朋友，我敢站在珠穆朗玛峰顶上起誓，你爷爷绝对是天底下最神秘的人了，来无影去无踪，我都好几年没见过他了。我也不知道这张照片和铜镜，他是从哪里弄到的。"

天择努努嘴："没错，这是爷爷的风格。"

"不过，"刘父接着说，"重要的是里面的线索。你发现什么了吗？"

天择抿着嘴唇，过了一会儿他问："班长为什么不把东西直接给我？"

刘静涵停下收拾零食的手："我不想让你知道，我也被牵扯进来了。我对秘境可没什么兴趣，也省得你追着我问东问西的。"

刘父笑嘻嘻地看着天择，换了个话题："你真的没有发现什么线索吗？"

天择深吸一口气，说："叔叔，您是盗墓贼吗？"

刘父愣了一下，然后爽朗地笑着："哈哈哈——你刚才跟静涵吵架，起因就是这事儿吧？"

天择点点头。

刘父抬手指着房间的架子："这些，全是仿古工艺品。我们不盗墓，更不会贩卖珍稀古董。贩卖它们可是重罪。"

天择松了口气，不好意思地看着刘静涵。刘静涵则耸耸肩，一副无所谓的样子。

"这里是鬼市吗？"

"没错。来鬼市的人，都是会员，进门必须输入口令。不过现代的鬼市，可不比往昔，现在宽松得多，不用严格保密鬼市的地点，谁有兴趣都可以来，但是好像没多少人对此感兴趣。现在鬼市里面绝大多数都是仿古工艺品。我们也不骗人，是真品我们就告诉买家是真品，是仿古工艺品就是仿古工艺品，价格也便宜，他们也就是买回去，放在架子上做展示的。"

"您卖过真品？"

"哦，"刘父似乎被逗乐了，"孩子，不是所有的古董，都是不能买卖的。听说过拍卖行吗？他们还在光天化日之下，做古董交易呢。我国的《文物保护法》并没有禁止民间收藏文物，但是这不包括国有文物和非常珍贵的文物。"

天择若有所思地点点头。

"当然，在这个鬼市里，也有古董交易，但都是合法的。"

"不过，"刘静涵看了看刘父，"有两样文物除外。"

刘父点点头，指着天择手中的照片："和那张照片有关。是两片甲骨文。"

面对天择渴望的眼神，刘父客气地请他和李力锋进入密室。

　　这个房间跟外面的一般大，只是更加昏暗。最特别的是，墙边的架子上，摆放的全部都是甲骨。一张巨大木桌后面的墙上，悬挂着一张巨幅《山海经寰宇全图》。这里简直就是研究上古《山海经》的圣地啊。

　　天择和李力锋惊讶地左看看右瞧瞧。李力锋想拿起一片甲骨，天择把他的手拽了回来。

　　刘父笑了笑："没关系，架子上的都是冒牌货，一看就是埋了没多久又从地里挖出来的，而且刻痕也很新。所有的甲骨都属于国家文物，是不能交易的。"他指着木桌："唯独两片真品，在这儿。"

　　天择疑惑地看着他："不是不能买卖甲骨吗？"

　　刘父叹了口气，"这个说来话长。"

　　"我们时间充裕。"天择说。

　　刘父将天择让到桌边，桌面上，两片棕褐色的龟甲，端正地摆放着，其上的文字都是象形文字，笔画锋利刚劲，散发着上古时代绵延千年的历史冲击感。

　　"天择你看，这是两片乌龟腹部的甲壳，两片拼在一起，是完整的一片，"刘父指着两片甲骨，"一片完整的甲骨，中间都有一道竖线，竖线左半片甲骨，从左上方开始纵向刻写，到右下方结束，而右半侧甲骨，则从右上方纵向刻写，到左下方结束，这是甲骨文的书写方式。你看，所有象形文字都呈左右对称布置，真是太完美了。"刘父激动地搓着手，"简直是天下第一的艺术品啊。古人真是太伟大了。"

　　天择也不由得赞叹，他从没如此近距离地欣赏甲骨文，眼前的甲骨真是一件精雕细琢的完美艺术品。李力锋张着嘴，低头看着甲骨："我的天啊，这玩意儿美是美，可写的什么啊？"

　　刘父说："甲骨文起源于商朝晚期，也就是殷商时代，通常用于王室的占卜，但也有一些记录了当时发生的重大事件。目前发现的甲骨文大约有四千五百个字，能破解的文字只有两千五百个。这两片甲骨，是记事用的。"

　　天择凑近甲骨："叔叔，这两片甲骨上都记录了什么啊？与照片有什么关系？"

　　刘父戴上白手套，轻轻捧起左边的甲骨："你们看，这片甲骨上，刻了十个字，可是有四个字，由于时间久远，甲骨表面有些磨损，无法完全辨认。而这一片，"他又捧起右边的甲骨，"上面也刻了十个字，也有四个字辨认不清了。根据我的研究，前面六个字，写的是'夸父''赤木''西'和'乌'，另外六个字，是'十日邑''东'和'射日'。"

刘父慢慢放下甲骨，平静地看着天择："你觉得和照片有什么关系呢？"

天择震惊地望着他："叔叔，您是说，上面记录了夸父追日和后羿射日两个神话故事？"

刘父摇摇头："孩子，它们不是神话。而是真实发生的事件。"

第五章　夸父之路

"人不是为屈服而生的，"他说，"人可以被毁灭，但绝不能屈服。"

——《老人与海》　〔美〕欧内斯特·米勒尔·海明威

天择和李力锋愣了足有一分钟。这怎么可能呢——现实中真的有追太阳的夸父和射九日的后羿？那么传说中天空有十个太阳是真的了？太阳中栖息着三足乌也是真的了？

"这真不可思议，对吧？"刘父望着一脸迷茫的客人，笑了。

"叔叔，这不可能啊，"天择说，"太阳中心的温度是两千万摄氏度，别说三足乌了，就算是青铜乌，也融化成气体蒸发了。"

刘父摩挲着下巴："有些事，不能按照表面意思去理解。来，我们坐下谈，静涵，给同学倒水。"他邀请两位客人坐在桌子对面的沙发上。

刘静涵端来两杯热腾腾的水，递给同学。"谢谢。"李力锋很兴奋，大概是第一次享受班花端水的待遇，"天择，我们这次可真没白来。"他压低声音说。

天择白了他一眼。

刘父和班长坐在他俩对面，刘父双手指尖相对，撑着下巴，俨然三星堆遗址旁一位苦思冥想的考古学家。

良久，他娓娓道来："我们先说这个后羿吧。神话传说中，讲后羿射下了天上多余的九个太阳，其实这是误传。后羿，是历史上真实存在的一个人物，他是夏朝第六任君主，在位八年。后羿本是有穷国的首领，这个有穷国，在现今山东省的德州附近，是曾经东夷族人的一个部落。后来，后羿篡夺了夏朝的王位，成了国君，这起事件史料上记载为太康失国或者后羿代夏。

"而真正射下那九个太阳的人，我们称之为'羿'，或者称之为'大羿'，他并不是有穷国首领后羿。大羿生活在早于夏朝的帝尧时代，他被帝尧封在商丘，也就是现在的河南商丘市。古人把大羿和后羿弄混，就是因为'羿'这个字，'羿'的意思是'善于射箭'的人。有穷国后羿也善于射箭，当然也有可能是太崇拜大羿的射箭本领，因此他给自己也取名为'羿'，而'后'则是对夏朝最高统治者的称呼，所以'后羿'这个名字是指'一个叫羿的夏朝国君'。而射日故事中的主角，其实叫作'大羿'才对。在先秦时代到汉代的史料记载中，射日的羿，都不称作后羿，就是用'羿'这一个字来指代。唐朝之后，才出现了'后羿射日'的表述，其实这是误传。因此，后羿射日这个标题，改为大羿射日或者羿射九日更为恰当。"

天择喝了一口水，视线没离开刘父。

"至于这九个太阳，经现代科学研究，也是一种误解。但在上古时代，人们产生这种误解也很正常。现代的气候专家研究发现，四千年以前，也就是夏朝那个时代，我国的气候发生了变化，气温升高了，这是因为上古时代，一颗彗星撞击了地球。"

天择和李力锋眼睛瞪得圆圆的，动都不敢动，生怕听漏一个字。

刘父接着说："彗星，你们知道，主要成分是冰，质地松散。它撞进地球大气层，与大气层摩擦并分崩离析，发出耀眼光芒。正好，那颗彗星分解成为九块，加上天空中原本的太阳，古人看上去，就以为天空中出现了十个太阳。这也就是《山海经》中记载的扶桑树上'九日居下枝，一日居上枝'的科学解释。彗星碎片撞击地表后，火焰就将土壤烧焦了，但由于主要成分是冰，因此坠落的冰块很快蒸发，彗星无影无踪。当时在干旱中煎熬的人们，看到这个场面，他们当然不知道彗星是什么，就以为天上出现了十个太阳，把大地都烤焦了，接着九个太阳坠落，于是他们就设想有一位善于射箭的英雄——羿，射下了九个。这，就是羿射九日故事的来源。这个故事在《山海经》中没有记载，但是，《山海经》中提到了羿。在第六卷《海外南经》中，有'羿与凿齿战于寿华之野，羿射杀之'的记载，第十五卷《大荒南经》中还有'大荒之中，有山名曰融天，海水南入焉。有人曰凿齿，羿杀之'的记载。在第十八卷《海内经》中又说'帝俊赐羿彤弓素矰，以扶下国，羿是始去恤下地之百艰'。当然，这里把大羿神化了。"

"等一下，叔叔。"李力锋挠着后脑勺，"那这个大羿，到底是帝俊派下来的，还是帝尧时代的？他究竟是人还是神？"

"帝尧是帝俊之后的一位上古帝王。《山海经》中帝俊派来的羿和帝尧时代射日的羿，应该不是同一个人，但他们都是'羿'——善于射箭者。但羿射九日的故事，发生在帝尧时代。至于他是人还是神，"

刘父皱起了眉头，"就算是帝尧这位上古帝王，是否真实存在也不确定。大羿应该是一个半人半神的英雄，是古人基于真实的天文事件而设想的一个神话英雄。

"不过对于大羿射日的神话传说还有一种解释——大羿和后羿一样，也是东夷族人，东夷族人不仅善于射箭，还都崇拜太阳。传说帝尧时代各部落混战，民不聊生，大羿征服了九个部落，言下之意就是大羿统一了那九个崇拜太阳的部落，组成了一个更强大的方国——十日国，人民安居乐业，其象征含义就是，大羿灭掉了九个太阳。"刘父说着看向木桌，"甲骨文中提到了十日邑，这个'邑'，在古汉语中就是城市或者国家的意思。

"我作为成年人，更偏向于这后一个解释，而你们可能更喜欢神话。统一九个东夷族部落的羿是一位真正的实干家，是一个具体的人，他被帝尧封于商丘，甲骨文记载的'十日邑'，也证明了这一点。所以我认为，真正的大羿和历史事件，是帝尧时代的大羿统一了混战的东夷族部落。至于羿射九日的神话传说，则是上古人们结合羿统九族和之后的彗星撞地球而构建的神话传说。'羿射九日'在现实世界中有对应的真人真事，而神话则是这真人真事的象征性体现，便于人们口口相传，纪念大羿这位英雄。"

"那彗星撞地球的时候，人们联想到的羿，是怎么与帝尧时代统领九族的大羿联系到一起的？那时候又没有文字记载，两个事件之间的时间还隔了那么久。"天择问。

"这我就要说说早已失传的《山海图》了。"刘父看着天择，"你爷爷送给你的是陶渊明《读山海经》的第九首诗，而他的第一首诗，是这样的：

孟夏草木长，绕屋树扶疏。

众鸟欣有托，吾亦爱吾庐。

既耕亦已种，时还读我书。

穷巷隔深辙，颇回故人车。

欢言酌春酒，摘我园中蔬。

微雨从东来，好风与之俱。

泛览周王传，流观山海图。

俯仰终宇宙，不乐复何如？

　　这首诗说明了在陶渊明时代，是有这幅《山海图》的。当今学者们认为，《山海经》的作者不是一位，也不属于同一个时代。《山海经》最早出现的是《山经》，它记录了大禹治水之后的一次大规模国土考察活动。不过那个时代是先夏时代，我们最早的成熟文字甲骨文，起源于殷商时代，所以那个时期是没有文字记录的，主要依靠口口相传，或者以图画的形式记录。而《海外经》和《大荒经》，分别出现于夏初和先商，同样没有文字记载，以图像的方式流传，羿统九族事件可能就是这样从帝尧时代流传到夏朝的。最后成书的《海内经》，大约在西周末期或者春秋战国时期，是以文字记录下来的。完整的文字版《山海经》，大概在战国至西汉期间完成统一编纂。

　　"我刚才说过，《山海经》中没有羿射九日这个神话，但是，我是指当今的《山海经》。另外一部战国时代的典籍《庄子·秋水》中引用了《山海经》：'羿射九日，落为焦土'，而对于羿射九日这个神话更细致的记载，在东汉《楚辞章句》中：'尧时，十日并出，草木焦枯，尧命羿射十日，中其九日，日中九乌皆死，堕其羽翼，故留其一日也'，'九乌'，就是九只三足乌。从这里可以看出来，在古本《山海经》中，其实是有羿射九日的记载的，只是后世失传了罢了。先人根据《山海图》或者口口相传，最后用文字记录下了羿射九日的传说。经过后人研究，这个故事应该记载于《大荒南经》之中。自上古流传以来，早于《山海经》成书的《山海图》，极有可能在两晋之后、唐朝之前也遗失了。而流传至今的最古老的《山海图》，则是明代绘制的。现如今很多人都在绘制《山海图》，"刘父指向木桌后方的巨幅地图，"我的这幅图，也是我在古代的地图和我对《山海经》理解的基础上绘制的。"

天择仍是不解："叔叔，您讲了这么一大堆《山海经》和大羿的事情，跟我爷爷留下的线索有什么关系啊？我爷爷的线索指向的是夸父追日和扶桑树啊。"

"哈哈哈——"刘父坐直身子，"压轴内容一般最后说。我现在说说'夸父追日'。《山海经》第八卷《海外北经》中是这样记载的：'夸父与日逐走，入日。渴欲得饮，饮于河渭，河渭不足，北饮大泽。未至，道渴而死。弃其杖，化为邓林'。《山海经》第十七卷《大荒北经》中还有这样一段话：'夸父不量力，欲追日景，逮之于禺谷。将饮河而不足也，将走大泽，未至，死于此'。你爷爷留下的线索我也研究了一下。神话传说中，夸父和大羿的关联点就在于太阳和扶桑树。而这两者正是你爷爷交给你的线索。你想想看，夸父追逐着扶桑树顶上的那个太阳，但扶桑树上另外九个太阳去哪儿了？"

"嗯？"天择挑高眉毛，"在扶桑树上歇着呢呀。啊不对，被大羿射下来啦？那扶桑树上岂不是空了？"

刘父摇了摇头："夸父是黄帝时代的人物，时间上要早于大羿，他追逐太阳的时候，另外九个太阳还在扶桑上面歇着呢。大羿射九日，是后面发生的事。但这两个神话人物和事件，都与扶桑树相关，也与你爷爷交给你的线索有关，青铜神树就是扶桑树的象征。夸父是上古时期，太阳崇拜最登峰造极的象征，因此有理由推断，他也是东夷族人的一个部落首领。而且他追逐太阳，并不是为了把它摘下来，让它听人类的话。"

"那是——"天择感觉自己已经糊涂了。

"爸，你先歇一会儿，我来说吧。"刘静涵坐直了身子，"夸父，是部落的首领，据研究，他有可能是个巫师，追日是一种巫术仪式，是为了求雨。而夸父死于一次求雨仪式，人们为了纪念他，创造了夸父追日的故事。再后来，这个故事就演变成了神话，夸父就成了半人半神。夸父之所以求雨，是因为干旱。干旱地区的人，就要寻找水源，有水的地方，才水草丰盛，动物繁多。洪荒时代，人们多临水而居。所以，夸父追日本质上是部落的迁徙，寻找水源和食物。如果河水干枯，那么就要去上游寻找水源，中国地势是西边高东边低，因此大多数河流都是自西向东流淌，那么上游就在西边，太阳是东起西落，这也就是说，夸父追日的意思是带领部落朝西方迁徙，而并不是要摘下太阳。你懂了吗？"

天择眨眨眼睛，半信半疑地点点头："然后呢？这又能说明什么问题？"

"啊——"刘父一拍手，轻松地说，"现在来让我们总结一下这个迷人的下午。根据《山海经》记载，扶桑在东方，夸父，从东方追着太阳到了西边，然后牺牲在邓林边儿上，还留下了九个太阳在东边树上睡大觉。接着，这九个太阳失眠了，出于无聊跳上天空，要和第十个太阳一块儿周游世界，最后被大羿给解决了。这是神话故事。而现在，夸父和大羿，都在我们这个现实世界中找到了对应的真人真事，夸父带领部落人西迁，东夷族人大羿平定东夷部落，再加上我桌上两片甲骨文的记载，'西'和'鸟'，'东'和'射日'，以及你爷爷留给你的第十只青铜鸟的线索，天择，你还不明白吗？"

天择像根木头一样看着刘父。

刘静涵无奈地叹了口气："你没发现吗？天择，夸父从东到西逐日，是一张路线图啊。"

"啊？什么路线图？哪儿的路线图？"

刘父笑了："天择，夸父追的，就是第十个太阳，他跟着太阳去了西边。甲骨文上的'西'和'鸟'，也暗含了'西方的太阳'之意。你爷爷让你寻找的青铜神树上遗失的青铜神鸟，就是在西方啊。"

天择大脑飞快地转着，没错，《读山海经》第九首诗在说夸父追日，而那个青铜神鸟就是夸父追的太阳，它在西边。他恍然大悟："原来是这样。可是，西边也太大了，青铜神鸟藏在哪儿呢？"

"天择，青铜神鸟是个神话。如果你要寻找它，你觉得应该去哪儿找呢？"

天择愣住了："您是说——秘境？"

刘父满意地点点头："你应该早就想到的。"

天择皱着眉头，眼睛盯着地面："可不对啊，叔叔，我爷爷的日记中记录了一个恒乐村的故事，我推断恒乐村就是陶渊明笔下的桃花源村，而桃花源村就是宝藏山秘境，它的入口位于一片桃林的尽头。桃花源村跟《山海经》没关系啊。"

"哈哈哈——"刘父仰头大笑，"天择，你小看宝藏山秘境了。它可比桃花源村大多了。"

"您是说，桃花源村包含在秘境里，而整个秘境，是《山海经》的世界？"

刘父身体前倾："你觉得，夸父牺牲后，他的手杖化作的邓林，是什么？"

天择目瞪口呆地看着他，突然一拍脑门儿："是桃林！"

刘父把手掌拍在一起："这就对了。桃花源村，只是《山海经》失落世界里的一个小村庄罢了。"

李力锋把头发都快挠秃了："天择啊，你能不能讲点我听得懂的？这夸父的手杖，跟桃树有什么关系啊？"

刘父笑眯眯地望着他："古人迷信，认为桃树制作的手杖能辟邪。所以夸父的手杖，就是根桃木棍儿，它化作的邓林，当然也是桃树林喽，结的桃子，可以为他的族人解渴呀。"

"哦，原来是这样啊——"李力锋恍然大悟。

"可是叔叔，按照您的意思，夸父手杖化作的邓林，就是桃花源村入口处的那一片桃林，是吧？"天择又疑惑了。

"呃——"刘父抿着嘴巴想了想，"这也只是我的想象，但是从目前的证据来看，尽管这两者有共同之处——它们都是桃林，可是在我们这个现实世界中，并未找到足够的证据证明桃花源村入口的桃林就是夸父的邓林。很简单，现在我国很多地方都宣称当年的桃花源村在他们那里，比如湖南省的常德，从西汉开始，那个地方就被称为武陵郡。再比如，湖北省十堰市的竹山县，在东晋时代叫作武陵县，从秦朝开始就有了这个地方，所以有人认为曾经的武陵人活动在当今的竹山。竹山境内的堵河古代称为武陵河，河中的峡谷至今还叫武陵峡，特别是峡谷入口处还有一座村庄，名叫桃花源村。而邓林呢，有人说在河南省、湖北省和安徽省交界处的大别山一带。还有人说它在河南省南阳的邓州，古代的邓林镇就是如今的邓州林扒镇。而河南的灵宝市也不甘示弱，宣称自己的地界儿才是传说中夸父追日的'道渴而死处'，因为夸父'饮于河渭'，渭河是黄河的支流之一，它的东端尽头汇入黄河之处，正是现今的陕西省渭南市潼关县，潼关县距离灵宝大约五十公里，两者在地理位置上非常接近，与《山海经》中提及的夸父最后饮水的地点在位置上也基本吻合。所以我更倾向于邓林在灵宝的猜测。但是无论事实如何，人们所推断的桃花源村在现实中的地方，与邓林的可能所在之处，并无重合。因此我认为重要的不是现实世界中桃花源村与邓林的关联，而是秘境世界中二者的关系。陶渊明本是爱菊之人，可他写下了《桃花源记》，要么就是他真的听人说起过桃花源村，要么就是他受到《山海经》中邓林的影响，或者与他本人的心境有关。反正不管你们怎么看，我觉得，邓林与桃花源村很可能在秘境之中有什么关联，但我不知道桃花源村与你爷爷交给你的线索有什么关系，我倒是觉得夸父之路才是那些线索所指向的。"

刘父看了看天择："《山海经》提到了扶桑，上面的十个太阳，一个与夸父有关，九个与大羿有关，而夸父和大羿，都是《山海经》中的人物，这不是巧合。扶桑、十只三足乌、夸父和大羿，以及桃花源村，形成了一个统一的整体，那个秘境世界。"

"可是叔叔，我还是不明白，既然大羿射日和夸父追日的故事有联系，我爷爷的线索中为什么没有提到啊？爷爷在乎的，是那第十只神鸟啊，他只让我去寻找一只神鸟啊。"

刘父叹了口气："我只是理论推导，秘境我也没去过。况且记载'十日邑''东'和'射日'的那半片甲骨，和记录夸父的另半片甲骨拼合在一起，是一片完整的甲骨，因此我认定，夸父和大羿肯定有联系，且都与太阳、青铜神鸟有关。你刚才问我大羿射下的九个太阳去哪儿了？此时此刻的扶桑树是不是空了？这两个问题，也许追逐着大羿的脚步，才能得到答案。你爷爷是研究秘境的元老，可是他没有见过这两片甲骨，他给你青铜树和青铜神鸟的线索，我猜主要是与夸父之路有关。但这条线索其实还与大羿射日有关，可你爷爷并未告诉你大羿的事，所以我觉得你爷爷也不知道夸父和大羿的联系吧。或者，他只是让你去找那只神鸟而已，另外九只，他不在乎，或者——"刘父笑了，"你爷爷已经找到了，也许它们就栖息在三星堆一号神树上。"

李力锋看看天择又看看刘父："我好像听懂了。天择的爷爷让他去找的那一只鸟，在秘境里面，在秘境的西方。"

刘父欣慰地点点头。

"可现在有个最基本的问题——秘境入口在哪儿?"

众人面面相觑，这会儿才意识到，前面的一大堆讨论，疏漏了一个最原始的问题。

"如果这个问题没有答案，"李力锋耸耸肩，"我们的计划还没开始就失败了。"

天择对刘父说："叔叔，您知道秘境入口吗？它里面是不是藏着什么宝藏?"

刘父遗憾地摇摇头："它的入口在哪儿，我是一点儿线索也没有。至于青铜神鸟和秘境宝藏有什么关系，我也不知道。不过宝藏嘛——甲骨文上记载了'赤木'，'赤'就是红色的意思，而桃花是红色的，所以我琢磨着——"

"啊?"李力锋惊得跳起来，"您该不会以为，享誉全市的秘境宝藏，就是一根破桃木棍儿?"

天择拉着他坐下："你可别小瞧那个桃木棍儿，那可是能化作森林的桃木棍儿。我们要是有了它，全世界的沙漠就都消失了。"

"然后桃子就成全世界的土特产了。"李力锋撇着嘴,"哪哪都有,月月都能吃上。"

刘父哈哈大笑起来,与他优雅的西汉公子造型格格不入:"那支手杖已经化作邓林了,但宝藏极有可能与桃树林有关,或者,桃树只是寻宝的一个线索而已。"

"对了,"天择将铜镜递给刘父,"叔叔,这个铜镜,是古董吗?"

"哦?"刘父狐疑地看着他,"你怀疑它是文物?"

"刘叔叔,"李力锋严肃地看了天择一眼,"以我们对天择爷爷的了解,这绝对是个合理的猜测,相信我,这种事我们太有经验了。"

"哈哈哈,怎么——天择爷爷是个古董大盗吗?据我的了解,他绝对不是。"

天择心中舒了口气。"叔叔,这个铜镜上有一圈文字,您知道是什么意思吗?"

刘父没有看铜镜:"我不知道。天择,我敢发誓,这种文字,在中国历史上,绝对没有出现过,也绝非当今已发现的某个古文明符号。这得靠你自己去解答——我只是个古董收藏家。"刘父双手一摊,站了起来。"好啦,两位小伙子,时间不早了,还有什么疑问吗?"

天择指着桌上的甲骨:"叔叔,您打算怎么处理这两片甲骨?"

"还能怎么处理?按照文物法的规定,上交给国家呗。"

"您从哪儿得到的这两片甲骨?我觉得,"天择挠着头发,"您好像也在研究秘境啊。"

"哈哈,我对秘境的痴迷,可远远比不上你的爷爷。我研究秘境只是业余爱好。至于这两片甲骨嘛,是我在鬼市其他商铺那儿低价搜集来的。他们不识货,以为是赝品呢。我还收集其他古董,都在我家摆着呢。但是，必须上交国家的，我一律都上交了。我在鬼市，不是为了做买卖，而是收集流落在民间的古董，并研究它们。如果我发现有不合法的古董交易，我会给警方提供线索，让他们追查。"

"那您为什么不直接举报鬼市，把这儿一锅端？"李力锋问。

"鬼市，没法儿一锅端，因为它是合法的。况且，鬼市是古董的一大聚集地，我还指望在这儿收到好东西呢。而且这儿的研究环境真是太棒了。"刘父冲李力锋眨眨眼。

而天择像上古人看待大羿一样，看着刘父。他原本以为刘父是一个盗墓贼，哪知这是一位名副其实的寻宝英雄。

"好啦，两位小伙子，还有什么事吗？"

李力锋说："叔叔，我们能参观一下鬼市吗？"

"哇，我没想到，你们会对古董感兴趣。"

李力锋激动地跳了起来："您同意啦？"

"如果你们不急着回家的话，当然。我们可以一起参观。不过现在，我去餐厅看看，晚饭时间快到了。你们三位先聊着。"刘父边说边走出密室。

李力锋到外面把整理好的零食拿进密室，放在沙发上："班长大人，我请你吃薯片。"他将一大包薯片递给刘静涵，"我还特意为你准备了鲱鱼罐头——放心，里面都是糖豆儿。"

她推开零食："我们还是去餐厅，帮我老爸一块取饭吧。"

餐厅在一条走廊的尽头，人群挤满了这个不大的房间。他们全是鬼市商铺的老板，刘父也在其中，排队领盒饭。他们跑过去帮助刘父一起拿。

  盒饭很丰盛，天择赶忙接过刘父递来的餐盒，却不小心把书包掉在地上，铜镜"啪"的一声摔了出来。

  天择赶紧捡起铜镜，塞回书包。

  李力锋拉紧天择的衣角，低声说："快走。我们被盯上了!"

第六章　绑架疑云

这些敞开着的过道对蒂姆来说真是太妙了。自从他失去笑以来，他逐渐学会大胆、冷静地应付各种窘迫的局面。

——《出卖笑的孩子》　[德] 詹姆斯·克吕斯

李力锋坐在沙发上，表情严肃："我说的都是真的。那个男人一直盯着铜镜看，他先是疑惑，然后是得意，好像他发现了宝藏似的。后来他的目光就像被强力胶粘在天择身上一样。"

"不会吧，"天择把书包搂进怀里，"也许那人认为这个铜镜是古董呢，想收买它，对吧？"他看向刘父。

刘父端起盒饭："还是小心点为妙。"他说，"先吃饭吧。"

"叔叔，我把铜镜藏在密室，是不是安全一点。"

"你怕了？"刘静涵斜睨着天择。

李力锋突然一甩筷子："天择，我帮你看护铜镜吧。这样的重任，也只有我能胜任。我有弹弓，还有武功。我可是跆拳道黑带一品。"

刘静涵惊讶地望着李力锋："呀，我还真没看出来啊。"

李力锋得意地一仰头："快，把它放我书包里吧。"

天择看着刘父，刘父点点头："也好。毕竟你们和我在一起，有人已经看到了，他们偷偷闯进我的店铺，找到密室搜出铜镜，也不是没有可能。还是随身携带更安全，再来个偷梁换柱，以防万一嘛。"

天择把铜镜交给李力锋。"你小心一点。绝对不能让它落在别人手上。"

李力锋郑重其事地点点头："放心吧。打死我我都不会把它交给别人的。"

刘静涵继续刨着饭，默不作声，但脸上的表情告诉天择，她在极力隐瞒某种担忧。

当众人站在走廊上时，才惊讶地发现，鬼市的客人几乎把通道挤满了。

通道两侧的店门全部打开，一间挨着一间，里面人头攒动，顾客络绎不绝，然而却非常安静。人们轻言轻语，甚至用天择看不懂的手势在沟通议价。所有人都戴着牛魔王、哪吒等样式的面具，加之灯光昏暗，如同夜幕中无声的魅影在购物，场景十分诡异。

刘父戴着一个沙僧面具，从店里出来，把门锁上。手上还拿着三个面具。

天择眼疾手快，抢了个唐僧造型的面具，刘静涵夺走了孙悟空造型的。

李力锋看着那个仅剩的天蓬元帅面具，委屈不已："叔叔，就没有别的样式了吗？比如，哪吒三太子？"

"凑合凑合吧。"刘父笑呵呵地把面具塞进李力锋手里。

天择笑出了声。

李力锋的嘴巴噘得比猪八戒鼻子都长，他慢吞吞地把面具扣到头上。

众人没入人流中，沿着走廊参观鬼市。可是天择总觉得周围有谁在盯着他看，他一回头，身后都是把头转向店铺的顾客。

"你就是过来参观的，看店铺，别看周围——"刘静涵压低声音对他说，"也别讲题外话。"

天择点点头。他从房门看进各家商铺，里面售卖的东西都精致无比，从古铜钱到完整的金缕玉衣，不计其数。"放心，那些都是仿品。我一眼就看出来了。"刘父低声说。

李力锋一路上都用手捂着他的"猪"鼻子，闷闷不乐。他走得很慢，也不说话。天择把他拽到身边，觉得这样更有安全感。"把你的弹弓拿出来。"他轻声说。

李力锋从书包侧袋拽出弹弓："天择，我有个提议啊，咱俩，能不能把面具换一换？"

天择搂着他的肩膀："你可是天蓬元帅，长相就得低调点，这没什么大不了的。"

"可班长总是笑话我啊——"

"别不高兴了，你可是铜镜保护人啊。"天择说。这时，有个人与他擦肩而过，撞了他一下。他回头去看，那个人很快消失在人流中。"真不小心。连个道歉都没有。"他嘀咕着。

刘父带领他们走进一家店铺，停在一个售卖鬼工球的柜台前。

"瞧瞧，这是我的最爱。"刘父兴奋地说，不过声音很轻。

天择眼前摆满了一个个手掌大的米白色圆球，看上去像是象牙雕刻的。表面刻着精美的腾龙和祥云图案，还有一个个小圆洞。从小洞中望进去，球体里面还有很多层球形的套壳，套壳上也雕琢着精美的图案，还有小圆洞。神奇的是，每一层套壳都彼此脱离，能够灵活地转动。

"这是什么啊？"天择被这种艺术品深深吸引，他松开李力锋，靠在刘父身边。李力锋依旧闷闷不乐，不愿到柜台跟前去，似乎刻意避免出现在刘静涵的视野中。

"它的学名叫镂雕象牙云龙纹套球，早在宋代人们就已经能雕刻出三层套球，当时人叫它鬼工球。你看，这个球里面，还嵌套着很多层更薄的圆壳，每一层都能自由转动。清朝末期已经能雕出二十八层了。台北故宫博物院有一颗清代的云龙纹套球，二十四层，价值连城啊。"刘父激动地说，目光一直被鬼工球吸引。

天择看着旁边一个最大的鬼工球："叔叔，古人从一个球体内部，怎么能雕刻出这么多层的套球呢？每一层还都能自由旋转。"

刘父搓着手掌："古人先在大球上凿出圆洞，再用一种特殊的刻刀，逐层雕刻。这简直是鬼斧神工啊——我国人民的智慧真伟大！"

"它是象牙做的吗？"

"当然啦。"

"可我们国家不是禁止象牙买卖吗？"

"没错。可禁止的是现代象牙的买卖，为的是禁止杀戮。但这些鬼工球，全部都是猛犸象牙雕刻的。猛犸象牙是可以交易的，因为猛犸象牙类似于矿产，很多人都喜欢将它们雕琢成工艺品。"

天择点点头："所以这些鬼工球都很贵吧？"

"当然。"刘父点点头，对他伸出两根手指。

"二百？"

刘父凑到他耳边："二十万，还是现代人制作的。"

"哇——"天择惊叫道，"李力锋，我觉得你家可以买一个，当传家宝。"

身边没有回音。

天择转头去看，柜台前人满为患，可就是不见李力锋的身影。

天择心一沉："糟了。"他使劲儿拽着刘父。

"嗯？"刘父目光恋恋不舍地从鬼工球上挪开。

"李力锋不见了。"他悄声说。

一旁的刘静涵也发觉不对劲儿，三人推开拥挤的人群，满屋子寻找李力锋。天择疯了一样大喊李力锋的名字，引来顾客嫌弃的目光。

天择冲上走廊，放眼望去，全是人，都是大人，没有李力锋的身影。

刘父一拍大腿："我们大意了。静涵，你和天择先回去，我去找。"

刘静涵拉着天择就往店铺跑，刘父则奔向另一个方向。

天择边跑边说："我见过那个人，他撞了我一下，可能听见我说的话了。你爸知道去哪儿找吗？"

"他当然知道。"刘静涵跑得飞快，"我们已经发现，这儿有人也在寻找秘境宝藏的线索。我们留意他们很久了。"

天择一脸惊骇："你怎么不早说！早知道我们直接回家了！"

"之前我们只是怀疑，现在证实了。夺宝者不止一个，这是寻宝界的惯例。"

"那怎么办啊！他们会得到线索的。会不会伤害李力锋啊！"天择懊恼地说，"我就不该把青铜镜给他！这家伙把面子当成了他的祖宗！为了一个面具，一个人躲在后面闷声不吭！现在好啦，所有人都得为他担心！"

"这地方鱼龙混杂，眼线很多，谁都不该落单。你早该提醒他的。"

"可你也没提醒我，这儿还有另一队夺宝人啊！"

"哎呀，放心吧，我爸会想办法把他们一锅端的。他跟警局可是常年合作的。"

突然，刘静涵刹住脚步。

两个戴牛魔王面具的魁梧男人，直挺挺地站在前方，堵住了他们的去路。

刘静涵拽上天择转身冲进人群，在店铺之间的小道左拐右冲，天择早已迷乱了方向。

"让开！快让开！"身后传来怒喝声。两个男人撞开顾客，向他们直逼而来。

刘静涵狂奔之中塞给天择一只手电筒。

天择震惊地看着她。

"留着敲他们脑袋。"刘静涵加速了。天择怎么也没有想到，刘静涵居然能跑得这么快，他快要跟不上了。"我们快去出口啊！"

刘静涵拐进左边的岔路，很快就跑到大门口。天择看见大门侧边还有一道狭窄石阶，通向第二层。

刘静涵没有跑出去，而是拉着天择奔向那道石阶。

"这是要去哪儿啊！"天择大喊。

"门口有他们的人，去上面躲一躲。"

这是一道螺旋式台阶，而且设计得极不合理，台阶又窄又高。看来这座哥特式城堡就是用于防御的，敌人要冲上这道台阶要费很大的劲不说，一两个士兵守住台阶就能做到一夫当关万夫莫开。依靠少量卫兵就能控制和防御，是中世纪城堡的典型特征。尽管这道台阶充满不友好，两人还是拼了命往顶端冲刺。

螺旋台阶令人目眩地盘了数圈后，天择愣在了楼梯口。他的眼前充满了断错弯曲的石墙，墙上挂着油灯，亮着微弱的火光。石墙形成无数条岔路，这是一座名副其实的大型迷宫。

天择喘着粗气，盯着刘静涵："你知道路线吗？"

身后台阶上，传来急促的脚步声。

"快走！来不及想了！"刘静涵拉着天择，奔进了迷宫。

迷宫的地面是砂石路，路线错综复杂，而且，石墙上到处都是斑驳的霉痕，还有黑乎乎的苔藓，个别地方石面剥落，跟得了皮肤病一样，还散发着一股潮湿的气味，探险环境极其不友好。

天择有很多迷宫游戏的书，没事儿喜欢拿支笔在纸上走迷宫，这曾是他最爱玩的游戏之一。然而前提是他不在迷宫里面。

一开始，迷宫的路线还算好走，顺着走廊一路往前，没有岔路口。刘静涵在前面兴奋地奔着："走迷宫也没那么困难嘛——"

她话音还没落，情况开始复杂。

转过一道弯，墙面断开，冒出三条岔路。刘静涵带着天择直接冲进了一条死胡同。天择转身往外跑，从剩下的两条路中选了一个顺眼的，带头冲进去。

里面臭气熏天。

"我的老天，你是受什么刺激了吗？选的这路让我十年都不想吃饭了！"刘静涵捂住鼻子匆匆跟上。

天择没说话，顺着路左转进入另一条通道。空气清新了一些，然而又出现了两个岔路。天择继续去探。

"拜托，从厕所伸出来的路就别选了！"

天择发现一条路继续向前通。另一条是一道死胡同，然而，通道的尽头，有一扇木门。

他跑到门前，木板门斑驳不堪，很有年头了。铁质的把手锈迹斑斑。天择握住把手转了一圈，锁扣发出锈铁摩擦的吱呀声。

门似乎没锁。

随着咔嗒一声，锁舌弹开。几乎同时，天择感到门后有一股巨大的力量，将门板朝外推。他大喊："快跑！"

来不及了，沧桑的门板矫健地向外弹开，天择直接被弹飞。从房间里突然涌出一大堆黄沙，如同奔腾的洪水，快速充斥这条通道。

班长眼疾腿快，第一时间就从门前跳开，比天择逃得还快。她拽起天择往外跑，下一秒，黄沙就埋没了他们刚才的位置。

两人火速拐进另一条岔路。通道另一边，黄沙流动的声音如同亿万只蜈蚣爬动，很快就将这条通道的入口堵住了。

"你没事吧！"刘静涵气喘吁吁地问道。

天择捂着胸口："我没事，胸被顶了一下，屁股给踢了一下。失算了，是道机关门。"

"后面要小心了。迷宫里肯定不止流沙门一个机关。"

"我好累啊。"

刘静涵叹了口气，看着通道口："没事，反正路口也堵住了，你先歇一会儿。"

天择坐在地上，大口喘着气。然后他掏出手机："李……李力锋被绑架了，我们得报警！"

"没用的。鬼市全境没有信号。"

天择把手机又塞了回去。

"是为了防止顾客偷拍商品，并与外界联系议价。"刘静涵说，"我爸告诉我的。"

"你为什么不上学，跟着你爸来这里？"

刘静涵靠在墙壁上，说："我带的鲱鱼罐头闯了祸，我不敢回学校。另外，我们发现鬼市里寻找秘境的那个团伙最近活动频繁，所以我爸怀疑他们还有一个秘密根据地，里面隐藏着他们发现的线索。我爸准备去调查，就让我看守店铺。那道台阶入口平时有一扇暗门锁着，今天它打开了。所以我上来了，想看看他们在搞什么名堂。"

天择震惊地看着她："你也太鲁莽了。你这是明知山有虎，偏向虎山行啊！你不怕他们抓住我们吗？"

刘静涵耸耸肩："现在门口肯定全是他们的人，我们下去就等着束手就擒吧。放心，有我保护你呢。"

天择觉得自己的颜面受到了极大损伤。"你保护我？"他皱着眉头，"是我保护你吧。"

刘静涵笑了笑："歇够了吧，我们赶紧走。"

天择唉声叹气地站起来，二人在通道中七拐八绕，凭借感觉选择靠近迷宫中心的岔道。他们走进数不清的死胡同，最后进入了一条潮湿阴暗的窄道。两人跑到中间的时候，一个细小的声音，从墙壁后方传来。

这是一个天择熟悉的声音。是大毛怪在地上蠕动的声音。

"天择，你包里还有什么武器？"刘静涵声音在发抖。

"啊？我没带武器啊，只有你给我的手电筒。对了，我还带了一个手电筒。"天择很冷静，甚至心中庆幸遇上了大毛怪，他们可是好朋友。只是他不确定，毛怪家族是否还认识他。

这时，那个声音停住了。

刘静涵松了口气，她刚从墙上摘下一盏油灯，那个声音又响了起来，墙壁发出"沙啦啦"的声音，似乎无数毛虫在墙里爬，且近在眼前。刘静涵瞪大眼睛盯着墙壁，油灯举在手中。"天择，我们还是退出这条通道吧——"

二人沿着昏暗的通道一路朝前跑。快到尽头时，又一阵窸窣声从前方传来。两人一个急刹，脚下溅起一片砂石。待脚跟站稳，前方昏暗中，冒出一个庞大的黑影，堵住了去路。

两人定睛一看，面容登时扭曲了。

"啊——"

第七章　无名碑

忽然，普洛斯普希望西皮奥是对的，希望在那个阴森恐怖的岛上有什么能够让小孩变大、让弱者变强的东西在等着他们。这种希望在他心中满溢的空虚感中蔓延开来。他二话不说跳进了西皮奥的船里。

——《威尼斯神偷》［德］柯奈莉亚·冯克

天择读过很多精彩的探险故事，可不知怎的，这些故事放到自己身上，就成了事故。

前方那个东西，个头比天择还大，像一个大茄子，前面安了两只大螯，后面翘起一个尾巴，尾巴尖儿上还有根针。

天择鉴定完毕，这是一只成了精的蝎子！

两人一秒都没耽搁，转身就跑。

这时通道另一端，声音再次响起。第二只"大茄子"转了个弯，堵在了路口。

101

两人被前后夹击，堵在通道中进退两难，刘静涵盯着怪物："这俩'大茄子'是怎么回事？"

天择闭上眼睛，这个迷宫游戏彻底结束了！

一只巨蝎缓缓朝两人移动，长足摩擦砂石发出零乱的窸窣声。就是这个声音！

八米，七米，六米……他们眼看着巨蝎毛骨悚然的大螯逐渐逼近，翘起的毒针盛气凌人地俯瞰着他们，节肢状的躯干扭动着，反射出瘆人的火光。

天择听见"咯吱咯吱"的咬牙声，心中一沉。巨蝎的肚子准备好了，就等着他们进去呢。

再一听，不太对。这咬牙声近在咫尺，再一看，班长正鼓着腮帮子，还一动一动的，她咬牙切齿，眼里喷着怒火。

天择哆嗦地举起手电筒，准备保护班长，哪知班长一把夺过手电筒，把油灯塞给他，朝巨蝎冲去。

一场激战拉开序幕。

天择都看呆了。班长对巨蝎一通拳打脚踢，先是一拳击上蝎子的大螯，然后一个空中转体，一脚踹到巨蝎侧腹。蝎子还没反应过来，又一电筒砸上蝎子脑门儿。她丝毫没有畏惧，出拳、踢腿、击棍招招必中，还能灵活躲开巨蝎的大螯。

天择怎么也想不到，班长竟然是个"武林高手"。他盯着班长扔给他的火油灯，不禁苦笑，本想着发挥男子气概保护女孩，没承想被女孩保护了。

班长潇洒地挥舞电筒，通道中充满"梆梆梆"的敲击声。每敲一次，巨蝎全身都颤抖一下。班长动作实在太灵活了，愤怒的巨蝎挥舞着大螯，可就是碰不到她。

突然，另一端的巨蝎开始躁动，舞着钳子朝这边奔来。天择知道自己必须做点什么了。他打开油灯的小油门，将燃烧的灯油泼到地上，一道火墙顺势腾起，火光将整条通道映得通明。

巨蝎在火墙后刹住，舞动大钳左探右探。天择摘下更多油灯，为火墙助势。巨蝎在火墙后焦躁不安，想后退又不甘心，想前进又怕被烫着，巨螯乱舞踟蹰难定。

天择松了一口气，庆幸世间万物都有缺点，而智商是个好东西，还只在人类身上体现得淋漓尽致。

然而下一秒，他发现他错了。不怕毒虫有多大，就怕毒虫有智商。

巨蝎的智商碾压了他。它似成了精，大钳以极快的速度在地上刨挖，一时间通道里飞沙走石，无数砂石落在燃烧的灯油上，火墙逐渐式微，很快熄灭。

另一旁正在激战的班长，已经骑到了巨蝎的头上，一边猛捶蝎子脑袋，一边瞠目结舌看着这一切。

火墙最后一缕火光熄灭，后面的巨蝎冲破防线，径直扑向天择。

这是一只体格更大的巨蝎，先是一个"扫堂腿"把天择放倒在地，接着一个左勾钳将天择挂上半空。天择身体擦着石墙，跟着巨蝎磕磕碰碰往前冲。班长从巨蝎身上一个跟斗翻下来，提着电筒冲向天择。天择扭身从墙上摘下一盏燃烧的油灯，慌乱中他想打开灯门，然而蝎子看穿了他的想法，巨螯一挥，将他抛在地上，巨大的节肢状躯体从他头顶上稀里哗啦扫过，将他甩在身后。

前方，班长和巨蝎已经打上了。她全力施展拳脚功夫，胳膊、腿和电筒轮番击上大螯。可这只蝎子块头大了不少，顶着班长继续往前冲。她的身后，另一只蝎子也冲了上来，前后夹击，眼看就要把班长挤在中间。

情急之下，天择一个前扑抱住巨蝎的尾巴，试图把大蝎子拽住。可惜是徒劳。蝎子把他在地上拖了数米，丝毫没减速。砂石尘土旋风般卷进天择的嘴巴，他一边吐一边大喊："快！用电筒打它！别管我！"

另一头，班长懊恼地大喊："我倒是想打，可电筒破了啊！什么破玩意儿！"

蝎子似乎听懂了一切，心中狂喜一阵，大螯还激动地抖了一下。既然小屁孩的武器都歇了菜，那接下来的战斗就可以随意施展了。

蝎子先施展了一招"左螳螂拳"，趁着班长全力回击左螯之时，迅速撑开右螯，以极快的速度夹住班长的腰部，来了一招声东击西，直接把班长挂上了半空。与此同时，巨蝎展平尾巴，天择也遭了殃。那节肢状的尾巴相当平滑，且上面没有能借力的地方，天择擦着地面，一路滑溜到蝎子的尾巴尖儿，衣服钩在了那根巨大的毒针上，然后巨蝎翘起尾巴。

大蝎子首战告捷，成功"俘虏"了两名对手。班长和天择一前一后被挂在半空，拼命挥着胳膊腿儿，徒劳地大喊大叫。

两只巨蝎没有停下，继续朝对方奔去。接着就不明所以地冲撞在一起，似乎是一对冤家。两对巨螯前后推拉。班长从大螯上掉了下来。她一个翻身爬离了蝎子战场。

巨蝎的争斗十分激烈，天择在尾巴尖上跟个吊坠儿一样晃荡不已。班长跳上巨蝎尾巴，拽着天择的胳膊，使劲儿把他往下扯。

"别！别！"天择大喊，双手紧紧抓住自己的裤子。毒针勾住了他的裤带，本来就晃得厉害，经班长这么一扯，裤子掉了就不说了，万一再给毒针蜇到屁股，那他真是倒霉到家了。

"你也用点儿劲啊！快把裤带松开！"刘静涵在底下大喊。

"不行啊！勾得太紧啊！"天择在上面无助地摇摆着。

"你倒是想想办法呀！我爬不上去！"

正在此时，天择突然想起自己的手电筒。他犹豫地松开裤子，小心翼翼地从书包里拔出手电，使劲敲到墙上，电筒前端玻璃破碎，他左手提着裤子，右手握着玻璃开始割裤带。天择暗自叫苦，这场面可千万别泄露出去。

天择划拉两下，那条布带就一断为二。在一声尖叫中，天择如同一个起跳阶段裤子意外掉了的跳水运动员，本着姿势可以不优美，裤子绝对不能掉的精神，两手死死拽着裤带做自由落体运动，直通通砸上巨蝎尾巴，接着撞上班长，两人一块儿摔到地面。

天择一个翻身起来，先系裤带。班长拉上他，往通道后方跑。两只蝎子还在那里一推一顶相持不下，跟玩儿游戏似的。

两人跑远了一段，靠在墙上大口喘气。待心神平复，班长看着远处的巨蝎，皱着眉头："真要命！从哪儿冒出来的俩怪物！"

天择又检查了一遍，确定他割断的裤带现在又绑结实了，脑子才转过弯儿来："那两只蝎子，不是要攻击我们，它们是在求偶。"

班长惊讶地看着他："什么？求偶？"

"我们刚才都是白折腾，人家蝎子根本就没把咱俩放在眼里。"

班长越听越迷惑："它们要夹死我啊！"

天择"扑哧"笑了笑："那两只蝎子，大一点的是母的，小一点的是公的。两对大螯相互推拉，顶来顶去，这是蝎子求偶的典型特点，加上通道环境潮湿昏暗，更符合它们的要求。它们还要这样顶推好几个小时呢，甚至一天一夜。这样拔河式的顶推，叫'蝎子之舞'。"

"敢情我施展了半天功夫，竟然是打扰了蝎子的幽会？"

天择点点头："那也不算是，我们也是出于害怕，正当防卫。哈哈，这还真讽刺，动物本无心伤害我们，我们却招惹人家。人家没发火儿，算很给面子了。"

班长撇撇嘴："你咋不早说？"

"早先我也没看出来。我们快走吧。"

后面的路，天择放松多了。身边既然有一个"武林高手"，那么他这个武林菜鸟就不用那么紧张了。

两人取下一盏油灯，继续探向迷宫深处。

天择有种不祥之感，这儿的蝎子怎么能长到那么大？

他猛然想起自己与大毛怪遭遇后，猜测毛怪的产生是因为核泄漏。他不禁打了个哆嗦，难道古堡里有人专门饲养，甚至制造这种巨虫吗？

那么接下来，会遇见什么虫子呢？

随着他们继续前进，天择敢肯定，设计迷宫的人一定是得了精神分裂症，现在的通道简直是九曲十八弯，岔路口多到数不清楚。天择和刘静涵如同两只无头苍蝇一样乱冲乱撞。突然，两人停下脚步。

他们身后，有什么东西走路的声音。

二人闪进最近的通道，屏住呼吸，耳朵直立。听响声，像是某种四条腿的动物在走动。然而节奏混乱，更像是两个两条腿儿的动物在行走，没准儿是两个人。

天择扔掉油灯，警戒地举起敲坏的电筒，班长从上衣口袋掏出一个小瓶子，递给天择："喏，换你的电筒。"

天择定睛一看，是一瓶宝贝牌婴儿防蚊喷雾剂！

他迷惑地望着刘静涵："你，给我，用这个？"

班长耸耸肩："对啊，你只能驾驭得了这个，先进武器还是留给我吧。"

天择顿感颜面扫地，男子汉的尊严四分五裂。

"不，我才不要呢！你是瞧不起我的力气还是看不上我的智商！"

班长一把拽过天择的手，把防蚊喷雾压到他的手心："我，跆拳道，黑带二品。阁下是？现在不是讲面子的时候，大敌当前，我们要合理分配武器资源。"

"那又怎样？先进武器更要留给弱者。"

"听我一句劝，你要拿这电筒上阵，不出一秒，它就在敌人手上了。"

天择很不服气："凭什么？凭什么我就这么弱？我还解开了大门口令呢！先进武器也要配上高智商！"

刘静涵挑了挑眉毛："那么敢问这位仁兄，刚才是哪位高智商勇士跟个铃铛一样挂在蝎子屁股上？"

"这……这……那……"天择胸脯一鼓一鼓，气得一句话都说不出来。

"我说帅哥，别这这那那的，你应该庆幸，在武术方面，你只有两样东西不会，那就是，这也不会，那也不会。"班长夺过电筒，握在手上。

这时，石墙外侧一个声音高喊："他们在这儿！"

他是其中一个"牛魔王"。

"真讨厌！真是走到哪儿都能跟来！"班长拉着天择冲出通道。

天择甩开她："我自己会跑！"

107

两人刚出通道，又一个声音尖叫："在这里！快！"这回是另一个"牛魔王"，他已经转过一道弯儿，追在二人身后。他边跑边摘下面具，一身笔挺的西装，随着他的跑动，滑稽地扭动着。他个子很高，跑得很快。

"这简直比跟屁虫跟得还紧！"天择叫道。

"被追着跑跑步也没什么不好。猜你平时也不咋锻炼吧？"

天择瞪着刘静涵："你脑子是不是有毛病？我锻炼也得挑地方啊。后面那可是穷凶极恶的坏蛋呐！"

"这是我的习惯。身处绝境，就要想想好事，安慰一下自己。"

两人一边斗嘴一边跑进一条死胡同。天择刚要退出来，被刘静涵一把抓住，紧接着西装男就奔了进来。班长眼疾腿快，西装男刚拐进来，她伸腿一绊，西装男猝不及防，啃了一嘴砂石。

趁男人还没起来，班长拽起天择冲出通道。

另一个"牛魔王"也追了上来，他扔掉了面具，露出一头肮脏的长发，龇出一口乱七八糟的黄牙，而且衣冠不整，一边大骂一边扶起西装男。

西装男暴跳如雷："给我抓住他们！"

天择和班长钻进下一个通道。

这条通道不是死胡同，但也与死胡同差不多。尽头是一个房间，但是门开着。

二人想也没想，迎着一股奇妙的羊肉汤味儿，径直冲了进去。天择转身要关门，却发现门上压根就没有锁。房间不大，亮着两盏昏暗的油灯，羊肉味儿是从一口大锅里飘出来的，而大锅墩在一个大灶台上。

天择怎么也没想到，迷宫里居然还能有厨房。

灶台边儿上堆着大米和面粉，还有黑乎乎的菜籽油和一些新鲜蔬菜。"啊——"刘静涵一副恍然大悟的模样，"我就说我们的盒饭从哪儿来的，原来是在这儿做的。可惜我从来都没喝上过这里的羊肉汤。看来他们开小灶吃独食啊。"

天择一脸惊惧："这都什么时候了，你还惦记羊肉汤？这儿可是死路啊。"

两人正在厨房里找暗门，邋遢男就踹门进来了。一进来就抽了抽鼻子，一脸陶醉："香！哎呀呀——真香！"然后目光落到灶台上，接着看向一旁的天择，"我现在很生气，你打扰了我的夜宵啊。"话音未落，一个尖声尖气的嗓门由远及近："谁都不准动他们，放着我来！"吃了一嘴沙子的西装男一边吐沙粒一边冲进厨房。

班长举起手电筒。

"你要干什么！"天择低吼。

"我这是面对危险，正当防卫。我的武术不是白学的。"班长面不改色心不跳，盯着门口二人，稳如泰山。

"你们两个男人，居然欺负两个小孩，可真绅士！"班长义正词严地谴责道。

邋遢男从口袋拔出一把匕首，扔在地上："你看，我们都没有武器，诚意十足吧。我们没有要伤害两位小朋友的意思。只要你们乖乖地把那张照片交出来，你们大可大摇大摆地离开。"

"哼，你想得美！"

"哇哦。"邋遢男咧嘴一笑，"看来我们这位小朋友不友好啊。"他朝西装男瞥了一眼。

"我们不想伤害你们，但照片上的青铜树，对我们很重要。"西装男平静地说。

天择狐疑地看着他："你们怎么知道照片上是青铜神树？"

"第三位小朋友告诉我的。"

天择立刻怒火中烧，李力锋这家伙也太没道德了，自己乱跑惹麻烦也就算了，还泄露秘密当叛徒！他现在对李力锋又生气又担心。

天择跳起来大吼："你们把他怎么了！"

"哦，放心。"邋遢男挥了挥手，"他现在好吃好喝给伺候着呢。但是，如果我们再见不到照片，那可就……"邋遢男翻了翻手。

"那你们既然知道照片上是什么，为什么还要它呢？"

"这你别管！"西装男说。

天择很疑惑，难道照片上还有我没发现的其他线索？他想。

"照片你们别想拿走！"刘静涵怒气冲冲地朝前跨了一步，"而且你们马上放了李力锋，我爸已经知道你们的勾当了，警察很快就到！"

"哎呀，"邋遢男装出一副大惊失色的模样，"我们好害怕啊——"

西装男大步朝天择走来。

天择握紧了防蚊喷雾。

西装男绕过厨房中间一张放满平底锅的桌子，两步就到了天择跟前。天择把大拇指摁在喷雾喷钮上。

班长立刻挡在两人中间。

"你个坏蛋！不许碰天择！"

西装男轻哼道："小姑娘，别干扰我。"说着就要推开班长。

班长一个上截防推开他的手。天择趁机跑向灶台，邋遢男从另一边扑向天择，情急之下，天择举起防蚊喷雾，一股水雾腾起，厨房里响起一声尖叫。

西装男转身朝天择追来，班长一个纵身跳上灶台，一把抓住铁锅，锅子离台而起，腾上半空，撞向西装男。西装男反手一挡，铁锅一个空中翻滚，羊肉汤带着羊肉和棒子骨，噼里啪啦洒向厨房各个角落。

"我的夜宵！"西装男大喊。

"哐当"一声巨响，铁锅落地，转了个圈儿扣在地上。刘静涵站在灶台上，横腿一个侧踢，西装男瞬间闪身，班长扑了个空。

邋遢男捂着眼睛，大叫着在地上翻滚，一时半会儿是起不来了。

"别打啦！伤人是犯法的！"天择边叫边躲开冲上来的西装男。

西装男从桌上抄起一个平底锅，追着天择在厨房跑圈，一圈又一圈。

天择举着防蚊喷雾，暗忖，我必须阻止打斗，这太危险了。

"快，这边！"班长对他大喊，立在那一堆平底锅前。

天择瞥见灶台旁的面粉袋子，他奔过去撑开袋子，抓起面粉一捧一捧朝外抛洒，速度比从河里掏鱼还快。而面袋子旁边的人，很快成了"白头仙翁"。

一时间，场面陷入混乱。整个厨房迅速被面粉充斥，能见度极低。

邋遢男摇摇晃晃站起身，他本就五大三粗，此时他的小眼睛也终于匹配了他的体型，两只眼睛肿得比鹅蛋还要大，眼皮比西红柿还要红。他想抓住班长，却一肚子撞上厨房中间的桌子。一通凌乱的撞击声，桌子倒地，所有平底锅全摔在地上。

邋遢男怒吼着顺手捡起一只平底锅，冲向天择，对准他以为天择所在的方向，铆足劲拍下去。就听"咣"的一声，一只平底锅端正地拍上西装男的脸，锅底瞬间凸出一个人面造型。西装男手里的锅也即刻脱了手，准确无误飞向邋遢男的脑袋，又是"咣"的一声，速度之快，力道之猛，那锅子套在邋遢男头上，扭曲成一个铁皮头盔，倔强到怎么都卸不下来。

天择趁机挣脱："我们别打啦！"

刘静涵拽起他往厨房外面冲。跑到门口，天择突然想起什么，他甩开班长："不行，我们必须知道李力锋在哪儿！你有火柴吗?"

班长愣了一下，没多想就掏出火柴，递给天择。

天择站在厨房门口，面向厨房，待面粉逐渐消散，能大致看清人体轮廓，他大喊："各位叔叔，我想问个问题——"

西装男和邋遢男定睛一看，天择左手握着火柴盒，右手举着一根火柴，准备擦燃。

厨房里面粉弥漫，当空气中的粉尘达到合适浓度，一旦遭遇明火，就会发生爆炸，其威力不亚于一枚炸弹。届时，别说这厨房了，整个迷宫都要上天。

邋遢男扔掉手中的锅，头上戴着他伙计送的新"头盔"："小朋友，不至于的。你想问什么问题啊?"

西装男一撇嘴："哼，我看你能撑多久。这面粉很快就消散完了。"

"我数三下，你们要不说，我就点火！反正我离门口近，跑得还快！"

邋遢男笑眯眯地对天择说："小朋友，请控制一下，你的可爱值已经超标了。你根本连问都还没问呢，怎么就开始倒计时了?"他的脸不笑则已，一笑满脸褶子，如同给一个大包子上安了两颗鹅蛋。

天择这才意识到自己紧张得糊涂了："那第三个小朋友在哪儿?"他大声问。

邋遢男笑嘻嘻地说："他在迷宫中心的密室。"

西装男踢了他一脚："你在胡说什么！"

邋遢男看着他："放心，小屁孩知道什么。"

"怎么进密室？"

"我带你们去。"

"不行。告诉我，路线怎么走！"

"哦，"邋遢男一脸淡定，"从门口通道出去，左转第三个岔口，进去走到头，右转，第二个通道，就是密室。"

"密室怎么打开？"

邋遢男看了看西装男，西装男不情愿地从腰上取下钥匙，扔到门口。

班长捡起钥匙。

"我可告诉诸位叔叔们，如果这钥匙打不开密室，我就把你们都发射喽！"

邋遢男耸耸肩："你去看看不就知道了。"

"班长，麻烦你去探一下。顺便找根结实点的绳子。"

刘静涵点头，拿着钥匙转身跑出厨房。

"现在，小帅哥，你是不是可以把火柴放下了？"

"都别动！她还没回来，我咋知道你骗没骗我！"

刘静涵果然是练武的，体力好，很快她就回来了，冲天择点点头："门开了。李力锋在里面，还有我爸。"

天择惊讶地看着她："什么？"

邋遢男嘿嘿一笑："你看，门都开了，是不是可以高抬贵手啦？"

天择对班长说："现在，你把绳子穿过门板上那个锁眼，门框上还有个锁扣，绑结实点。"

班长会意，开始操作。厨房里的人看着他们，却动弹不得。刘静涵很快就绑好了绳索，又系了一个活扣，然后悄声对天择说："我数到三，我们一起撤。"

"一、二、三！"

天择和班长闪身跳到门外，班长关上门板，拉住活扣，又利索地打上一个死结，这道门算是给锁死了。

两人跑出通道时，身后传来疯狂的砸门声。

"我的天啊，天择，面粉爆炸这种方法，你是怎么想到的？"刘静涵边跑边问。

"打人是鲁莽的，斗殴是不对的。那太危险了，会伤及无辜。咱们要靠智慧解决问题，避免暴力冲突。你没事儿吧？"

"我没事。"刘静涵不可思议地看着天择。

迷宫的中央是一个圆形的房间，一扇木门已经开启，天择和刘静涵直接奔了进去。

李力锋和刘父蜷缩在墙角，被草绳五花大绑着，嘴被布头堵着，一见冲进来两个白得掉渣儿的人，脸上的表情如同被外星怪物突袭一般。

天择看着刘静涵："你居然没给他们松绑？"

班长双手一摊："时间来不及。"

两人冲过去分别给他们松绑，李力锋一个劲儿往墙角躲，似乎害怕被传染上某种外星皮肤病。

"是我！"天择叫道，拔出他嘴里塞的布。李力锋差点儿跳了起来："你怎么才来啊！我好苦啊！你都不知道——"他说着说着竟带上了哭腔，一旁的刘静涵瞥了他一眼，咧咧嘴巴。

李力锋看着刘静涵："我的老天啊，你们遭遇了什么精彩事？怎么成这副模样了？"

"剧情太复杂，少儿不宜!"刘静涵拍干净身上的面粉，转过身来。

"你还好意思说!"天择推了他一把，"谁叫你乱跑的? 知道有人盯着我们，你干吗不跟我们待在一块儿?"

"还当叛徒!"刘静涵愤怒地补上一句。

"我——我也没办法啊——"李力锋委屈地站起来，"他们凶神恶煞的，逼我说——"

"逼你你就说?"天择大吼，"逼你给身上绑炸弹，你绑不绑?"

"哦——孩子们，"刘父甩掉身上的绳子，"都冷静一点儿，他们确实逼李力锋来着，他也是迫不得已嘛。"

"爸，你就别替这个汉奸说话了!"刘静涵瞪了李力锋一眼，"我猜他大概也把铜镜交给他们了吧。他不是说打死也不把铜镜给别人吗?"

"呃——"刘父哑口无言，"不过铜镜又回来了。"他转身从身后一个巨大的圆形石桌上，拿起铜镜。天择赶紧把它拿过来，放进书包。

李力锋满面通红，绞着双手站在那儿，一言不发。

天择看着他，尽管很生他的气，可是他现在的模样，又令人心生同情。天择环顾密室，这样他的心情就不再烦乱了。

密室的墙上镶嵌着一道木门，可紧紧锁着。密室中央就是那个大圆石桌，桌子上还摆着几个大玻璃罐，罐子里养殖着活的蝎子、蜈蚣和蜘蛛之类的毒虫，好在体型还算正常。而石桌中央，整齐排放着三个方正的金属盒子。

刘父这时说:"我们快走，此地不宜久留——"

📖 　　　　📖 　　　　📖

邋遢男非常庆幸天择忘了一件很重要的事。

他忘了地上的匕首。

现在，这把匕首可帮了大忙。

草绳虽然坚韧，可在孔武有力的邋遢男手下，没有坚持太久。

两个白头粉面的人仓皇拽开门，踉跄地奔出来，身后还追着一溜儿白烟。

"快！堵住他们！"西装男提着一个平底锅冲在前面，按照邋遢男指示的路线，直奔密室而去。

📖 　　　　📖 　　　　📖

李力锋、刘静涵和天择惊异地看着刘父。

"您是说，这儿是一个核试验室？"天择皱着眉头，一脸不可思议。

"没错，金属盒子上有黄黑相间的放射源标志。"刘父搓着手，"我明白了，传说秘境有怪物把守。这帮人制造巨虫怪，看样子是要与秘境怪物对决，帮助他们闯入秘境啊！"

"难怪呢！"天择看向刘静涵，"巨蝎！"

刘父震惊地看着他们，连李力锋都抬起头，一会儿看看班长，一会儿看看天择，听上去，他们刚刚经历了一场精彩纷呈的探险活动，连蝎子精都遇上了。

"我们还是快走吧！"班长狐疑地看着那扇锁着的木门，"没准儿这门后，就藏着核试验的成品！"

众人转身正要离开。突然，天择的目光扫到一块石碑。

这是一块纯黑色的方形石碑，就立在圆石桌的前方。四角磨损严重，表面坑坑洼洼，像是从埃及金字塔里取出的石碑一样。

116

石碑上刻着阿拉伯数字，而那些数字他感觉很熟悉。他觉得奇怪，这么一块古老的石碑，上面至少应该是古代铭文才对，怎么会是一堆数字？天择拿出手机，拍下石碑，他之后正好可以研究研究。

正在这时，门外传来一阵嘈杂的叫喊声。邋遢男带着他的倒霉同伴，朝门口冲来。

"糟了！我忘了拿走匕首！"

刘静涵瞥了天择一眼："你的愚蠢，总是那么富有创造力！"

两个白头粉面的人很快就冲进密室，堵在门口，造型就跟面缸爆炸了一样的。西装男成了和面机，嘴巴鼻子不断喷吐着白面团子。邋遢男的脸上全是白面褶子，乍一看，以为肩膀上蒸了个大包子，还是戴头盔的大包子。

李力锋和刘父面面相觑，这两个造型别致的人物，是刚从某个出了意外的面缸里劫后余生吗？

两个人满目愤恨地瞪着天择他们："都给我少废话！赶紧给我束手就擒！"邋遢男喷着面粉大叫道。

李力锋往后退了几步，一脸委屈："叔叔，为什么要抓我们？铜镜你们也看了，照片上是啥我也说了，我都成叛徒了，没再惹你们啊！"

"没再惹我们！"西装男抄起平底锅，咆哮道，"从没人敢往我头上撒面粉！更没人敢用火柴威胁我！"

刘父挡在班长前方："你们两个，不要乱来，他们都是孩子。有事好商量。"

"有事好商量？"邋遢男往前跨了一步，"我来帮各位回忆回忆哈，朱飞天和吕大炮是你们几个策反的吧？我们的老板'砍刀'也是被你们送进监狱的吧？嗯？"

天择愣住了，原来他们都是一伙儿的。

邋遢男顿了顿，接着说："现在《骷髅幻戏图》物归原主，画上的线索断了。现在新线索又主动送上门来，我们怎能错过？"

刘父茫然地看着天择，显然他不知道之前的事。

"我说刘博通同志，我们也算是五年的同事了，我也不想为难你们。只要你这位西汉历史专家说服他们，交出照片——"邋遢男说着，视线扫上石桌，"和那面又被你们拿走的铜镜，我就当这件事情没有发生过，如何？"

"哼！你的要求简直比你的个头儿还要高！"刘静涵在后面叫道。

话音刚落，密室传来一声巨响，就好像是谁打了一个巨大的喷嚏。六个人面面相觑，发现谁都没有张嘴。接着，又是一声巨响。

众人齐刷刷看向那一道上锁的门，声音是从那扇门后面发出的。

"糟了！"邋遢男突然说，"它好像对面粉过敏。"

"什么东西？"刘父和李力锋异口同声叫道。

天择和刘静涵不祥地对视一眼，接着疯了一样拍打身上的面粉。

西装男转头看向邋遢男，邋遢男耸耸肩："人造巨兽，总归是有点儿缺陷的。"

西装男的脸扭曲了："你为啥不早说？"

"我——我忘了——"邋遢男一摊手。

话音未落，"砰"一声巨响，紧锁的木门炸开了。一只黑色的大蝎子，挥着巨螯扑了出来，它比跳"蝎子之舞"的两只巨蝎还要庞大，浑身油光发亮。

众人惊呆了。

巨蝎划拉着腹下的腿，笨拙地转了个向，面对着邋遢男和西装男，愤怒地挥舞着巨螯，两个大钳子一开一合，发出令人毛骨悚然的"哒哒"声。

邋遢男盯着巨蝎，嘴里呢喃着："它为啥不对小孩儿过敏，偏偏对面粉过敏！"

"为啥不换个铁门？"西装男快要哭了，他的身体已经冲到门口。

突然，巨蝎扯开八条腿，也朝门口冲去。

"啊——"邋遢男一溜儿烟逃进迷宫，巨蝎在后面紧追不舍。

天择和刘静涵拽上呆成了木头的刘父和李力锋，奔进巨蝎跑出来的密室。

密室中亮着昏暗的火把，从房顶上吊下来数不清的大块生肉，影影绰绰，如同一个肉铺。

"我的天啊，我们进入巨蝎的餐厅了。"李力锋惊叹地看着生肉上被巨蝎用大螯扯烂的豁口。

"快走！"刘静涵在一处墙角喊道，她打开了一扇小木门，门洞小得只能让人爬进去。

洞口有阵阵冷风吹入，看来是通向室外。刘父取下一盏油灯，带头钻进了洞口。后面是刘静涵、天择和李力锋。众人往前爬了一小段，就听刘父叫道："各位，每个人拽住前面人的腿，抓紧了，我们要出发了。"

"啊？出——出发？去哪——"天择话没说完，就觉一股凶猛的拉力顺着他的胳膊传递到全身，接着整个人都往前冲去。

他似乎滑入了一个巨大的滑滑梯，在滑滑梯中左右扭摆，快速下坠。在阵阵尖叫声中，天择想稳住身体，可是他一点儿办法也没有。

一阵眩晕之后，他眼前猛地一亮，飞出了滑道口，平趴着擦上地面。

　　刘父和刘静涵已经起身，后面李力锋跟着飞了出来。

　　天择赶紧起身让道。刘父抱着油灯站在一旁，天择惊讶他居然没在坠落时扔了它。

　　"哇！这可真刺激！"李力锋蹦起来大呼小叫，"比水上乐园的水滑梯还刺激！"

　　天择撇撇嘴，没有理他，天择永远都不想理他了。

　　"刺激的还在后面呢。"刘父盯着昏暗中一个亮闪闪的铁皮箱子，"同志们，接下来，欢迎乘坐煤矿牌过山车。"

　　天择定睛看去，那根本不是什么铁皮箱子，而是一个小矿车。长方体车厢的底部，安着四个看上去极不靠谱的小轮子，四只小轮又压在看着更不靠谱的窄铁轨上。

　　"我的天啊！"李力锋震惊地走过来，"我就说谁家能富得盖城堡呢，原来人家家里有矿啊！"

　　天择捂着脸："咱们能不能推着矿车走出去啊？"

　　"恐怕不行，"刘父把油灯提在手上，"城堡里没有手机信号，所以我们必须赶快出去报警，晚了的话，大蝎子要出去伤人了。"

　　"你快点儿吧！"刘静涵拉着天择钻进矿车，李力锋早已在矿车里等他了。

　　刘父把油灯挂在车头的一个小铁钩上。"同志们，扶稳坐好，我们启程啦。"刘父说着跳进车内。

　　天择觉得根本不用扶，四个人窝在这巴掌大的空间里，彼此之间挤得比煤块还严实。

　　随着刺耳的金属摩擦声，刘父松开矿车前方竖立的刹车杆，矿车缓缓启动。

　　前方道路平直，矿车逐渐加速。天择不由自主地抓紧车厢边沿，前方的路看上去还很长，油灯照不到的地方，一片黑暗，那儿随时都可能有情况。

天择恨不得是在一场噩梦里。矿车顺坡下滑，速度越来越快。隧道内空气急剧翻滚，车厢外风声大作。

突然，车厢猛烈一抖，车身朝左歪去。铁轮子擦过铁轨，迸出一片明亮的火花，尖啸如同刀片般切割众人的耳膜。天择捂住耳朵，李力锋捂着刘静涵的耳朵，刘静涵想甩开他的手，但她为了安全起见，还是腾出手紧抓车厢边沿。

车速太快，这样下去脱轨是迟早的事。刘父拉下刹车杆，矿车在震颤中被轨道甩向右侧，接着冲上一道直坡。

天择有种不祥的预感。上坡的后面是什么，谁也不知道。不出意外的话，马上就要出意外了。

四个心有灵犀的人，谁也顾不上说话，双手牢牢抓住一切能抓住的东西。

突然，随着众人一声惊叫，前方轨道陡直向下栽去。刘父疯狂拉着刹车杆，车轮尖叫着，轨道上火花四溅，明亮得都可以把照明灯扔了。接着半道上就听"咔嚓"一声响，刹车杆成了一根毫无用处的铁棍子。"什么破玩意儿！假冒伪劣！"刘父甩掉断开的刹车杆，双手扒在矿车前沿上。矿车冲下陡坡，油灯照亮的前方，似乎遭遇了大地震，整条铁轨扭曲了，开始高低起伏。

车子以百公里的时速冲上过山车似的轨道，众人跟疯了一样到处乱抓。车轮在铁轨上弹跳，矿车剧烈震荡，犹如风口浪尖上的船舶。四个人被甩向各个方位，恐惧和心脏悬空感交织在一起，阵阵尖叫在隧道中回荡。

"啊——铁轨断啦！"刘父突然大喊，话音未落，车底传来刺耳的钢铁摩擦声，接着矿车就偏离了方向，一头撞上左侧的墙壁。

一声惊天动地的巨响，车头擦着土墙高速前冲。一时间土渣四射烟尘翻滚，众人五脏六腑都移了位。还没反应过来是怎么回事，脱轨的矿车又弹向右侧，紧接着是另一次撞击。

突然，前方亮起一片银光，隧道消失，失重感袭来，一轮明月映入众人眼帘，接着地面从视野底部升起，车头在下坠——

"我们要摔下去啦！"刘父大叫。

矿车就像一架坠毁的飞机，朝一片茂密的灌木丛俯冲而去。

随着"稀里哗啦"一通乱响，矿车一头栽进枯枝败叶中，顿时烟尘四起断杆儿乱飞。所有人被强大的撞击力抛出车外，四散开来跌进树丛。

天择呻吟着爬起来，李力锋躺在他旁边，嘴里哼哼唧唧，像在叫"爸爸妈妈"。刘静涵和刘父往天择这边跑来。

刘父拽起李力锋。

"嗯？这是怎么了？"李力锋揉着双眼，似乎睡了一觉，"发生什么事了？我在哪儿？"

"你在我怀里。"刘父说，"你都神志不清了。"

李力锋迷迷糊糊环顾一圈："哦，我的天哪！我想起来了，我们……我们不是在……在矿车里吗？"

"哦，我的天啊，你没事吧。"刘父担心地扶李力锋坐直了。天择和刘静涵站在一旁，没有上前帮忙。

李力锋甩甩脑袋："我没事。"

"真是抱歉，呵呵，我没想到刹车杆那么不结实，力道使得过头了。"

天择看着前方不远处底儿朝天的矿车，四个车轮子已经飞得不见踪影："没关系，叔叔，这是意料之中的，不怪你。"

刘父扶着李力锋站起来，众人走上结实的土地，才长舒了一口气。他们回望矿车栽落的轨迹，车后方鼓起一座小山，半山腰位置上，有一个黑乎乎的山洞。

"所以，"李力锋看着天择说道，"我们又当了一次'炮膛飞弹'？"

天择没有搭理他。

"我们快走吧，时间不早了。"刘父抬手看看表，"已经快十点了，你们的父母该着急了。"

"叔叔，我有手机，您不报警吗？"天择说。

"我会的，但必须先保证你们安全离开。还有你，静涵。你们不要牵扯到这件事情中来。"

天择点点头。

他们转身离开，却没有发觉，身后灌木丛中，一袭黑色长衣在夜风中飘拂，一个人交叉着双臂，盯着他们离去的背影，嘴角浮出一抹神秘的微笑——

第八章　密室之谜

> 我耳朵里有一种可怕的声音驱使我离开我的家乡；就是说，如果我在原来的地方待下去，我就不可避免地要遭到毁灭。
>
> ——《天路历程》　［英］约翰·班扬

　　众人走在大荒原上，这地方比秉贤居还要荒芜，还要萧瑟。举目四望，昏白的月光下，满眼枯枝败叶。辽阔的暗淡裹挟着无尽的孤寂，渗进人们的皮肤，贯穿人们的躯体。

　　"爸，他们是怎么把你抓住的？"刘静涵打破沉默。

　　刘父一挥手："嗨，都怪我大意了，掉进了他们的圈套。这可真是糟糕。"他对女儿嘿嘿笑着。

　　"叔叔，您的头还疼吗？"李力锋低声问。

　　刘静涵震惊地叫道："爸，他们打你了？"

　　"唉——甭提了。我一路追到他们的店铺，脚还没跨进门，就听脑袋'嗡'的一声啊——哎哟，"刘父说着摸了摸后脑勺，"我估计是马勺什么的，给了我一下子。我倒在地上，发现李力锋就在我旁边，正被他们五花大绑。然后，我就昏迷了。等我醒来，嘿，已经在密室里面了。"

"他们突然捂住我的嘴，另一个人捏着我的手，推着我出了商店。他们还把我们装在一个大箱子里面，抬进密室的。"李力锋嚷道。

"我没问你。"刘静涵不耐烦地冲他叫道，"爸，你应该也学武术。他们真是太可恨了！"刘静涵说着握紧了拳头。

"哦，"刘父搂着女儿的肩膀，"武功本是用来强身健体的，而不是揍人的。不过受到坏人威胁，爸也不反对你施展，但我还是崇尚以智取胜。"

"真没想到，鬼市里居然会发生绑架，还有人用核辐射制造巨虫。真是太阴暗了！"天择遗憾地摇摇头。

"所以他们会用'夸父追日'设置口令，也许，他们也憧憬阳光吧。"刘父叹息一声。

"可是，无论阴暗怎么憧憬阳光，它还是阴暗，变不成太阳。"天择朝李力锋瞥了一眼。

"天择、班长，你们是怎么了嘛。"李力锋低着头呢喃道，"对不起，我向你们道歉，别不理我啊。"

"出卖我们，还想让我们跟你讲话，嗯？"刘静涵眼睛直视前方，根本没看李力锋。

李力锋停住脚步，孤零零地低头站着。

"我说孩子们，你们可别闹矛盾啊。"刘父走回去搂着李力锋的肩膀，和他一起往前走。"当时情况的确紧急，都还是孩子，保证安全是第一位的啊。"

　　天择撇撇嘴，不满地说："就他面临过紧急情况吗？就他知道保证安全吗？我们都快被面粉炸飞了，也没说出任何一条线索，更没交出任何一样东西。"

　　李力锋突然开始抹眼泪，他一句话也不说。

　　"有些东西，是骨子里面的懦弱！"

　　"我说静涵，你凑什么热闹？"刘父说，"都是好朋友，相互之间要体谅，谁还能不犯错误啊。再说，李力锋同学保护自己的安全，也是人的本能嘛，他没有做错呀。"

　　"他牺牲我们的线索，来保全他自己。虽然那线索是我的，是我爷爷的，不是他的，可是他把线索告诉坏人了，谁知道那些坏蛋后面会干什么坏事呢！他保护铜镜就是图刺激！他其实就是个懦夫！"

　　李力锋突然瞪着天择："好啊！都怪我行了吧！我自私！我是懦夫！那我要怎样做才不是！他的刀尖指着我，我都得替你保密，然后被他杀了，你们面对一个死人，再夸奖他是个勇士吗！你的破线索比我的命都珍贵，比你朋友的命都珍贵是吧！"

　　天择一愣，没想到李力锋居然发这么大的火。他更没想到那帮穷凶极恶的人，居然会用刀威胁一个小孩儿。

　　"你也不动脑子想一想，"刘静涵怒气冲天，"他们没得到线索，会伤害你吗！"

　　"喔喔喔——"刘父赶紧站在双方中间，"我说孩子们，这是一件小事，不打紧的。再说，他们最后也没得到铜镜和照片，我们也没什么损失。"

　　天择看着发怒的李力锋，他不想再刺激李力锋了，可他又不甘示弱，明明是李力锋有错在先，他还发火。"哼，至少通过这件事，我们了解了一个人的品行——"他嘴里嘀咕着。

"我是什么品行？"李力锋大叫着，"我就不该保护你那个破铜镜，害得我还被绑架！我生平还是头一次碰上这种刺激事！"

天择不可思议地盯着他："你泄露线索，你还有理了，竟然还怪我？你觉得你做得很正确是吧？你拿着我的铜镜，一个人乱跑，最后被他们绑架，这一切就是因为一个破面具！我们差点被幽会的蝎子打死，你还泄露了秘密，你的面子到底有多重要！"

李力锋气得面红耳赤："我就是逞强！就是好面子！怎么样？"

"就是因为你，他们现在知道青铜树线索了，随时都会闯进秘境。这一切都拜你所赐！"

"那又怎么样？你又不进秘境，让他们进怎么了？"

天择哑口无言，他简直无法容忍这样一个强词夺理的人。

"你陪我来古堡，到底是为了帮我，还是因为冒险很好玩？"

"为了冒险！图个刺激！行了吧！这个答案你还满意吧！"

"我一猜就是！"

"哎呀呀——"刘父试图打断争吵，"孩子们，别为了这么点小事，伤了友情，大家都是朋友嘛——"

天择怒气冲冲瞪着李力锋："哼，现在不是了。"他说完扭头就走，用袖子狠狠抹了一把眼泪。

"嘿，天择，"刘父追上他，"别冲动，孩子，有个朋友可不容易啊——"

"他根本不是为了我来古堡的。"天择甩开刘父的手，"他是为了刘静涵。你以为他是怕在谁面前丢面子？在你和我面前吗？他逞强都是做给刘静涵看的。他怎么不在坏人面前逞强？因为他本来就懦弱，他原形毕露啦！"

李力锋脸蛋涨成了紫茄子。刘静涵尴尬地看着他。

"你说得对，大侦探！我自私自利，为了自己而出卖你！我陪你来这儿，也是图好玩！我逞强，是为了给班长看的！我都是为了我自己！行了吧！"李力锋大吼着，"我懦弱！我不配做你的朋友！我们永别了！"他说完朝前方地铁站冲去，很快就消失在夜色中。

天择愣愣地看着李力锋消失的方向，然后故作无所谓地一摊手："终于摆脱他了。真好。"天择转过脸去，背对着刘父和刘静涵，两行泪水顺着脸颊流下。

刘父没有去追李力锋，而是安静地看着天择："孩子，你刚才说的那些话，可真是伤人啊。"

"他活该。"天择抽噎着。

刘静涵叹了口气："天择，你这下真的伤害到李力锋了。你不该那样说他的。"

"那我该怎么说？他做错了事，他还有理了。"

"那你呢？"刘父冷冰冰地问，严肃地看着天择，"你就不能少说两句？而且，李天择，李力锋既然好面子，他要跟你换面具，如果你跟他换了，会有后面的事情吗？你为什么不换？你是不是也怕伤面子，这算不算懦弱？"

天择茫然地看着刘父。

"还有，在餐厅的时候，他们可是确定，铜镜在你的手上。可最后他们为什么会绑架李力锋，而不是你？"

天择愣住了。

"静涵之前提醒过你，参观鬼市，别说无关的话。你守规矩了吗？你是不是提到过铜镜在李力锋那儿，又被他们碰巧听见了？你能说发生这件事，你一点儿责任都没有吗？"

刘父的声音愈发严厉，天择有些害怕。

"叔叔，我没想到会——"

"你没想到的事情多得很呢！"刘父叫道，天择吓了一跳，"李力锋没想到的事情也多得很呢！他也没料到他们会用匕首指着他。你当时真应该在场，看看那可怜的孩子，当时有多么害怕，即便如此，那孩子还是恳求他们，说出照片就不要再抓你和静涵了。可惜我的嘴被堵着，不然我就替他说出那张照片了。"

"叔叔，我——"

刘父叹息一声："你知道当那帮人得到线索后，李力锋对我说的第一句话是什么吗？"他看着一脸委屈的天择说，"他问我，他刚才是不是做了这辈子最大的错事。他害怕你不会原谅他。如果我的嘴当时能发出声音来，我就会告诉他，如果你们是真正的朋友，你就一定会原谅他！可惜，我想错了！"

刘父一个人向前走去。刘静涵跟在他的身后，用遗憾的目光看了看天择。

"叔叔，您等一等。"天择追上去，"对——对不起，我——"

刘父停下脚步，看着他："这话你不应该对我说。孩子，在事情糟糕的时候，我们总习惯埋怨他人的错，却从不审视自己的错，这是人类的一大弊病。你并不知道，别人是在怎样走投无路的情况下，才会犯下错误，你也不知道，事情会变糟糕，可能并非因为别人，而正是因为你自己！"

天择不知道自己该说些什么，他很懊悔自己刚才说出了那些话——那些为了逞口舌之快，伤害李力锋的话。

"再说，谁不想要面子？面子这个东西，在成年人的繁杂世界里，甚至是通行证。这也怪我，当时没看住李力锋，只顾欣赏鬼工

129

球了。而且，如果我再去买一个好看的面具，就不会发生这样的事了。唉——"

"爸，你别这样，这事情，也不能全怪你。我当时也应该留意李力锋的，我也大意了。"

天择则低着头，一语不发，肠子都悔青了。

刘父过来轻轻地搂住他的肩膀："孩子，你自己好好想一想吧。走吧。"

天择一路上都低着头，默不作声。刘父和刘静涵也没说话。

十几分钟之后，他们走出荒草地，地铁站出现在眼前。

"好了，我就送你们到这儿，你们赶快回家，我还有些事情要处理。"刘父说，"天择，把你手机给我。"

天择掏出手机。刘父拨打了110，天择听到他言简意赅地讲述了自被绑架到发现巨虫的过程，还请求警察带文物局的同志过来，他要上交两片甲骨。

"爸，你什么时候回来？"班长不舍地拉着刘父的衣角。

"明天早上。我保证。"刘父抱了抱女儿，"好了，赶紧回家吧。"

地铁上，天择和刘静涵坐在一起，刘静涵打了个哈欠。"哎呀，今天可真累啊。"

见天择低头盯着地板一声不吭，刘静涵拍了拍他的肩膀："你准备怎么办？我是说——李力锋？"

半晌，天择才开口说道："我不该那么说他的。他才从鲱鱼罐头的阴影里走出来。我真不够朋友。"

"啊——"刘静涵满意地伸了伸懒腰，"你能这么想，我很高兴。我这个班长，也不希望班里同学闹矛盾啊。我之前一直想不通，你这个全班第一，怎么总是跟倒数第一形影不离？后来我想明白了。有些东西，不是成绩决定的。第一又怎样，倒数第一又怎样？真诚的朋友，他们只想着让对方变得更好，才不管别人怎么看呢。"

天择抿着嘴唇，不说话。

"哦，对了，你找到鬼市来，肯定是我妈告诉你地址的吧？"

"没错。"天择心中只想着李力锋，忘了对刘母的承诺。

刘静涵爸爸说得对，从爷爷给我的线索，到李力锋被绑架，根源都是因为我，我怎么可以那样埋怨李力锋。我的确把李力锋伤得太深了，不知道还能不能挽回。更严重的是，我竟然口无遮拦，当着刘静涵的面，戳穿了他心中的想法，这下就更让他抬不起头了，特别是在刘静涵面前。

我该怎么办啊？

"天择，我先走了。"刘静涵突然说，她已经站到了门边，"我到站了。"

天择木讷地冲她点点头："再见，班长。"

天择也不知道自己是怎么熬完地铁时光的。他的大脑一片混沌，几乎要睡着了。朦胧之中听到报站声，他疲惫地起身，慢腾腾走回了家。

博士和夫人一听天择回来了，赶紧从书房出来。

"哦，我的宝贝，你怎么这么晚才回来？都十一点了。"夫人说。

天择真想抱着妈妈大哭一场，但他忍住了："妈，今天玩得有点累，我想睡觉了。"

博士笑呵呵地说："你们都玩儿什么了，看把我儿子累的。好吧，你赶快洗漱，早点睡吧——实际上也不早了。"

天择无精打采地走进卧室，把书包往书桌上一扔，伸展四肢躺到床上。

太累了，今天真是太累了。

天择没有马上睡去，他掏出手机，翻开李力锋的电话号码，手指不止一次想摁下拨通键。可他又及时收回手。

李力锋现在能接我的电话吗？他正在气头上啊。而且，接通了，我又该说什么啊。是我气走他的，我不知道该怎么向他道歉。说一声"对不起"，肯定是不够的。

"唉——"他叹了口气，想了想，打开微信，弹出和李力锋的对话界面，敲下一句话："你回到家了吗？"

然后，他怀着忐忑不安的心情，点击发送键——

他松了一口气，消息发出去了，说明李力锋没有删除他这个好友。

他抱着手机，紧张地等待着李力锋的回复。

不知过了多久，天择迷迷糊糊睡着了，手中还紧紧攥着手机。

而他盼望的回复音，一直没有响起。

第二天，是博士叫醒他的。

"我的乖儿子，你睡觉不换睡衣的？"

天择迷迷糊糊睁开眼，博士就站在他的床边。

"我——我晚上太累了，就睡着了。"天择冲爸爸笑了笑，"这样也好，省得起床再穿上了，嘿嘿——"

"你们昨天去玩密室逃脱了吧？不然什么能把你累成这样？"

天择突然想起来，他赶紧打开手机，他发送的那句话底下，依然空空荡荡。李力锋到现在都没有回消息。他失落地放下手机。

"怎么了，儿子？同学没有约你今天出去玩，不高兴啦？"

"不是。老爸，我想看会儿书。"天择有气无力地站起身。

"好吧。老爸不打扰你了。不过你先洗漱，让自己清醒一下。另外，牛奶和面包在餐桌上，一会儿记得吃。"

"好的，老爸。"

天择看看表，已经快九点了。他又看了看手机，手机比他的卧室都安静。他突然有种担心，昨天晚上，李力锋不会没回家吧？

接着他摇了摇头，如果李力锋昨晚没回家，他的手机不可能一直这么安静，李力锋的家长早就打电话过来寻找他们的儿子了。

唉，算了。先不管他了。天择把照片和铜镜锁进抽屉，拿出作业本，开始完成假期作业。可是他的思绪就像憧憬自由的风筝，总是想努力挣脱把它拴住的线，飞向远方。他的目光在手机和黄铜指南针上来来回回，而这两样东西，也安静地凝视着他，似乎在等待他做出它们希望他做的事。

天择合上书本。我需要思考复杂的问题，才能更加专注。

他从书柜里取出迪克森·卡尔的侦探小说《三口棺材》。警察叔叔还没有找到爷爷，而我不相信这世界上有什么人，能从密室凭空消失。我要找到爷爷失踪的线索。他到底是怎么从监管森严的医院消失的？

他翻到第十七章《密室讲义》，一个字一个字阅读。

这一章，作者总结了十三种密室作案的方法，但前提都是，坏蛋根本不在密室，通过障眼法，让侦探误以为坏蛋在房间之中，作案后，没有走出房间，却凭空消失了。坏蛋会采用很多种方式完成障眼法，比如在房间内设置可以在房间外操纵的作案机关，或者，对房间门锁进行改动，坏蛋出门时，可以操纵门外的机关，将门内的锁扣反锁，这会用到细绳子之类的道具。

他摇了摇头，这些都不可能。病房窗户外和门口的走廊上，全部都是摄像头，没人能这样做。

那么——

天择的视线停在一段话上："例如中空的烟囱后面，有个秘密房间；壁炉的背面，可以像帷幔一样展开；或是壁炉可以旋转打开；甚至在砌炉石块下，藏着一间密室。"

他想了想，壁炉后面有密室，那不正是刘静涵家的鬼市店铺的布局吗。可是，这样的设置不可能出现在病房里。哪家医院的病房里会设置密室，而且医生们不知道？以此推断，病房内也不可能有暗格什么的，像变魔术一样，人钻进箱子，然后就被一条秘密通道转移到室外。

那爷爷是怎么——

天择突然合上书，坐直了身子。

福尔摩斯说过："当你排除一切不可能的情况，剩下的，不管多难以置信，都是事实。"

爷爷消失前，摄像头根本没拍到爷爷，也没有任何可疑人员出入。可是警察叔叔根本没有查看爷爷失踪之后，病房外和医院中的监控。

天择懊恼地一拍脑门儿，我可真笨！这么简单的事情，我怎么一直没想到。

爷爷压根儿就没走出病房！

甚至在他和爸爸妈妈，和警察叔叔聚在病房的时候，爷爷都没有从病房出来！

天择再也坐不住了，他冲向书房大声敲门。

"爸爸妈妈，我想去医院看望爷爷。"博士和夫人瞬间就从书房奔了出来。

"爷爷找到啦?"博士震惊地问。

天择捂住嘴巴,意识到说错话了。"呃——还没有,只是假期,我想去他最后待过的地方,这样我会感觉离爷爷更近一些。"

博士和夫人无奈地相视一眼,最后两人点点头:"算了,明天你带他去吧,我明天还有任务。"夫人对博士说。

整整一天,天择的心都激动难耐。爷爷这招声东击西,真是漂亮。他只是很好奇,当警察叔叔在房间的时候,爷爷到底会躲在什么地方?

晚上,天择睡得很甜,还面带微笑。因为,爷爷正站在病房的床边,对他欣慰地笑着。

待外面天光大亮,屋内响起敲门声。天择从床上惊醒,起身去开门。爸爸站在门口,摸了摸他的头:"快洗漱,跟爸爸去医院。"

天择看看表,已经八点了。

病房已经解除了封锁,但里面却没有人。李涛博士上前跟护士说明了情况,护士只是耸耸肩:"好吧,封锁刚刚解除,我们还没来得及给这间病房分派病人。"

病房里的陈设很简单,中间是一张床,床头是两个小柜子,一张圆形接待桌连着一张小陪护床摆在窗边,窗户对面靠墙立着一个存放物品的柜子,还有一个独立卫生间。天择觉得能藏人的地方,只有立柜和卫生间了。可是那天他去过卫生间,爷爷如果藏在里面,警察不至于今天还没破案。天择拉开立柜的门,里面空空如也,而且分隔成很多小格,根本藏不了人。

那就奇怪了,天择皱着眉头。除了这两个地方,爷爷还能藏在哪儿呢?他突然会心一笑,爷爷那么聪明,一开始就被人想到的藏身地,怎么会是爷爷的选择呢?

他的视线定在病床上，爷爷如果没有躺在床上，会不会就在床下？

天择正要爬到床底下去看，突然意识到这个行为比较怪异。灵机一动，他偷偷摘下手机上那个青蛙王子的装饰吊坠儿，然后把它扔到床底下。

李涛博士正对着窗外凝望，听到声响回过头。

"爸爸，我手机挂坠掉床底下了，我捡一下。"

李涛博士继续凝视窗外，大概是对父亲的思念令他再次陷入沉思。

天择趴在地上，钻到床底下，然后扭头朝床板底部一看，差点叫出声来。

他猜对了！

床板的下方，挂了两条粗绳子，尺寸正好能供一个人平躺着吊上去。而床板底侧，他认出了熟悉的笔迹，那是爷爷的笔迹，黑色的墨水简短地写了一段话：

> 天灾至，吾已入；阻敌势，汝需助。幽门关，洞天内；透镜得，方启门。汝勿忧，不可出；三足乌，助汝归。

天择用手机拍下这段话，赶紧从床底下钻出来。爷爷可能担心写得太直白，万一被别人发现，一眼就能看懂。所以他采用了古文，并且里面的一些内容，只有天择能看懂。

天择感觉心脏都悬空了，秘境传说是真的！

爷爷跟他说得很清楚，爷爷已经进入了某个特定空间，那一定是秘境。而且，还有一拨人要跟爷爷作对，而阻止敌人，爷爷需要他的帮助。从言辞来推断，"幽门关"一定是指秘境的入口，它就在"洞天"内。"透镜"必然是指那个模仿汉代"见日之光"镜的铜镜，它，才是打开秘境大门的钥匙！

而且，秘境并不是有去无回之地，只要找到三足乌，他就能回家。

天择舒了一口气，他回想着《骷髅幻戏图》背面的密码，那段话他现在能倒背如流。

"老树独立，一高一宽。不尽显赫，别有洞天。"

联系古画的信息，"别有洞天"与"不尽显赫"的一棵孤单老树有关，秘境入口，就是那棵老树。

"可以走了吗?"李涛博士转身对天择说，他的眼圈红红的。

天择回过神来："哦，好的，我们走吧。"

路上李涛博士开得很慢，天择思绪纷飞。爷爷提到的天灾是什么?他回想着之前的经历，唯一跟天灾相关的，就是爷爷日记中，提到的古堡市历史灾难。

天择打了个激灵！

等等!

迷宫密室里，无名碑上的数字——

天择打开手机，翻出无名碑的照片。现在他想起来了，这些数字他感觉很熟悉，原来正是古堡市历史上发生灾难的年份，和……遇难人数！而最后一排数字，起头的年份，正是明年，而遇难人数——

"我的天啊!"天择瞪着照片，惊叫一声。

第九章　抉择

"嗯，你知道大人是什么样的。"黛娜说，"他们不会像我们这样思考。我想我们长大后，就会像他们那样思考了。但愿我们能记住小孩思考的方式，当我们长大的时候，能够理解成长中的男孩和女孩。"

——《幽暗岛的灯光》　[英]伊妮德·布莱顿

博士吓了一跳，点了一脚刹车，猛地回过头："你咋了!"

"爸爸，我们古堡市的人口是多少?"

"大概一千两百万。怎么了你是? 大城市人多很正常，你不至于惊成这样吧。"

"哦哦，没事，我只是——只是感慨一下——"天择措辞无序，目光没有离开石碑照片，他盯着石碑上最后一个数字——12892219，这就是说，古堡市的人口在一千二百八十九万人左右。

"哦，我明白了，你在数古堡市的人口数量对吧?"博士说。

"是啊，好多人啊。"天择整个人都乱了。

"不过这个数字每年都在变化，古堡市现在每年人口要增加大概五十万人。今年大概是一千两百三十万人，明年会达到一千两百八十万，即将突破一千三百万。哈哈，我们的城市可真大，人也真多啊。"

天择木讷地听着爸爸的话，刻石碑的人是神仙吗？他怎么能如此准确地预估明年在灾难中遇难的人数，还有零有整，精确到了个位？历史博物馆介绍说李秉贤是"通灵居士"，难道石碑是他刻的？

然而更令他生疑的是，爷爷进入秘境到底是为了什么？是为了躲避明年毁灭整个古堡市的灾难，还是去阻止灾难？古画上的语句在他脑海里浮现，"秘境藏宝，一统众生"，这句话的意思，更像是指明了秘境中的宝藏，能够解救整个古堡市的人。而爷爷没有暗示他带领爸爸妈妈和奶奶一并进入秘境躲避灾难，这就说明灾难是可以避免的。解除灾难与秘境宝藏相关，而青铜神鸟又与找到宝藏相关，我的天啊——天择使劲儿搓着脑门儿，他敢肯定，爷爷进入秘境，就是要阻止灾难，并且需要他的帮助！

天择重重地靠在椅背上，鬼市的西装男和邋遢男显然也在追踪秘境，他们应该正是和爷爷作对的另一派人马。他们显然只是冲秘境宝藏而去的，根本不在乎解救古堡市的人们，否则爷爷就和他们合作了。所幸，他们没有拿到古画，没有读到那段话，所以还不知道秘境入口在哪儿。

可是他也不知道。

而他目前最重要的任务，就是弄明白"老树独立，一高一宽"这句话，究竟是指哪一棵树？

天择思前想后，没有哪棵树能长成一米高一米宽的样子，那是个正方体，要么就是个树桩子，还不尽显赫，那应该是个树桩子。难道，某个树桩子开了个大洞，里面藏着秘境入口？他百思不得其解。

回到家中，天择确定自己的脑子已经不够用了，他需要有人来帮忙。

他第一时间想到李力锋。他正要拿起手机，又突然想起，李力锋已经跟他"永别了"。他翻开微信，李力锋依然没有回复他。

他叹了口气，没办法，只能这样了——

"喂，阿姨您好。我找刘静涵。"

很快，话筒里就传来班长的声音："天择，有事吗？"

"呃——"天择犹豫了一下，"你爸爸回家了吗？"

"他回来啦。"班长兴高采烈地说，"告诉你一个好消息，警察已经找到了放射源，还把巨蝎送去了科研所。所有人都平安无事。我爸不仅上交了甲骨，还举报了卖甲骨的人。"

"哦，那就好——"天择很犹豫，不知道接下来自己说的话，班长会不会认为是个好消息。

"你怎么了，天择？听上去不高兴？"班长打断他，"你跟李力锋还没和好啊？"

"嗯——不全是因为这个。"

"不过，"班长突然又说，听上去也开始灰心丧气，"那两个男人逃跑了。你知道的，大黄牙和那个西装笔挺的。"

"这可真遗憾——班长，听我说，我可能需要你的帮助。"天择终于鼓起勇气。

电话那头突然安静了。天择听见自己的心脏在胸膛里扑通扑通地跳着。

过了好一会儿，班长才开口："天择，其实我也很尴尬。我也责备了李力锋。如果我给他打电话，我也怕他——"

"不是，班长。"天择有些着急，"不是这件事。是秘境入口有线索了，我想——"

刘静涵静静地听着，没有插嘴。

"我想让你帮我解开线索。哦，无所谓，"天择急忙补充道，"你进不进秘境无所谓，但事情恐怕比我想象得要严重。"

电话那头没有声音，天择担心地举着话筒，他生怕听到拒绝的答案。

"天择，你这会儿在家吗?"

"在。"

"你在家等我，我们见面说。"

天择松了一口气："好的，班长。"

他把电话放在书桌上，脸埋进手掌中。是的，班长进不进秘境无所谓，那我呢? 我进不进呀?

尽管爷爷向他保证，秘境绝对有出口。但万一没找到青铜神鸟，该怎么办啊? 他可没有和《山海经》里的怪物打交道的经验啊。

天择抓着自己的头发，还有爸爸妈妈，他们已经从百忙的工作中，抽时间为我做饭，和我聊天，我要是永远见不到他们了，我会疯掉的。

可爷爷呢，古堡市的人们呢? 又该怎么办啊?

爷爷为什么不找警察叔叔帮忙呢?

对啊! 天择猛地抬起头，一把抓过手机，正要按下"110"，突然想起张景天队长面对《骷髅幻戏图》背面的密码，说出的"神话"那个词。

是啊，警察叔叔要是听到我说："明年古堡市会发生灭顶灾难，而你们必须进入秘境阻止这一切。"他们不笑死才怪呢！他们不把我送进心理诊所，就算是客气的了。没准儿还会因为我报假警玩恶作剧，追究我扰乱公共秩序的责任。

天择扔下手机，继续把脸埋进手掌。我的天啊，我该怎么办啊？爷爷为什么不把线索直接给警察呢！

接着他转念一想，爷爷为什么需要我帮忙？我一个小屁孩能为他做什么？

不然告诉爸爸妈妈吧？天择坐直了身子，有一瞬间，他想冲进书房。可告诉爸爸妈妈什么呢？告诉他们爷爷是怎么走出病房，之后又进了秘境的？也许他们能追查监控，看爷爷是从什么地方进入的秘境，也许还能找到秘境入口。可找到了，又能怎样？我进还是不进？难道举着一枚来路不明的铜镜，跟他们讲："你们跟我进秘境吧，解救我们的家园吧！"

天择苦笑一声，他们只要精神正常，就不会相信这些无稽之谈。警官先生可能还会揪着铜镜是不是古董，展开新一轮儿的调查。

我该怎么办啊——

突然，门铃响了。

天择起身去开门，李涛博士也出来了。刘静涵站在门口，背着个亮绿色的小背包。

"哦，是刘静涵啊，找天择出去玩？"李涛博士笑逐颜开。

"叔叔好，我和天择聊聊天儿。"班长一脸灿烂的微笑。

"哈哈，天择刚才还不高兴，嫌没人陪他出去玩儿呢。"

"老爸，你在说什么啊——"天择埋怨道，脸蛋瞬间红了。

"快进来吧。天择，照顾好你的好朋友哦。"博士转身回书房了。

天择和班长进入卧室："哇，天择，你家周末还真是安静，都各忙各的呀。"

天择耸耸肩："他们是天文学家，有搞不完的星球研究项目，谁知道呢。"

"我长大了也想当天文学家，要是能发现一颗有文明的星球，这辈子也值了。"

"谁不想呢？"

"对了，你发现什么线索了？"

天择请班长坐在椅子上，自己则坐在床上，两人面对面。他从爷爷失踪开始，将《骷髅幻戏图》背面的密码、破碎的玉盒以及病房床板下的秘密留言和诅咒石碑的警告，全部告诉了刘静涵。他言简意赅，刘静涵全程一言不发，只是皱着眉头，仔细听着。

末了，她若有所思地看着天择："你是说，秘境入口藏在一个大树桩里面？"

天择认真地看着她："有可能。我也不知道。"

"那照你的说法，"刘静涵站起身，来回踱着步，"古堡市明年会有大灾难。要想守护家园，你就必须进入那个树桩，还必须找到青铜神鸟，不仅为了解救古堡市，还要能从秘境里出来，是这个意思吧？"

天择点点头："我还想找到我爷爷。"

刘静涵摸了摸下巴，像个小大人似的："能查出来是谁下的诅咒吗？"

天择摇摇头："那肯定是个神通广大的人物，没准儿藏在秘境里。"

"诅咒的形式呢？我是说，什么类型的灾难？"

"历史上那几起灾难，全是自然灾难。不过奇怪的是，爷爷日记

143

中记录的灾难，不仅有年份，还有具体日期，可是，诅咒碑上只有年份。"

"这很正常。你爷爷记录的灾难，全部都是已经发生过的，所以记录着具体日期。而诅咒碑如果写上灾难具体发生的日期，那么人们就可以预先防备了，那块石碑可真是狡猾！现在麻烦的是，它不是人为灾难，如果是自然灾害的话，有些灾害我们还真没办法阻止，甚至没办法及时预测，比方说地震，虽然有长、短期的预测，可是不准确，一般来讲，地震预警会在地震发生前十几秒才放出，人还没反应过来呢，楼就开始摇了。"

天择站起身："那我们让所有人先离开古堡市？"

刘静涵瞪大眼睛望着他："让所有人先撤？李天择同学，你是不是太狠了？你知道那是什么概念吗？我们根本不知道灾难发生的具体日期，连什么灾难都弄不明白，你计划让所有人一整年都抛弃工作、抛弃学业，背井离乡？然后理由呢？一个神话故事！"

"可它不是神话故事啊。"

"除了我们，还有谁会相信它？你觉得政府部门会因为一个神话传说，下发全市撤离令吗？古堡市人民会答应吗？天择，全市人民要是撤出去，一整年，古堡市就瘫痪了，它就不存在了。"

"可救人要紧啊——"

"可我们没有证据啊！那些线索全部都是——"刘静涵捂着脑袋，"都是梦幻十足，你能说服谁啊？这根本就是不可能完成的任务！"

天择盯着地面："真的就没有办法了吗，班长？"

"如果是人为灾难，在明年到来之前，我们还有将近三个月的时间，查出是谁在搞阴谋，阻止灾难。可现在是大自然在搞阴谋，这谁能揣摩？"

天择急得抓耳挠腮："这可怎么办啊？怎么办啊？"

刘静涵叹了口气："办法只有一个——"她无奈地看着天择，"怎么，你真的不想进去吗？"

"我——"天择懊恼地一跺脚，"万一我任务失败，不仅全市人遭殃，我还出不来了！我不舍得爸爸妈妈。"

"你要是任务失败，出来也没用。"刘静涵翻了个白眼。

"哎呀——你就别再调侃我了，赶快帮我想办法啊。"

刘静涵咂咂嘴："这可真是难。难于上青天啊。"她坐到椅子上，无精打采地靠着椅背，"不如这样，你找个警察陪你一块儿进去，向政府官员证明一下，神话传说是真的。"

天择一脸茫然地看着班长："您这主意可真棒啊。先不说有哪位警官愿意陪我去钻个什么树桩子上的洞，单就我把诅咒的事说出来，估计还没说完，就被送到精神病院了，届时，别说找什么青铜神鸟解除诅咒了，我得多久才能从医院出来，都难说呢！"

"问题是咱们现在连树桩子都还没找到呢。"刘静涵站起身，"不如这样，你先把玉盒拿出来，我们再研究研究，看上面还有没有什么线索？"

天择从书桌抽屉里拿出玉盒碎片，递给刘静涵："我都看了一百次了，都拆成零件看了，还有啥好看的？"

"我说天择，"刘静涵把几块碎片拼了拼，"我倒是觉得，《骷髅幻戏图》背面的暗语，不是指向一个树桩子，可能真是一棵老树。"

"可它就是树桩子的尺寸啊！"

刘静涵撇撇嘴："那可就恭喜你了，这世界上，树桩子多了去了。"

"我的天哪，"天择叫道，"那不显赫的孤独老树也多了去了，我该不是每一棵都要去检查一遍吧？而且据我的回忆，没有任何一棵树长成一米高一米宽的正方体，那就不是树，那是皮靴张办公室里的立方体模型！"

"不对。是圆柱体模型。"刘静涵瞥了他一眼。

天择用手捂住脸，现在只有靠自己了。

刘静涵一边摆弄着玉盒，一边嘀咕："不应该啊，怎么会是个空盒子？它怎么能是空的嘞？"

天择抬起头，看着她把玉盒盖子拿在手上翻来覆去地观察。"你说，一个盖子，为啥这么厚？盒子其他部分都摔碎了，唯独它是完整的？"

天择精神一振："你是说——盒盖内有暗格？"

"给我一支笔。"

天择给她一支中性笔，班长拿着它在盒盖上敲来敲去，盖子中心部位的声音，听上去比较脆。

两人相视一眼，又同时看向盒盖，盖子内部是空的。

班长看着天择，天择明白她的意思。但是，这么精美的艺术品，他实在不忍心再破坏了。

"可我们必须毁掉它，才能取出暗格里的东西。"班长一眼就看穿了他的心思，"也许这玉盒子的命运，注定要被摧毁。你想啊，正是因为它太精致了，所以人们不舍得毁坏它，里面的信息才能一直安全隐藏着。"

天择叹了口气。

班长拍了拍他的肩膀："自古《论语》就有言，有得必有失，有失必有得。选择要什么，不要什么，都取决于我们自己。"她举起盒盖，晃了晃，"选择吧？"

天择点点头。

班长松开手，盒盖摔在地上，碎成两半。

盒盖中间确实是空的，有个厚度约三毫米的夹层。但是里面没有东西，夹层的上壁，用极小的文字，刻着两列繁体字：

後 秘 洞 獨

裔 府 天 木

守 之 孤 成

衛 門 境 林

繁体字写成现代文就是："独木成林，洞天孤境。秘府之门，后裔守卫。"

两人对视一眼，天择觉得上天简直跟他开了个莫大的玩笑。

班长皱着眉头："独木成林，那不是榕树吗？"

天择心中一笑，摇了摇头，原来，我跟它这么近，却一直没有发现。

刘静涵指向窗外："我的天哪，那棵大榕树，不是现成的吗？"

"原来我们都弄错了，'老树独立，一高一宽'并不是指树的尺寸，而是指上面的树洞！一个树洞高一米宽一米——难怪宅院的历史没人说得清，原来在明代以前，就有这座宅院了。所以，宅院里的人，就是明代住在这儿的古人的后裔。"

"可那棵榕树那么大，它很显赫啊——"

"我们这座幽幽谷宅院位置偏僻，本身就不被众人所知，老榕树独立于宅院之中，所以是'老树独立'。而幽幽谷宅院的后面就是宝藏山脉，森林繁密，所以它'不尽显赫'。"

天择和刘静涵一起望向窗外，视线落上那棵没人能说得清在宅院中心立了多久的老榕树。

古老榕树优美的圆弧树冠就伸在眼前，一缕缕气生根像老爷爷的胡须一般，在微风中轻轻荡漾，深绿的叶片奏响古老的天然乐章，沉稳又安详。

原来榕树爷爷一直坚守在这儿，等候着那个发现它秘密的人。

天择静静地看着大榕树，"我真傻，"他摇摇头，"在宅院里住了十二年，竟然今天才明白它的秘密。"

班长拍了拍他的肩膀："这没什么，还有人住了一辈子，也不知道自家的宅院里藏着什么。"

天择叹了口气："如果我早知道，我就能等到爷爷。我真蠢，爷爷前不久来过这里，而我却浑然不知。爷爷啊，你为什么不早点告诉我呢？"

班长搂住天择肩膀："因为你爷爷知道，你一定会找到秘境。因为你，是最让你爷爷感到骄傲的孙子。"

天择感觉眼眶湿湿的。

"唉，这可真伤感。"刘静涵坐在椅子上，把脖子靠在椅背上，仰望天花板，"我真不喜欢这种场面。"

"班长，"天择低声说，"我是不是真的要进去？"

刘静涵坐直腰板儿："这要看你怎么看待自己。就好比说我吧，是一班之长，那么，在学校，我就得维护班级秩序，调解同学之间的矛盾，还要——"刘静涵摊摊手，"处理一些班级琐事。虽然我有时也不情愿，不过，这是我的责任。所以啊，天择，你爷爷选中了你，帮助古堡市的人解除诅咒。你呢，要是觉得自己能胜任，就去当这个'班长'，如果你觉得不能胜任，那你就放弃。大不了明年咱们和亲戚朋友，都住到某个防空洞里面，那样的话，不管彗星撞地球还是地震，我们都相对安全。"班长挑了挑眉毛，"阁下觉得如何？"

"啊——那其他人怎么办啊——"天择蹲在地上，把头埋进胳膊。

"我觉得，是时候了——"

他听见班长慢慢说道。

"啊？什么是时候了？"

班长指了指桌上的手机："我调解矛盾的时候。"

是啊，他怎么忘了李力锋？都这个节骨眼儿上了，李力锋难道还会在乎什么吵架，什么"永别了"之类的话吗？

不过天择还是犹豫了一会儿，说："班长，还是你打吧。一般被调解的双方之间是不说话的。"

"嗨，你可真是你爷爷选中的'娇子'。也不知他看上你哪一点了。"刘静涵说着要去拿手机。

"别用我的手机。我怕他不接。"

"没关系，检验你们友谊的时刻到了。"班长抓起手机，打开免提，拨通李力锋的电话。电话只响了一声，就被挂断了。

"真遗憾，你们的友谊真不可靠。"

天择垂头丧气地低着头。

班长掏出自己的手机，打开免提，再次拨通李力锋的电话，只响了一声，就接通了。

"喂，班长。"电话另一头传来李力锋兴奋的声音。

刘静涵用询问的目光看着天择。

天择摇了摇头。

刘静涵无奈地耸耸肩："李力锋，你在干什么呢？"

"啊？我，当然是在写作业啊。"

"才怪！"天择嘀咕一声。

"听说你和李天择同学昨天'永别了'，是吧？"

电话那头没了声音，天择紧张地等着。

"你——你昨天不是在场嘛——"李力锋声音小了下去。

"好吧。"班长舒了口气，"这样重大的事情，你俩是不是应该找个见证人，为你们见证一下？"

"啊？"李力锋似乎不敢相信自己的耳朵。天择一脸困惑地看着班长。

刘静涵瞥了一眼天择，笑了笑："鉴于我的一班之长职务，我是见证人的最佳人选。现在，请你来李天择同学家里，咱们三人走个程序。"

"啊？"李力锋又惊叫一声，"没这个必要吧，班长？"

"怎么，你不想绝交吗？"

李力锋又不说话了，天择焦急地听着，过了一会儿："不是不想。只是——只是绝交了就绝交了，干吗还要去他家里？我可不想见到他。"

天择低着头，盯着地板。

"那你准备转学吗？假期结束，你俩就又见面了。"

"那——"

"别这呀那呀的，做事能不能爽快点儿？赶紧过来，做完见证，我请你吃饭。"

"真的？"李力锋立马精神抖擞，"好，我马上到！"

天择无奈地盯着桌上的手机。

刘静涵耸耸肩："哈，男孩子的友谊，嗯？"

天择唉声叹气地躺在床上："可能我也没什么朋友，只要有一个，就很珍惜吧。"

"李力锋有很多朋友，可你是他最好的朋友。"

天择摇了摇头："也许对他来讲，和全班第一做朋友，脸上很有光吧。"

班长撇撇嘴："说真的，天择，我可不这么认为。"

这时，博士进来了："孩子们，聊得如何？"

"叔叔好。"班长立刻站起身，天择从床上坐起来，一脸沮丧。

"啊，看来你们聊得不错。"博士扶着门把手，"今天家里有客人，我们为你们准备了丰盛的午餐，不如吃完饭，你们接着聊？"

"谢谢叔叔。"刘静涵爽快地说。

餐桌上，刘静涵和天择的爸妈聊得酣畅淋漓，从学习到班级管理，再到帮助天择交更多的朋友，无话不说。

而天择几乎不说话，一直设想着，一会儿见到李力锋，该怎么张口。

他们用完餐一起收拾餐桌的时候，门铃响了。天择紧张地看着刘静涵。博士去开门。

"哇，又一位小客人到了。欢迎，李力锋同学。"

"叔叔好。阿姨好。"李力锋客气地打了招呼，接着目光就瞥见天择。天择尴尬地低下头。

"你怎么不早说，天择。我们应该等一等李力锋，一起吃午饭啊。"

"叔叔，没关系，我吃过了。"

"那好吧。"博士夫人笑呵呵地说，"你们三位小伙伴一块玩儿吧，

151

天择，我跟你爸爸半小时后去一趟天文台，晚上才回来，你们饿了可以一起吃饭，饭钱留在鞋柜上，阿姨请你们。"

天择往鞋柜上扫了一眼，那上面放着两百块。"老妈，"他突然想起一件事，"你们最近没发现天上有什么异常吧？"

夫人诧异地看着天择，博士则挑高了眉毛："什么异常？没有异常啊。"

"比方说，有一颗冲向地球的彗星什么的？"

博士和夫人面面相觑，差点儿笑了出来："哦，乖儿子，"博士乐呵呵地说，"别杞人忧天了，地球很安全。"

天择垂下肩膀，转身走进卧室。

很快，刘静涵带着李力锋进来了，她转身关上门。

天择坐在床上，背对着他们。

李力锋径直走到他跟前，从口袋里掏出一张纸，展开，举到他面前："李天择，请你签字。"

天择定睛一看，大标题是"绝交书"。

接下来的内容是这样的：

绝交者：李力锋

被绝交者：李天择

地点：李天择家中

李力锋本着反目成仇的精神，现和李天择约定如下条款：

1. 从今以后形同陌路，再也不说话，也不准相互帮忙。

2. 见面绕着走，彼此不准碰到对方。

3. 小学毕业后，彼此不在对方同学录上写毕业感言。

4. 小学毕业后，不许考入同一所中学。

　　5. 中学毕业后，不许考入同一所大学。

　　6. 将来绝不参加对方的成人典礼。

　　绝交者签字：李力锋　　　　被绝交者签字：

　　见证人签字：

　　纸片下面，李力锋已经把字签上了。

　　刘静涵瞪着这份绝交书，简直哭笑不得。"我说你准备的是不是太充分了啊?"

　　"快签字。"李力锋生硬地说。

　　"哎呀——"天择捂住脸。

　　"恐怕他现在还真不能签字。"

　　李力锋看着刘静涵："为啥?"

　　"很遗憾，这第一条规定，一会儿就得违反。"

　　李力锋把纸转过来，盯着第一条："他签完以后，我就不跟他说话了。"

　　"后面那句。"

　　"需要帮忙?"李力锋疑惑地看着班长，又看看天择，接着把纸片折起来，塞进口袋，"你又咋了?"

　　天择站起身，认真地看着他："对不起，李力锋。我昨天不该那样说你。"

　　李力锋半晌没说话，他坐到床上，眼睛盯着地板，语气冷冰冰的："你需要我帮什么忙?"

　　天择高兴地看着他："我们不绝交了?"

　　"帮完忙再绝交也不迟!"李力锋似乎想到了什么，突然脸一沉，跳起来，"如果你是说让我允许你，不在绝交书上签字，这个忙我可不帮。"

"不是，是别的。"刘静涵说。

"那到底是什么啊？"李力锋不耐烦地叫道。

天择抿了抿嘴唇，深吸一口气，用充满希望的眼神看着他："李力锋，你能原谅我吗？"

李力锋愣了一下："我——"他犹豫着，接着手一挥，"你到底要说什么？"

"我该怎么做，你才能原谅我。"

李力锋注视着天择，良久，他的目光慢慢转向地板："我——我不知道。反正我就是很生气——"

"我觉得，"刘静涵说，"我们是不是先说点儿别的，让各位先放下之前的成见？"

"不，"天择说，"放下成见之前，我什么都不会说。"

李力锋叹了口气："我说天择，你有话就直说，我一会儿还要跟班长出去吃饭呢。"

"啊——那什么，我先去上个厕所。"刘静涵拽开卧室的门，跑出去了。

天择看着李力锋，抿了抿嘴唇："对不起。昨天的事情，我也有错。我不该跟你换面具，也不该说你好面子。其实——"天择顿了顿，"我也挺好面子的。"

李力锋低着头，脸上很平静，过了半晌，他说："天择，你知道昨天我为什么生气吗？"

"为我说的话。说你好面子，懦弱，还——"天择的声音小了下去，"当着班长的面。"

　　李力锋摇了摇头："都不是。是你说我跟你出来，是为了我自己图刺激，我自己能找班长。"他双手扶住天择的肩膀，"我们是朋友，只要你有需要，我会第一个来帮助你，所以我怎么放心你一个人来古堡？为此，我还专门做了个大弹弓，我要保护你。尽管，"他撇撇嘴，"你可能看不上那个弹弓。"

　　"对不起，是我误会你了。而且，我——"天择盯着自己的鞋尖，"我不该那样说好朋友的——如果说出去的话能收回，我昨天晚上就收回了。我真不够朋友，如果我是你，我也不后悔说出'永别了'这三个字。"

　　李力锋也低着头："但我后悔了。"

　　"这么说，你原谅我了？"

　　"没有完全原谅。这要看你以后还说不说那样的话。"

　　天择看着他，面庞上的担忧逐渐被灿烂的笑容挤开，他紧紧拥抱着李力锋。一束阳光越过榕树，穿越窗扉，将天择的卧室，映得一片金黄。

　　"呦呵，这么快就和好啦？"班长边说边走了进来。

　　其实班长一直躲在门口，悄悄盯着他们，根本没有去厕所。李力锋赶紧松开天择，两人尴尬地互相看了一眼。

　　"哈，男孩子的友谊，嗯？"刘静涵笑了笑，"好啦，我们现在能说正事了吗？"

　　"什么正事？"

　　"坐稳扶好，接下来的事情，比古堡矿车都刺激。"班长顿了顿，"天择，这是你的事，还是你说吧。"

　　接下来，天择把爷爷如何从医院消失，他留下的暗号，以及诅咒碑和玉盒暗语，全都告诉了李力锋。

"所以，你觉得我该怎么办，李力锋？"

李力锋如同一根木头桩子，钉进了床里。

"你没事儿吧？"天择推了推他，后者正以呆滞的目光看着天择。

"我知道，这信息量有些大。"天择说，"你得花时间消化。可是——"

"确实大——"李力锋呢喃着，"太大了，这事儿简直太大了。"他缓缓起身走向窗边，看着院子中那棵大榕树。

"李力锋，给我们考虑的时间不多了。我爷爷已经进去了，他现在面临危险。如果另一队夺宝人先于我们找到了青铜神鸟，整个古堡市就完了！"

李力锋突然转身："我们是不是可以告诉警——"

"拜托，"刘静涵打断他的话，"什么告诉大人，预测灾难，让所有人撤出古堡市这类意见，你就别说了。我们都研究过了，根本行不通。"

"那该怎么办呀？"

"哦——你可真派不上用场。"刘静涵拍着脑门儿，陷在椅子里。

"现在唯一的办法，就是——"天择平静地看着李力锋，"进入秘境。"

李力锋眨巴着眼睛："我们是不是该偷一只巨蜥出来？"

"来不及啦，已经送交科研所了。"刘静涵不耐烦地说。

天择想了想："也许——秘境，并没有那样可怕，对吧？"

李力锋和刘静涵相视一眼，"这得进去多久？假期结束前，能回来吗？"李力锋问。

天择耸耸肩："这得看我们寻找青铜神鸟的速度。"

"呃——"刘静涵抓着耳朵，"天择，不是——我们，是——"她瞟了一眼李力锋，"你。你自己。"

"怎么，你们——"天择看着刘静涵，又看看李力锋。

班长低下头，用鞋尖蹭着地板。李力锋转头看向窗外，眼睛里却亮闪闪的。

天择明白了。

朋友们都有自己的家，都有自己的家人。而秘境凶险，谁又愿意抛弃自己的幸福呢？何况，这本来就是他自己的事。

天择默默地点了点头。

"不管怎么样，谢谢你们。谢谢你们在最后时刻，和我一起做决定。"

李力锋转过身去，用袖子在眼睛上抹了一下。

天择深吸一口气："好啦，我会给我爸妈留一封信，告诉他们别担心我。等他们回来，麻烦你们帮我转交给他们。另外——如果我没有从里面出来，麻烦你们——"天择把头转向一边，憋着泪水，"麻烦你们照顾我的爸妈——"

李力锋双手扶着飘窗台，眼睛看着窗外，极力让抽噎声不发出来。

刘静涵抬起头，看着天择："放心吧，我们会的。你自己也注意安全，尽快找到你爷爷，让你爷爷帮——"她的话没说完，也把头转向窗外——

天择抹了一把泪水，快步走到书桌前，坐下，从本子上撕下一页纸，提笔开始写。他写得很认真，将爷爷是怎样失踪的，爷爷的暗语，以及去古城堡发现的诅咒碑代表了什么，写得详尽细致。不过，他没有提及秘境入口。

天择眼前浮现出爸爸妈妈在厨房为他烹饪晚餐的忙碌身影。他的视线模糊了，两颗泪水滴上纸面。

爸爸妈妈，对不起，要让你们担心了。我不想让你们担心，不想打扰你们的工作，你们已经很忙很累了。可是，爷爷需要我的帮助，我必须拯救我们的家园。

天择笑了，泪水打湿了纸面。

他的手指把笔杆捏了捏，稳住颤抖的手，在最后，他缀上一段话：

> 爸爸妈妈，谢谢你们的晚餐，谢谢你们在餐桌上陪伴我。我爱你们。不过现在我要去秘境找爷爷了，虽然我很舍得你们，但我不想影响你们的工作，也不想把你们拖进危险之中。你们放心，我一定会回来的，和爷爷一起回来。请相信我。我会照顾好自己的，尽量保证平安。

他想了想，又把"尽量"二字用黑墨团抹掉了。

他把信捋平，叠好，端端正正地放在书桌正中央，用笔筒压住。

刘静涵和李力锋依然安静地望向窗外，李力锋的泪水，已经打湿了飘窗台上的靠枕。

"班长、李力锋，"天择站起身，擦干眼泪，"麻烦你们了。"

刘静涵只是点了点头，头都没有回。李力锋依然手臂撑在飘窗台上，低着头。

天择把书包里的东西倒空，装进手机、青铜树照片、铜镜以及爷爷送给他的黄铜指南针。他犹豫了一下，还是决定把爷爷的日记本好好存放在家里，秘境也许凶险，他不知道自己能不能保护好它。要合上书包的时候，他又停下了。他走向书柜，打开柜门，拿出《山海经》，并慢慢取下一本相册，翻开，找到一张照片。照片中，爷爷抱着一年级的他，坐在爷爷的大摇椅中，面前摊开一本故事书，爷爷正在为他讲故事。他笑着，爷爷也笑着。

那是一张幸福的合影。

爷爷，我想你了。

我来秘境找你了。

天择抽出照片，合上相册，放回书柜。

"班长、李力锋，我走了。记得帮我把信转交我爸妈，告诉他们别担心。"天择看着他们，他们依然望着窗外，没有动。

天择抿了抿嘴唇，转身走出了卧室。

"天择！"李力锋突然转身，跑向门口，一把抱住天择，"你爸妈怎么可能不担心！我都担心死了！"

天择紧紧抱着李力锋，拍了拍他的后背："没事儿，为了明年我们还能在一起，无忧无虑地玩密室逃脱。相信我。"

"我不想没有你这个朋友！"李力锋哭着叫道，"你非得现在去吗？"

天择用手背拭去泪水："我不知道要去多久，但我想在假期结束前回来，不然我没有时间了，这学期结束，都到明年了。我总不能旷课吧。"他故作轻松地笑了笑，他根本不知道，自己还能不能回来。无论任务成功还是失败，他尽力了。

李力锋从口袋里掏出一个大弹弓："给，这个弹弓你拿上，以防万一。"

天择接过弹弓，这就是昨天那个弹弓。但是天择现在觉得，它是天底下最漂亮的弹弓。

　　"天择，你看见它，就当是我陪在你的身边。你——你要保重啊——"李力锋用手臂捂着眼睛，啜泣着。

　　"谢谢。你们也保重，如果我没——"天择哽咽了一下，"这几天好好写作业，别回头又惹张老师生气了。"

　　李力锋抬起泪蒙蒙的双眼，双手扶着天择肩膀："天择，答应我，你要快点回来，我还有好多数学题不会，你必须给我讲明白了。你必须回来！"

　　天择扑哧一声笑了，他拍着李力锋的肩头："放心，我会的，锋锋。"

　　他们对彼此微笑着，这个微笑，是彼此的承诺——

　　天择松开李力锋，转身朝门口走去。

　　李力锋低下头，看着天择的衣角，慢慢从自己手中滑脱，飘出了视野——

下篇

谜国之歌

第十章　秘境之门

每个人都应该为自己的梦想做点什么。

——《小镇夜行记》　［瑞典］雅各布·维葛柳斯

李力锋坐在书桌旁，注视着天择写给父母的信，哭成了泪人。

刘静涵的袖子也湿透了。

"班长，我怎么可以抛下天择？我——"李力锋一拳捶在桌子上，"我这算什么朋友！"

刘静涵吸了吸鼻子："我们每个人都有选择的权利，选择什么是我们的自由。既然已经选了——"

李力锋突然站起身，哭着喊道："班长，我们一起帮帮天择吧！我们不能扔下他一个人啊——"

刘静涵闭上眼睛，伸出一只手掌，示意他别说了——

📖　　　　📖　　　　📖

天择走出单元门。院子中居民来来往往，邻居们凑在一起聊天嬉笑，一家人兴高采烈地散步，小孩子蹦蹦跳跳，无忧无虑地奔跑……

天择笑得很开心。他大步走向榕树爷爷，义无反顾。

"天择！"

身后突然传来李力锋的叫声。

天择一回头，李力锋和班长冲出了单元门。

李力锋气喘吁吁跑过来，搂住天择："天择，我们不会抛下你！我们一起去找爷爷！一起解除诅咒！"

天择不可思议地看着刘静涵，而班长只是耸耸肩："男孩子的友谊，嗯？"

李力锋松开天择，笑呵呵地看着他，泪痕在脸蛋上拧成了蜘蛛网："这么好玩的事情，怎么能没有我？我和你，还有班长，我们一起去！"

"你——你们想好了？"天择仍然不敢相信自己的耳朵。

班长走过来："行啦，我们都决定好啦。诅咒与我们每个人都息息相关，我们怎能坐视不管，只让你一个人去当英雄？而且，三个人，效率更高。"

天择眼前模糊了。"谢谢。李力锋、班长，谢谢你们。"

"好啦，我们可不是懦夫，省得后面被你嘲笑。"

"你们告诉父母了吗？"

"我接在你的信后面，给我爸妈留言了，还有班长。你爸妈回家，都会看到的。"

天择放心了。

"啊——"班长笑着看向天择，"我就知道，今天就不该来你家，来了准没好事儿——作业还一大堆呢。"

"哎呀，班长大人，"李力锋嬉笑着拉住班长，"回来我们一块儿写，那效率多高啊。"

天择和李力锋相互搂着肩膀，三人一同朝大榕树走去。

树洞距离地面就两三米。天择四下看了看，现在榕树下面除了他们，没有别人了。而且，大榕树的气生根形成的小树林，为他们提供了良好的掩护。

天择抬头望着黑乎乎的树洞，圆形的树洞，长宽差不多各一米。十二年来，天择从没想过，宝藏山的秘境入口，一直都在他的眼皮底下，他每天都距离秘境这么近，而他却一直不知道。今天他终于知道了。这也许就是一种缘分吧，一种秘境和他独有的缘分。

"你会爬树吗？"班长问，"我们得快点儿了。"

天择摇摇头。

"那你先上。"刘静涵看着李力锋，"我们得帮帮他。"

李力锋和班长用手托着天择的脚，把他举向树洞。

天择艰难地爬上树洞边缘，探进身去。树洞里黑得伸手不见五指，但是很暖和，还散发着一股潮湿的木头香味儿。他翻进树洞："这儿有一道台阶。"

刘静涵也翻进来了，最后是李力锋。天择打开手机电筒，黑暗中，一道狭窄的木头台阶，笔直地通向下方。很快就到底了。

底部是一个很小的圆形洞穴，大榕树的根系就像无数条大蟒蛇爬在洞壁上，让人不寒而栗。地面上铺满了腐朽的根系和树叶，软得像棉花。

天择环顾一圈，一扇灰色的圆形石门藏在众多根须之后，石门正中央是一个圆形的洞口，大小和铜镜完美匹配。

"准备好了吗？"天择取出铜镜，看着班长和李力锋。

班长和李力锋相视一眼，点了点头。

天择拿出手机："现在是下午两点五十八分，这是一个值得铭记的时刻。"他说着，将铜镜卡入洞口，铜镜逆时针旋转一圈，石门向左"呼噜噜"滚动——

一道金光冲出石门，照亮整个地洞。一股青草芳香迎面扑来。

在金光的包裹下，三人抬起脚步，走进石门……

📖　　　📖　　　📖

门后是一片清澈的天空，如同蓝色水晶般纯净，阳光给整个世界笼罩了一层金幕。清新的空气甜丝丝的，令人神清气爽，脚下翠绿的森林，如地毯一般绵延在起伏的辽阔大地上，远方是层峦叠嶂的雄峰，却如同翡翠般透亮澄澈……

他们沐浴在温暖的春光之中，仿若置身于仙境。而他们此刻正站在这个世界的最高点上，俯瞰这一切。"我的天啊，这是——这是地下世界吗？"李力锋惊叹道，"多美啊！"

刘静涵蹲下身，观赏脚边一朵三角形的花儿："这朵花好特别，快看，它的花瓣竟是浅绿色的。"

"秘境看样子也没我们想象的可怕……"天择话音未落，背后突然发出"吱吱呀呀"的叫声，一只黑色的鸟从他们头顶飞过。那只鸟冲上湛蓝的晴空，很快就不见了踪影。

"乌鸦！"天择回望身后，"我想，我们暂时回不去了。"

身后的石门，此时已然成为一个由树枝搭建而成的巨大鸟巢，卡在一丛灌木中。铜镜掉落在鸟巢之下。天择捡起铜镜，塞进书包。

"天择，我的手表停了！"李力锋突然叫道，把电子表凑到天择眼前。

天择掏出手机，意料之中，手机的电子时间也停止了。"这儿的时间与外界时间肯定不一样，这真神奇。"

"电子的东西，向来都不靠谱。电子手表和手机，都需要互联网来同步时间，这地方是秘境，别说互联网了，连手机信号都没有。"刘静涵摇了摇戴手表的右胳膊，"看看，还是我的机械表靠谱。它还在走。"

李力锋撇撇嘴："没错，电子口令锁也没有机械锁好，至少，机械锁不骂人。"

"现在几点了？"天择问。

"这么着急啊，"班长淡然地扫了一眼手表，"才过去五分钟。你急着出去了？"

天择摇摇头："这是另一个世界，我们得尽快摸清我们现在在哪儿，还要找出青铜神鸟的位置。"他说着走上花丛中一条羊肠小道，"这儿的植物和动物可能有毒，我们不要乱碰。"

三人顺着山顶的小路向山下走去。道路两旁植物茂盛，山坡上的大树粗壮繁茂，似有千年历史。一些树他们从未见过，树干长满了鱼鳞状的白色树皮。还有的树上结满了一种火红色的硕大果实，形似水滴，却不见半片树叶。这还没算上那些各种各样形状古怪的花朵、叶片以及灌木，看着像是史前时代的古老植物。

李力锋和刘静涵惊叹连连，仿佛置身于奇幻丛林之中。这儿的世界，与天择他们的世界，简直太不一样啦。

"天择啊，我有个问题——"李力锋说道，"咱们要是饿了，可咋办呀？你从《山海经》里能不能找点可以吃的东西？比如说——"他抬头望着水滴状的红果，咽了咽口水，"那个红红的火龙果？"

"除非那个东西砸到你头上，否则你碰都别碰它！"

李力锋很沮丧，他摸着肚皮："我饿了，中午都没咋吃东西，只顾生你气了。"

"那你就继续生气，宁可被气撑饱，都别动这儿的任何东西。"天择继续往前走。

李力锋撇撇嘴，掏出手机留恋地拍了一张大红果的照片："可是天择，咱们顺着这路去哪儿呀？还要走多久啊？要是有辆车就好了，我的腿已经开始抗议了。"

这时三人转过一个弯儿，天择突然指着山下："你们看，那里有个湖。"

阳光开始西斜，似火的光辉泼向一片辽阔的水面，微风起荡，湖面波光粼粼，仿若无数红宝石舞者，迎着跃动的粼光翩翩起舞。

"好美啊。"刘静涵不自觉地停住脚步，痴迷地望着远方，然后掏出手机，拍下了这美丽的一幕。

李力锋拍着手："太棒了，我们的晚餐有着落了。"

天择看了看湖水，岸边根本没有人家。

"我钓鱼可是一流的。这么大一片湖，里面有不少鱼吧。"

刘静涵翻了个白眼："会钓鱼你怎么没带渔竿?"

李力锋一拍胸脯："钓鱼行家，不仅会钓鱼，还会做渔竿。放心，一根树枝就解决问题。"

"我们先找地方过夜，"天择抬头望天，"天色马上就黑了。我们还要生一堆篝火。"

夜色逐渐降临，山坡的植被和远方的群山挂上灰红的淡彩，很快就会变成黑色的剪影。

众人终于来到山脚，辽阔的湖面从眼前一直延伸向遥远的地平线，如同红宝石般的波光，此刻也披上了一层萧瑟的灰幕。一切，都即将在夜色中沉睡。

小路在这儿断了，断在一片前无古人后无来者的鹅卵石滩上。

"下午六点半了，"刘静涵看了一眼手表，"天择，我们得找个干燥的地方，还得捡点树枝。"

天择望着空荡荡的湖面，他不知道这荒无人烟的地方是哪里，他也从没在野外过夜："唉，我们迷路了。不知道这儿有没有野兽，我们最好找个隐蔽的地方。我要是以前读过野外生存的书就好了。"

"放心吧，"李力锋搂着他的肩膀，"有我在，你什么都不用担心。咱们先找点吃的来，再生一堆火，野兽都怕火。"

"但愿咱们别遇见犀牛，它们可是天生的'消防员'。"天择说。三人走向岸边繁杂的灌木丛，这儿有很多枯萎的小树枝。

"哇！你们快看！"李力锋指着一丛矮灌木高叫道。

天择顺势看去，一只大公鸡双脚朝天躺在地上。他仔细打量这只公鸡，总觉得它怪怪的。它油彩金毛，头是白色的，尖尖的喙里长满锐利的倒刺，双脚灰色，直直的脚趾上长着像老虎一般锋利的爪子。

李力锋扔掉手中的树枝，握住它的双脚，把它提了起来。"晚餐有烤鸡吃了！"

"这不能吃！"天择叫道，从书包里取出《山海经》，很快便翻到那一页，"你们来看，'又东次四经之首，曰北号之山，临于北海……有鸟焉，其状如鸡而白首，鼠足而虎爪，其名曰鬿雀，亦食人'。"天择合上书，"那只鸡的头是白色的，爪子锋利，所以那不是普通的鸡，那是鬿雀，吃人呢！"

"嗨，你瞧它的嘴巴，还没我指甲盖儿大呢，它还能吃人？"李力锋不屑一顾，提着鬿雀要走回岸边。

"你别——"天择把他拽回来，"也许鵕雀是群攻，就像亚马孙河里的食人鱼，个头不大，只有一条就是人类的美味，如果一群过来，人类就是它们的美味。"

"哎呀，你别杞人忧天啦！"李力锋满不在乎地叫道，"它已经死了。与其腐烂在这里，不如让它填饱咱们的肚子，让咱们更有力气阻止坏人。它的'鸡生'岂不更有价值？我去生火。"

天择无奈地叹了口气，继续捡树枝。

"天择，明天我们准备去哪儿？你研究好了吗？"刘静涵怀中很快聚集了一大堆树枝。

"鵕雀出现的地方是北号之山，它位于东方，因为它被记载在《东山经》中。我们要去西方，而你爸爸又提到了夸父之路，夸父被记载在《海外北经》中，所以，我们得向北走，然后绕到西边——"

班长咧了咧嘴："真希望我们赶快离开这儿，这座山上还有吃人的猛兽，叫獓狙，形状像狼，红头鼠目，与鵕雀记录在同一个段落，刚才我看到了。"

这时，天择的目光无意间扫到灌木旁一朵长相奇特的大喇叭花。这朵花挂在一株低矮灌木上，形状跟牵牛花类似，但体形比太阳花还要巨大。

天择走到巨花旁，上下打量着它，整朵花散发着一股清幽的芳香，像蜜饯一样甜，他立刻感到神清气爽。他把鼻子凑上去，想再闻闻巨型喇叭花的香气，身后突然传来一个声音：

"别靠近它，孩子！"

第十一章　藤蔓屋

蒂姆不久便通过谢列克·巴依这个例子明白了这样一个道理——不要对新认识的人和别的民族过早地下结论。

——《出卖笑的孩子》［德］詹姆斯·克吕斯

天择吓了一跳，转头一看，就见岸边稳稳当当停靠着一只小乌篷船，船尾盘腿坐着一位船夫，他手中握着一根长竹竿，全身披着素雅的白色长袍，好似第二个刘静涵老爸。不过从炯炯有神的眼睛和充满活力的脸庞来判断，这位船夫还很年轻。他正直勾勾地看着天择。

"对不起，您……您刚才说什么？"

"别靠近那朵花，那是幻影之花，花蜜有毒。"船夫平静地说，"你们是要渡湖吗？那就过来吧。"

难怪那只鹀雀死在这朵花旁边。天择回头看了一眼大毒花，疑惑地朝船夫走去。李力锋和班长看上去也是大惑不解。刚才湖面上明明空空如也，这艘船从哪儿冒出来的？

李力锋率先走到乌篷船边："是的，叔叔，我们想要渡湖。"

天择拽住李力锋的后背，把他往后拉，避免跟船夫靠得太近。

船夫双腿一伸，轻盈地从船舷上一跃而下，他踩着鹅卵石，朝三人走来。天择警觉地拽着同伴后退。

"天马上就黑了，你们迷路了吗？"

"叔叔，这是哪里啊？"天择问。

"这儿是食水湖。"

"食水湖？这名字听着——"李力锋看了看船夫，"听着很恐怖。"

"这座山是北号之山，山上有一条河，叫食水河，朝东北注入大海。这座湖，就是食水河形成的。"

"船夫叔叔，我们想去西边，走哪条路最快？"天择问。

船夫用手抚了抚头发，他的头发茂盛，乌黑发亮："最快的路嘛，你得先渡湖，到东边，然后找辆马车，去西边的路很多，看你们要去什么地方了。"

"我们要去找——"

"去找自己的家。"天择打断刘静涵，接着她的话说下去，"我们迷路了。"

刘静涵不解地看着天择，天择冲她挤了挤眼睛。

船夫看看天择，又看看刘静涵，然后笑了笑。

"这么说，你们的家在秋之国了？"

"什么国？"李力锋脱口而出。

船夫斜睨着天择。

"对对，秋之国。"天择赶紧应道。

"啊——好吧。"船夫慢悠悠踱步到船边，悠闲地把竹橹提出水面，横放在船尾，然后侧着眼睛，打量着他们三个人。"初来春之国，各位还有点不太习惯吧？"

天择眨了眨眼睛，李力锋和刘静涵面面相觑。"怎么又来个春之国？"李力锋不解地看着船夫。

"如果各位不介意的话，欢迎光临寒舍，我们慢慢聊？"

一听船夫邀请他们去家里，天择顿时警惕起来。

"好啊好啊——"李力锋则兴奋地叫道，"我们还没吃晚餐呢。你家有好吃的吗？"

天择捂着额头，偷偷冲李力锋使眼色，让他赶紧住口。陌生人家里，怎么能随便去呢？就连他的船，都不能上！这荒无人烟的，一会儿周围黑咕隆咚全是水，万一是条贼船，就该悔不当初了。

船夫双手一摊："哦，那你可要失望了，我是个穷渔夫，山珍海味真没有，只有湖里的小鱼。"

"能不能再丰盛一点？"李力锋看了看刘静涵，继续说，"我们有位女孩子，可不能让她饿着。"

刘静涵扬了扬眉毛，为这句话颇感意外。

尽管李力锋在陌生人面前索要美食，照顾女孩的风度值得赞扬，但天择还是捂住了他的嘴："李力锋，你这样说，十分不礼貌。对不起，船夫叔叔。"

船夫却一拍手："好一位小绅士啊。不过，真的没法儿再丰盛了。"

李力锋挣扎着掰开天择的手："那么，叔叔，我请你吃野味儿——"他说着，从脚后扯出一个胖乎乎的东西，众人定睛一看，竟是那只死去的鼫雀，"比如说——烧鸡。"

"嚯——这可不是一般的烧鸡啊,"船夫眼睛睁得圆圆的,"这是——这是魁雀啊!"

"嗯哪!"李力锋重重地一点头,"见到它的第一面,我就想好晚餐吃啥了。"

船夫敬佩地冲他竖起大拇指:"勇气可嘉,还仗义。好吧,看来我也终于能有口福了。走,我把我家的炉灶贡献给你——"船夫走过来,一手搭上李力锋肩膀,把他往船上带。

天择赶紧拽回李力锋:"呃,叔叔,谢谢你的好意,我们就不去你家麻烦你了,我们不如就地起堆篝火,你看,我们柴火都捡好了。"他指着满地的树枝说道。

船夫随手捡起一根树枝,伸到天择眼前:"不是所有的树枝都能生火。你看这是湖边,这些树枝都是湿的,根本点不着啊。"

"呃——"天择皱皱眉头,"叔叔,我们再想想办法吧。天色不早了,你赶快回家吧。"

船夫手臂抱在胸前:"我说小朋友,北号之山可是有狷狙的,我把你们放在这荒郊野外,可不放心啊。狷狙比魁雀凶猛多了。"

李力锋看着天择。刘静涵凑过来,低声说:"要不我们还是去吧,这野外,也不好过夜啊。"

天择为难地看着刘静涵,又看看船夫。怎么看,船夫也不像个坏人。可这从外表怎么能看出来?

"叔叔,谢谢你的关心,但是,我们不能跟你走。我们——"天择极力组织语言,"我们还有别的事——"

船夫笑了笑:"当然。我当然知道你们有事,不然怎么会从蛮多拉跑到这里来?"

"什——什么拉?"天择不解。

"蛮多拉，是我们世界对你们世界的称呼。我们的世界叫明多拉，也叫五季谜国。我就开诚布公吧——孩子们，你们从蛮多拉跑到五季谜国做什么？"

天择三人面面相觑，船夫竟然知道他们来自另一个世界。

船夫耸耸肩："我一听你们说的话，肯定不是明多拉的人。明多拉的人都说明多拉语，而你们说的是蛮多拉的汉语。"

"那——"天择惊讶地看着他，"那你怎么也说汉语？"

"那还不是见什么人说什么话呗。"船夫叹了口气，"我们从小除了学习明多拉语，还要再学习两门蛮多拉语。比方说我吧，就学习了汉语和英语。我的同学还有学阿拉伯语和冰岛语的。"

"叔叔，那你去过我们的世界吗？"李力锋好奇地问。

"首先，"船夫跷起一根手指，"我只过完了人生第一个十年，第二个十年都还没过完呢。"

李力锋立刻会意："啊，对，船夫哥哥——"

船夫满意地咂咂嘴："古灵精怪的小兄弟。"他接着跷起第二根手指，"现在来说第二件事，我只是一名小小的船夫，怎么能去你们的世界呢？"

"船夫就不能去吗？"李力锋挠着后脑勺。

"哦，亲爱的兄弟，"年轻的船夫笑了笑，"去你们世界的方法，可不像渡湖要坐船这样的常识尽人皆知。在我们的世界里，只有极少数人能在两个世界里来往自如。就好比在你们蛮多拉，有多少人知道来我们明多拉的方法呢？哈哈哈，我猜，就算是你们，现在已经进来了，恐怕当初也不知道该怎么进来，你们肯定是误打误撞闯进来的。"

"你还真是福尔摩斯。"李力锋话中带有一丝戏谑,而船夫皱起了眉头。

天择赶紧道歉:"对不起,哥哥,他……他的意思是说你洞察力特别强。"

船夫眉头松开了:"是吗?我还奇怪呢,福尔摩斯是谁?"

"我们世界里的一位……一位不真实存在的虚构的侦探。"

"为什么你们给一个世界起两个名字?五季谜国和明多拉?"刘静涵问。

船夫沮丧地摊摊手:"这里原来只叫明多拉。后来明多拉遭到了诅咒,我们这个世界就分成了五个部分:东边的春之国,南边的夏之国,西边的秋之国以及北边的冬之国,顾名思义,这四个国家永远都处于它们名字里的季节之中;而最后一个,就是惩戒之国,天知道它在什么地方。"

"诅咒发生在什么时候?"天择继续问。难怪恒乐村会有诅咒,它所在的明多拉世界整个儿都遭诅咒了。他觉得明多拉的诅咒和古堡市的诅咒之间应该有什么关联。

"自从我出生,就是五季谜国了。这个五季谜国被大魔一统治着,他就住在惩戒之国,传说他就是下诅咒的人,武力强大,是整个五季谜国最大的魔头!而要打败大魔一,破除诅咒,让五季谜国变回正常的明多拉,让所有国家都正常地四季轮回,据说要找到一首古童谣——那是一个神秘民族的预言,比大魔一的惩戒之国还难找。"船夫耸耸肩,"还是饶了我吧,我可找不到。"

"所以,'五季谜国'这个名称就是这样来的?"天择问。

船夫点头。"所以,你们初来乍到,对这里根本不熟悉,我觉得你们需要帮助。再说,"他上下打量着天择三人,"我瞅着你们这探险装备也不怎么专业，你们显然把这儿当成了游乐场，手无寸铁就敢在这儿闯荡，勇气可嘉啊。"

天择窘迫地看了看李力锋露出口袋外的弹弓："呃，确实仓促了点。"

"好吧，那现在你们可以放下心，跟我去家里用晚餐了吗？说实在的，我的肚子一直在响，过一会儿它就要响得惊天动地了。"

李力锋凑到天择耳边，低声说："天择，我们两个是不是得考虑一下班长？她是个女孩子，咱们不能让她在野外过夜啊。"

天择刚要反驳，却见刘静涵正看着自己，脸上一副难为情的表情。

他犹豫了。他跟这个船夫相处还不到十分钟，但他觉得船夫不是个坏人。况且，在野外过夜，的确风险更大。他看看同伴们，同伴们也正看着他，等着他做决定。

"天择，"刘静涵走过来，"我们必须给别人足够的信任，才能交到更多的朋友。而且，在这个陌生的国度，我们也需要新朋友啊。"

天择叹了口气，他不得不做出去船夫家借宿的决定，这毕竟是权宜之计，对付船夫大概比对付猢狲更简单吧。他已经想好了，船夫是一个人，他们是三个人，其中两个还身带武功，万一情况紧急，抢橹夺船也不是没可能。

"那——好吧，船夫哥哥，谢谢你。"天择终于说。

李力锋拍手称快，提上他的"烧鸡"，率先冲上了乌篷船。天择拉住刘静涵，悄声说："我们还不了解这个船夫，别跟他透露我们的计划。一会儿咱们坐在船尾，万一有情况，直接夺船桨，控制这艘船。"

刘静涵瞪大眼睛看着天择："咱不至于吧。船夫哥哥是好人。"

　　"好人坏人脸上可没刻字。"天择觉得船夫和刘父在着装上有异曲同工之趣，所以班长才会对他产生好感，"我们还是小心点为妙。"

　　班长点点头。上船的时候，天择看到船头侧边画着一只五彩大鸟，鸟头却长着一张人脸，这只鸟驾乘着两条龙。这是东方神——句芒。

　　李力锋已经坐在了船夫脚下："班长，来坐我这儿，这地方稳当。"天择冲班长使了个眼色，两人一块走向船尾。

　　"你的船刚才在哪儿，为什么我们之前没看见？"天择边问边坐在船舷旁。

　　"我的船一直在湖面上啊，不然还能去哪儿？你们那里的船是在天上飘的吗？"船夫盘坐于船尾，将长竹竿插入湖面，乌篷船驶离岸边，他有节奏地摇摆着划桨，那划桨犹如他的手臂，被他控制自如，船身平稳地在湖水上滑行起来。

三位同伴端坐在船舱一侧的木条凳上，显得十分拘束。毕竟他们正搭乘着一艘陌生世界里的船，行驶在一片陌生的水域上。

"放松点，亲爱的孩子们，别那么紧张。现在，请扶稳抓好，我们正式启程了。"

天择正在思考这句话的玄机，就觉屁股下面一滑，接着就悬空了，条凳像是被谁猛地抽掉，三人同时坐到地上，翻向角落，成了一堆。乌篷船以火箭般的速度刺穿水面，向对岸飞驰。船夫身后挑起一道汹涌的高浪，如同飞驰快艇后方的激浪。

"哈哈哈哈哈……"船夫大笑起来，"我提醒你们抓好啊，哈哈哈……"

天择揉着屁股坐起来，狂风吹乱了他的发型。他往船外看了一眼，双手立刻抓向可以抓住的一切："谁家乌篷船飞这么快啊！"

"你……你慢一点！"班长在呼啸的气流中说话都费劲。

"不行啊！"船夫高叫着，"要是慢了，海和尚就追上来啦！"

"啥是海和尚？"

"怪物！就在这水里，没准儿它正追着我们呢。"

天择从没听说过水里还生活着什么和尚，但是连如此飞快的乌篷船都怕它，那个家伙一定很厉害。

乌篷船很快就抵达了对岸，船体平缓减速，稳稳靠向岸边，另一片鹅卵石滩迎接着他们。天择要下船时，李力锋突然指着船夫背后，尖叫一声——

船尾后面，从水下探出一个小男孩脑袋，约莫八岁。他的头顶剃得光溜溜，像一位小沙弥。更奇特的是，这位小男孩的头顶不仅光秃，还亮得跟灯泡儿似的，将船舱内照得一片通明。

水里的小男孩在游泳吗？

"你需要帮助吗？我拉你上来。"天择说着就要过去帮助小男孩，这时男孩的肩膀从船舷边儿探上来，接着是胳膊、手臂，最后一双手掌也搭上船舷。

天择一怔，这男孩的手掌跟鸭掌一样，手指之间长有蹼，男孩嘴里发出呼噜声，像小猪崽进食一般，急促又含混不清。

天择看了船夫一眼，船夫背对着小男孩一动不动，他的脸因为紧张而扭曲，他瞪着天择，用口型提醒他："千万别过去！"

天择还没弄明白怎么回事，那水里的男孩嘴角一翘，露出一个狞笑，带蹼的双手以极快的速度将船帮一掀，硕大的乌篷船稀里哗啦翻了个底儿朝天。众人猝不及防，全部落了水，被倒扣在船下。

船夫率先钻出水面，第一时间掀开他的乌篷船，从底下救起天择三人，接着转身救船。

天择呛了很多水，不住地咳嗽。李力锋和班长拖着他，晃晃悠悠走上岸，三人从里到外湿了个透心凉。天择回头看船夫，船夫拼尽全身力气，死死抓着乌篷船边沿。这时小男孩从湖面腾空跃起，来了个鲤鱼翻身，"扑通"一声扎入水中，手掌顺势将船舷一拽，将翻倒的乌篷船猛地拉进水里。船夫脱手了，小男孩拖着船飞快地游离湖岸，眨眼就沉入湖水深处，完全消失了踪影。

这一切发生得太快了，年轻的船夫泡在水里，木讷地盯着他的船消失的方向，默不作声，整个人失落至极。

天择也给吓瘫了，不是因为乌篷船，而是刚才那个男孩！

不，那根本不是什么男孩！那是一只怪物！跃出水面的那一刻，天择看得一清二楚，它背着一个巨大的乌龟壳，身体呈红色，之所以先前被误当成小男孩，全是因为那张可恨的娃娃脸。

那是什么怪物？

船夫颤抖着爬上鹅卵石岸："完了，这下全完了！该死的海和尚！"

远方的水面上，一艘巨大的木船，收起白色的风帆。

甲板边缘，站着三个男人。

一个西装笔挺的人，嘴角斜出一抹冷笑，缓缓放下单筒望远镜。"哼，这下你接着跑啊！"

另一个留着邋遢长发的男人，嘴里像塞了个撑衣架似的，咧开一嘴大黄牙笑着："比我们的船跑得快有什么用？再快你也快不过海和尚！"他转向身边一个身材高挑的魁梧男人，"你的这个宠物，可真是个宝贝。"

男人神情严肃，默默注视着远方的湖岸，头上系着的红色发带在夜风下随长发轻轻飘荡。"它是宝贝，但不是宠物。"男人冷冷地说。

西装男和邋遢男相互看了一眼，再也不敢多嘴。

"船长！"一名头顶白色发带的男人急匆匆跑过来，"船拖回来了。怎么处置？"

"放入救生艇备用仓库，"船长头也不回，"然后扬帆起航，我们要靠岸！"

一声高吼，三根桅杆上，白色的风帆"呼啦啦"全部放下。巨大的帆船在夜风的吹拂中，缓缓启动，朝天择他们驶去。

📖　　　　📖　　　　📖

李力锋和班长缩成一团，在夜风中瑟瑟发抖，他们显然还没从刚才的情境中缓过神来，那只人模人样的大乌龟给人的视觉冲击太强烈。船夫一屁股瘫坐在地，嘴唇嚅动着，想说什么又说不出来。天择想去安慰他，却不知从何说起。他本想着一旦出意外，自己先卸橹夺船，没料到更有狠的角色，差点儿把他们连人带船一锅端了。这儿危机四伏，也许他们真的需要一个五季谜国的朋友。

"船夫哥哥，我们——哒哒哒——"李力锋牙齿打着战，双臂交错摩挲着胳膊，"我们生堆火吧，太——哒哒——冷了——"

船夫踉踉跄跄站起来："孩子们，我们回家吧。我明天要去收集木头了。"

"我们帮你收集。"李力锋叫道，"不过，我们得先换身衣服——哒哒哒——哇，我的烧鸡！"

海和尚掀了船，大概不喜欢吃烧鸡，留下魟雀，让它顺波漂到岸边。李力锋冲过去提起魟雀，天择叹了口气，他真是没看出来，李力锋对烧鸡居然这么执着。不过船夫为了帮助他们渡湖，失去了渔夫最重要的生存工具——乌篷船。无论如何，晚上请他吃一顿烧鸡，也算作补偿了。

夜色已黑。众人挤作一团跟在船夫身后。天择脑海中不住放映着那跃出湖面的身影和被拖走的乌篷船。船夫带领他们走进岸边的森林，不远处，在一圈奇形怪状的大树之间，有一座尖顶小木屋，那是船夫的家。木屋外观就跟某种巨型藤蔓植物一样，似是从地下长出，螺旋盘绕而上，木屋的外墙上还冒出几缕翠绿的叶片，而屋顶就是藤蔓的尖儿。

船夫走到小屋前，推开一扇水滴形状的木门，侧身邀请他的客人们先进屋。屋内很暖和，散发着一股咸鱼的腥味。众人情不自禁掩住口鼻。如果不是房子里暖和，他们大概第一时间就转身跑了。

　　房子里的家具绝不比平常人家的高档。所有的东西几乎都是用木头简单加工而成的，门口横着一张小书桌，是把树干垂直劈开做成的，书桌前面是一个木制螺旋楼梯，通往二层。楼梯边儿摆着一个大树桩，挖掉了一块儿，算是沙发，还有一张大树形状的桌子，桌上摆放着木碟子、木碗、木水杯，那儿应该是餐厅。餐厅左侧是灶台和壁炉，壁炉中"噼里啪啦"燃着火星。紧靠着灶台堆叠着五花八门的渔具，长度不一的竹钓竿、鱼线、结实的渔网和撑篙混乱地堆放着。但遗憾的是，渔夫可能暂时用不上这些东西了。渔具旁侧立着一个粗陋的柜子，一扇柜门掉了，整个房间的气味都是从那柜子里散发出来的——尽管天择认为还有一部分是旁边厕所贡献的——柜子里全是风干的鱼类，大的小的宽的扁的窄的长的，多数鱼天择从没见过，其样貌之怪异，肯定有毒。他甚至后悔没带一罐鲱鱼罐头。

　　天花板上，一盏枝形吊灯插着一圈蜡烛，昏暗的烛光，照亮柜子内鱼干旁端放着的一张大弓。

　　三人一进门，直接冲向壁炉。船夫则上到二楼，很快取来四件粗布长衣："给，去二楼房间赶快换上，别着凉了。"

　　"阿嚏——"班长打了个响亮的喷嚏，一把夺过一件白色的长袍，奔上二楼。天择和李力锋则挑了两件蓝色的，也冲了上去。

　　二层是两间小卧室，天择和李力锋进入一间，班长去了另一间。卧室内除了一张铺着打补丁的床单的木床外，就只剩一张小木桌子，桌上摆着一根燃烧的蜡烛。

　　他们下楼时，船夫已经换好了衣服，把湿衣服挂在壁炉旁的小木钩上烘烤。三人把自己的湿衣服也挂了上去。天择掏出爷爷的照片，放在壁炉旁边。而那本精装本《山海经》湿得透透彻彻，天择叹着气把它翻开，放在照片旁边。他摸着潮湿的书页，对于他这样一个爱书护书的人来讲，这无疑让他非常惋惜。

船夫搓着手："孩子们，我真的不知道该怎么帮你们。我很担心，你们没有成年人陪伴，在这里游荡是一件极其危险的事情。"

天择、李力锋和班长相互看了看，他们的确来到了一个不该来的地方。众人刚刚还想摆脱这臭咸鱼的味道，而现在这股味道给了他们极强的安全感。

"我爷爷也在这儿，只是我们现在还没联系上。"天择拿起照片，"哥哥，你见过这个人吗？"

船夫拿起照片，皱着眉看了一会儿，脸上的表情捉摸不定。接着他慢慢摇摇头，把照片还给天择。"没见过——让我们开启一个轻松的话题吧，我们该开灶了。"

船夫走向食品柜，天择狐疑地看着他的背影。他觉得船夫的反应有什么地方不太对劲儿。

"我这儿有很多美味的鱼，快过来看一看，你们想吃哪一种呢？"船夫挥手让他们过去，"看它们多漂亮哇，简直跟艺术品一样。"

小伙伴们盯着一柜子奇形怪状的鱼，更不安了，他们彼此看了又看，谁都不想迈出走向鱼柜的第一步。

一种圆球形的鱼占据着柜子底层，形状像是河豚被拔掉了刺。而压在它们之上的鱼，似是把拔掉的刺全插在了自己身上，满头都是尖刺，似乎对被囚禁在柜子里怒发冲冠。奇怪的是，柜子里居然还有一种古怪的野鸡，全身长满红色的绒毛，三条尾巴、六条腿，还有四个头，每个头前面还有一个像针一样的喙。

"快来啊！你们还愣在那里干什么？你们不饿吗？"船夫着急地叫道，"难道我的鱼不好吃？"

"不是不是！"李力锋捏着鼻子，说话闷声闷气，"你的鱼真是——非常香。不过我想吃烧鸡——"

"这些鱼可比烧鸡香多了。"

"现在不是鱼香不香的问题，而是……能不能吃的问题。"天择担忧地看着鱼柜。

船夫的笑容僵了一下，接着哈哈大笑："你觉得这鱼……有毒？你不可以貌取'鱼'，在你们的世界里也许怪异代表危险，平常才算安全，但我们这里，怪异或许是一笔财富，比平常更珍贵！"

船夫说的应该没错，尽管这里的生物样貌奇特，但是人们的身体构造都差不多，不存在同一种东西对一方是美味，对另一方是毒药这种情况。毕竟他们在五季谜国还是要吃饭的，不论是谁，总得有人充当第一个"吃螃蟹"的人。

刘静涵自告奋勇，首先走向鱼柜。其他同伴不好意思再犹豫了，跟着她走过去。

"来瞧一瞧，"船夫从底层开始介绍，"这是溜球鱼，长得像皮球，口感滑腻甜美。而这个鱼，叫刺头鱼。"最后他指着四个脑袋的野鸡，"而这种箴鱼，我要隆重介绍一下。"天择对着那条箴鱼看了很久，严重怀疑那应该是一只变异的鸡。"箴鱼肉质柔韧，吃了它，就不会得瘟疫！不过牙口不好的人不宜食用。另外，如果你们发现有种箴鱼头上没有喙，碰巧还心情烦躁，那恭喜你们中大奖了，那是儵鱼，吃了它，就能把烦恼抛之云外。它产自北方冬之国，价格昂贵。"

"哇——"班长惊叫道，"这里的食物还能治愈心灵啊——"

船夫取下鸡状的篦鱼，李力锋瞟向状如鸡的魟雀："哥哥，我们还有一只烧鸡呢——"

"我说你还是饶了它吧，"天择说，"那东西太暴躁了，你吃了它，会中毒的。"

"不，我就要吃——"李力锋指着篦鱼，"那不也是一只四头'鸡'吗？"

"我觉得篦鱼更戾气横生，天择，"这时刘静涵说，"魟雀还算相貌正常。"

"对啊，"李力锋搂着天择的肩膀，"你看大班长都发话了。你可以把鸡当成鱼吃。"

天择想说什么，又无言以对。船夫把篦鱼放入一个铁质的大坩埚，从旁边水缸舀一瓢水加进去，又从壁炉里取出一根燃烧的木柴，点燃灶台，把坩埚放上去，他兴奋地搓着手："哇，又可以吃一顿美味鱼汤啦！"

李力锋提着魟雀在灶台边忙活开了。船夫帮他烧开水，处理魟雀的毛皮……

天择坐在餐桌旁，盯着一个木碗出神地看着。爷爷让我来帮他，可他又在哪儿呢？他会不会给我留下了寻找他的线索，而我还没有发现？他皱着眉头，回想起船夫看完照片后的反应，他感觉船夫似乎不愿意讨论爷爷。船夫说的五季谜国的诅咒，又是怎么回事？

天择把头埋进胳膊，这地方的人和动物，都太奇怪了，他很想见到爷爷，爷爷是他在这里唯一能信任的人。而且，他还必须尽快去西边，找到那只青铜神鸟，回到家里。他无法想象，爸爸妈妈看到他留下的那封信后脸上的表情。今天快要结束了，而他剩下的路，看似还很漫长——

刘静涵在屋子里四处溜达，左看看右摸摸，还时不时走到灶台边上，严肃地对烧鸡的做法提出一两句指导，被李力锋连声响应后，锅里很快传出一股焦煳味。

接着班长发飙了，声声厉喝从厨房传来："跟你说加半锅水，你只加了一滴吗？烧鸡又不是烤鸡，更不是油煎鸡！你为啥不放油？"

天择捂着脑门儿，我都摊上了些什么事儿。爷爷没找到不说，到嘴的烧鸡都飞了！

"这是我第一次做，班长，我忘了——"李力锋委屈地盯着一锅冒黑烟的烧鸡，"我把煳肉剔掉，给你做宫保鸡丁——"

"你不做成宫爆铁钉，都对不起你的厨艺！走开，我来！"

李力锋灰溜溜地走出厨房，闷闷不乐坐在天择身边。天择瞥了他一眼："你的厨艺我算见证了。多亏我机灵，没出席你做的'盛宴'，不然就被你糟蹋惨了。"

李力锋生气地一拍桌子："连你也嘲笑我！哼，我只想展示一下我的厨艺嘛。至于这么大脾气吗？"他噘着嘴，下巴搭在桌沿上。

"一锅美味让你给烧成炭了，人家不冲你发火，难道冲我啊？我说别吃烧鸡，你偏要吃，现在连根鸡毛都没吃上，还吃了一肚子气。"

李力锋拿着一个木勺，把它当成陀螺，百无聊赖地在桌子上转着。"天择，你说我们接下来要去哪儿啊？你有计划了吗？"

天择往厨房看了一眼，确认船夫忙着煮汤后，他压低声音："按照刘静涵爸爸的说法，我们要去北方的冬之国，寻找夸父之路。再顺着夸父之路，到西方的秋之国，寻找青铜神鸟的下落。夸父之路上应该有什么线索，不过目前我还一无所知。我觉得当务之急，就是破解铜镜上的密码，如果那面铜镜上的文字不是古代的铭文，那么，它极有可能是明多拉文字。"

"太好了！"李力锋叫道。天择一把捂住他的嘴："小点儿声。"

李力锋看了看船夫，悄声道："你不相信船夫哥哥？我们可以把铜镜拿给他看啊，密码直接就解开了，何必费神呢？还有，"李力锋掏出手机，打开相册，"你看，那两片甲骨文我拍照了，这上面可能也有线索。"

"甲骨不是爷爷给的线索，暂时不用考虑它们。但这些都不能让船夫看见。我们跟他交往时间太短，根本不了解他。谁知道他心里有没有小算盘？"

"可是——"李力锋皱着眉头，把手机放到餐桌上，"船夫哥哥是个很好的翻译啊，不用白不用。再说，你能保证遇见的下一个明多拉人就值得信任吗？你会把密码交给他吗？"

"放心，我不会把密码交给任何人。我有办法！"

船夫端着一大锅鱼汤，向餐桌走来。"小客人们，欢迎品尝箴鱼汤！"他把坩埚放在桌子中间，视线定在了李力锋手机里那张照片上。天择眼疾手快，赶紧收起手机。

"哇，那是什么东西？"船夫笑呵呵地问。

天择面色尴尬："是——是手机。打电话用的。"他瞪了李力锋一眼，嫌他没有及时收掉手机。

"哦，我可弄不明白那种工具。好啦，快尝尝美味的鱼汤吧！"

天择看着锅里的鱼，面容逐渐扭曲。这锅汤看上去十分怪异，黏糊糊的汤是粉红色的，大概是船夫忘了给鱼拔毛的缘故，四根长喙嚣张地刺破汤锅里的一片"长空"，咄咄逼人地斜指天择，几乎要朝他飞刺而来。

天择缩回座位。李力锋不安地看着鱼汤。

这时，班长端着另一只锅走过来。"红烧鸡来啦，真是失而复得啊。"她撇嘴看向鱼汤，"哥哥，我就说最好把鱼毛拔了。它现在看上去就像一只落汤鸡。"

"你们不懂，鱼毛是最有营养的部分，绝对不能拔。"船夫拿起三人面前的空碗盛鱼汤。天择和李力锋不约而同地看向那一锅红烧鸡。

天择真后悔没有带一些零食，哪怕鲱鱼罐头也行。

班长淡定地拿着木勺，一口一口品尝着船夫盛给她的鱼汤。

"味道怎么样?"船夫眉飞色舞地问道。

班长咂咂嘴，接着竖起大拇指："我从没喝过这么鲜的鱼汤!"

"如果你们不想吃鱼，那吃一块魆雀吧。你不吃东西，会饿的。"船夫夹起一块魆雀肉，放在天择前面的木碟子里。

天择皱着眉头拿起筷子，尽量不去想象魆雀的狰狞面貌，把肉块送进嘴里。

如果事先不知道这是魆雀，他真的以为这就是老字号烧鸡了。班长的手艺太棒了，咸淡适中而浓香扑鼻，一块鸡肉似乎将漫山遍野万物复苏的春之活力，融化在口腔之中，顺着胸膛生机勃勃地跳跃舞动，直奔肚腹，启动了振奋精神的开关。

"怎么样?"班长问。

天择竖起大拇指："一言难尽——"

李力锋半信半疑夹起一块魆雀，塞进嘴里，然后放下筷子，闭上眼睛："嗯——我感觉我变成魆雀了，跳到了天择肩膀上——"

"哈哈哈，你们世界有句话怎么说来着——良药苦口利于病，在我们这儿，美食扎眼暖于心啊——"

突然，门口传来"咚咚咚"的敲门声。

船夫警觉地看着大门。

　　"我去开门!"李力锋从座位上跳起来，却被船夫一把拉住。"别去!"

　　天择狐疑地看着船夫:"哥哥，那是谁啊?"

　　船夫眨了眨眼睛:"这地方除了我家，再没有别的人家。这个敲门声，不对劲儿。"

第十二章　歌谣的秘密

现在不是去想缺少什么的时候，该想一想凭现有的东西你能做什么。

——《老人与海》　［美］欧内斯特·米勒尔·海明威

天择惊慌地站起来，李力锋扯来一根渔竿。

船夫蹑手蹑脚走向房门。"谁啊？"他轻声问。

"咚咚咚——"回答他的是倔强的敲门声。

"你不回答，我就不开门！你是谁！"船夫停在门边，扫了一眼门旁的卵形小窗户，外面黑乎乎的。

天择盯着那扇水滴门，真希望它是一扇铁门。

"咚咚咚——"

船夫抄起门边一支备用船桨，右手举桨，左手搭上门把手，猛地一拽——

191

外面没人。

天择一把捂住嘴，李力锋和班长倒吸一口冷气。

门槛后面，立着一只强壮的�雀。

还不等众人反应过来，卵形窗突然爆裂，玻璃渣子似无数霰弹，射进屋内。两股魆雀潮，如同山洪暴发的泥石流，从窗户和门口蜂拥而入，数都数不清。

船夫瞬间被魆雀淹没。

刘静涵第一时间掀翻两只锅，提着锅把子护在身前，抵御冲来的魆雀。整个餐厅顿时响起"砰砰砰"的撞击声。魆雀们左飞右扑，一只卡进锅里，两只擦着台阶连滚带翻上了二楼，三只被撞向天花板，摇摇摆摆翘立吊灯枝头，屁股给烛火烧得冒烟儿。

可是魆雀太多了，估计整个明多拉的魆雀都在这里聚齐了。班长就算有三头六臂左右开弓，都敌不过它们。另一边，天择和李力锋身披一层密不透风的魆雀"外套"，两人尖叫着"手舞足蹈"，天择费力扯开脸上的魆雀，李力锋疯狂甩动渔竿，长长的渔线和端头的尖钩，跟没头苍蝇一样在房子里飞甩，不经意间，鱼钩钩住另一群飞来魆雀的头领的屁股，那位头领不明所以地偏离了飞行方向，朝烈焰噼啪的灶台飞去，后面跟着的一群"忠诚"的"公鸡""母鸡"，追随首领一块儿献身烧鸡事业。

灶台瞬间炸了锅！像是火山喷发了，一只只魆雀从炉灶内争先恐后蜂拥而出，头上冒烟的追着屁股冒火的，在地上乱成一团。整个厨房终于弥漫出李力锋中意的烤鸡味。

可是他没闻到，因为他的鼻子几乎被鸡毛塞满了，不住地打着喷嚏。

天择扯掉李力锋头上的魆雀，扔出门外，那只魆雀又肥又大，霸占着李力锋的脑袋。剩下的魃雀从两人身上飞扑而下，卷过地面冲向门外。其中有几只大概是饿了，停下啄食着地上的鱼，却一动不动旁边的红烧鸡块。"班长，找它们的头领！"

刘静涵提着锅正手忙脚乱地防卫，一听这话，瞅准一只肥得都跳不动的魃雀，提着坩埚就打了过去。一声闷响，锅挂鸡鸡带锅迅猛地砸进了干鱼柜子，班长脚下的魃雀，跟着一块扑进干鱼堆，一阵骚乱，鱼片乱飞，鸡群首领晕在柜中一角，它的部下开始猛啄里面的鱼干。

"一群吃货！"班长不屑地撇撇嘴，跟着天择和李力锋冲向船夫。

接着，三只肥硕的魃雀就不情愿地起飞了，连滚带跑出了房子。船夫身上的魃雀呼啦一声全部散尽，追出门外。

天择和李力锋拉起船夫，船夫遍体鳞伤，长袍上到处都是长长的裂口。他挣扎着站起来，冲向鱼柜拿出大弓，抽箭搭弦飞射而出，动作一气呵成，十几只魃雀在阵阵"嗖嗖"中给串成一支支"糖葫芦"，应声倒地。

天择看呆了，船夫居然能这么熟练地使用弓箭，他绝对不是一般人。

然而那些被踢出去的魃雀，很快又带领"部队"回来了。船夫的箭袋已经空了。

"快上二楼！"船夫大叫一声，提着弓箭冲上台阶。他把手指放进嘴里，高声吹响一阵口哨。

当天择关上卧室的门时，他听见楼下传来一声狂野的兽鸣，像极了狼嗥。接着底下就像是开战了，兽叫鸡鸣交织错落，鸡飞狗跳热闹非凡，一通摧枯拉朽，锅碗瓢盆弹起又摔落在地。

天择紧张地看着船夫。船夫瘫坐在地，弓箭扔在一边，手上捏了个小木头瓶子。"你们有谁受伤了，这是我用中草药熬制的药膏，消炎去毒。"他用指头蘸上绿色的药膏，抹上自己的手臂。

班长和李力锋拍掉身上的鸡毛，好在众人只是受了点皮外伤。

"真是阴魂不散啊！"李力锋龇牙咧嘴地抹着药。

"你炖了人家兄弟，还烧煳了，人家不找你找谁算账！"天择责备道，他的胳膊被魅雀啄了几下，伤口虽小但他还是上了药，以防感染。

"哥哥，楼下跟魅雀打的，是什么啊？"班长好奇地问。

船夫自豪地说："那是我的宠物。我这孤身寡人的，要和大自然和谐相处啊。"

"什么宠物？"天择问。

船夫笑了笑："一会儿你们就知道了。"

📖　　　　　📖　　　　　📖

西装男和邋遢男躲在十米外的草丛里，注视着船夫之家，看得热血沸腾。

破裂的窗户后，群鸡狂舞双兽跳跃，长啸尖鸣鸡毛乱飞，木勺碗碟纷纷起舞，锅碗瓢盆砰哐伴奏，俨然野生动物的欢乐派对，整个森林都能听见这一片欢腾。

"我的老天！太刺激了！"邋遢男兴奋地说，"一场掏钱都看不到的好戏哇。"

"笨蛋！这正是我担心的！"西装男拍了一下邋遢男的头，"那三个小孩儿可不能出事！"

"我们的任务可不是保护他们。"邋遢男撇撇嘴。

"但我们得靠他们寻找线索！他们要是出意外了，以你这个蠢瓜蛋子，能找到什么！"

"那咱们何不进去保护他们？"

一旁的船长斜睨着邋遢男："因为我们的首要任务，是保存好自己的实力，然后才是跟踪他们。虽然我不认为保存你这样的蠢货有什么价值。你想逞英雄，进去牺牲在野生动物的狂欢派对里，也行啊——"

"船长，我们不能暴露。"西装男说。

船长耸耸肩："所以，我们就好好看戏吧！"

船夫之家的战场逐渐平息。渔夫打开门走了出去。

天择望着楼下一片狼藉惊呆了。所有魃雀横躺地板，没有一个能动弹的。整个客厅铺了一层厚实的鸡毛地毯，两只大灰狼傲立鸡毛之上。

天择倒吸一口冷气，这是刚出雀口又入狼嘴啊！

他再定睛一看，两匹狼的头部是火一样鲜艳的红色，两只小眼睛似乎遗传了老鼠的基因，跟庞大的身躯极不匹配。这根本不是狼，是猛兽猲狙！

他刚想逃回楼上，猲狙朝船夫扑来，脑袋在他身上撒娇地蹭着，口中发出像小猪一样的哼唧声。

船夫笑着说："这是大红和小红，我的宝贝儿。"

两只猲狙抬头看着天择三人，小眼睛好奇地转来转去。

天择惊恐地说："哥哥，这——这是吃人的猲狙吧？"

船夫点点头："没错。猲狙是魃雀的天敌，我用猲狙对抗魃雀，符合自然法则。"

李力锋拉着班长躲在天择后面，刘静涵像看两只小猫咪一样，温柔地看着猲狙，要不是李力锋拉着她，她保准上前抚摸猲狙的头了。

天择警觉地问："船夫哥哥，你——你到底是谁？"

李力锋和班长看向天择，船夫挑了挑眉："我就是个船夫啊。"

天择注视着船夫，慢慢摇了摇头。一个船夫会划船是正常的，可是他还会射大弓，居然连猛兽�狙都对他俯首称臣："你不只是个船夫吧？"

"哈哈哈——没错，我不只是个船夫，我还是个奴隶！"

"奴隶？"这个词对天择来说真是陌生。

船夫轻轻抚摸着獦狙的头："我从主人那儿逃出来的时候，在森林里遇上这两只小可爱。哦，它们当时才生下来，特别小，这对兄妹被抛弃了，我就把它们带回来，一直养在家里，带着它们捕鱼狩猎，直到它们长大，我才把它们放归自然。你是担心我让大红小红吃了你吗？"他冲天择扬了扬眉毛。

"哥哥，你怎么会是奴隶呢？"李力锋从天择后面钻出来。

船夫叹了口气："这事说来话长。"

"我们还有时间。"天择说。

四个人和两只巨兽在餐桌旁落座，船夫吹干净桌上的鸡毛，把弓箭放在上面："各位，先自我介绍一下，我叫拉希拉希库索——"

天择和李力锋对视一眼，场面一度尴尬。

"什么——拉稀？"李力锋茫然地看着船夫。船夫愣了一下，"拉希拉希库索，明多拉语的意思是一帆风顺。"接着他手一挥，"算了，我还是叫库索吧——你们呢？"

天择直勾勾看着他，没有回答。

库索做了个无所谓的表情："那好吧，那我接着说了。春之国，是奴隶制国家，有点像你们蛮多拉的夏商周时代。我出生在奴隶主家中。我父母为他们捕鱼造船。可是有一天，他们出海捞鱼，跟着船一块儿失踪了，至今下落不明——"库索叹了口气，眼睛里似有水珠旋转，大红小红也低鸣了两声，"我在奴隶主家里受尽折磨，很想念父母，于是在我十二岁那年，小学毕业后一个夜晚，逃了出来，决心找到他们。可是至今无果。这座房子，"库索环视客厅，"我父母先前告诉我，是我先祖留下的。我按照大概的地址，走了五天五夜，靠采摘野果饱腹，才终于到了这儿。当然，我之前说了，还有大红小红陪着我。这七年来，我先是用父亲教我的手艺，花了半年时间，造了一艘乌篷船，经常从食水湖驶向东海，寻找我的父母，可一无所获。近些年我也疲惫了，放下了曾经，开始专心生活。"

"奴隶主没找过你吗？"天择问。

"世界这么大，他去哪儿找我？他又不是有军队的人家。再说，他们有军队也不会出动去找一个奴隶，小题大做。丢奴隶这种事，很普遍。"

"哥哥，你别伤心了。"班长说，"事情都过去了。也许你的父母只是迷路了……"她说不下去了，"你要多往好处想。没准儿有一天他们就回来了——"

库索轻摇着头："都快十年了，我从一个小孩子长到成人，靠打鱼自力更生，每一天都期盼着他们能回来，从天亮等到天黑，可每一天等来的都是失望。"

"哥哥，乌篷船被海和尚拖走了，那你现在怎么办呢？我们来帮助你造船吧。"李力锋说。

库索摆摆手："谢谢你们的好意，我存的食物还够我吃一阵子。造船费时费力，不能耽误你们的行程。"

天择不由自主地朝咸鱼柜瞥了一眼，看来他还真是误会船夫了，库索是个可怜的孩子。可是，库索对照片的反应他还耿耿于怀。

"孩子们，我很担心，你们没有成年人陪伴，在这里游荡是一件极其危险的事情。这个世界存在着许多你们没见过的东西，就跟你们世界里的好多东西我们也没见过一样，该怎么对你们解释呢？有些东西你们没见过，再解释你们也理解不了。"库索顿了顿，"不仅有动物会伤害到你，有些植物同样能给你们带来灾难，它们有可能会把你们拖入口中，所以，如果你们不介意的话，我可以陪伴你们走出春之国。"

李力锋高兴地拍着手："好啊好啊！这真是太棒啦！"

天择说："哥哥，你不怕被奴隶主发现?"

库索一挥手："嗨，我逃走时还是个小孩子，现在就算我站在他们面前，他们也认不出我来。"

藤蔓屋里寂静无声，只有壁炉里柴火燃烧的噼啪声。

天择迟疑不决，而班长也充满期待地看着他。也许，库索哥哥真的想帮助我们，天择想，他突然也很不忍心将库索哥哥独自抛下，毕竟，库索哥哥也帮助了他们很多。于是，他终于点了点头。李力锋和刘静涵差点拥抱到一起。

天择扫了一眼弓箭："哥哥，谁教你射箭的?"

库索摸着弓箭，深情地说："这是我先祖放在这个房子里的。为了防身，我自己练习射箭，说来也奇怪，我好像对射箭，有一种天赋。"

"哥哥，我叫刘静涵。"班长率先说。库索对这突如其来的自我介绍吃了一惊，"谢谢你能帮助我们。不然，我们还在湖那边，不知道正吃着烤——什么呢。"她瞥了一眼下厨失败的李力锋。

"我叫李力锋，他叫——"李力锋指着天择，天择瞪了他一眼，"算了，还是他自己说吧——"

"我叫李天择。"天择说。

"很高兴认识你们。你们为我近十年的生活，增添了新的乐趣。"大红小红不满地低哼一声，库索笑了，"当然，还有我的两位小可爱，感谢你们的陪伴。既然我们都相互认识了，那我就开诚布公了，你们是冲着这儿的诅咒来的吗？"

天择不想再节外生枝，但五季谜国和古堡市都遭到了诅咒，这难道是巧合吗？可是爷爷并没有提到五季谜国的诅咒。天择摇了摇头，他不想对库索说太多。

"哥哥，能给我们讲讲五季谜国的诅咒吗？"李力锋问。

库索正了正身子："之前我都说了，再多的秘密，我就不知道了。只是传说那首古童谣，用神秘族的文字刻在一枚钥匙上，童谣提到了一件信物，一个天上飞的什么东西，就在西边的秋之国，它可以解除五季谜国的诅咒。你怎么了，天择？"

天择没有意识到，自己脸色变得很白。那把钥匙，如果不是打开秘境之门的青铜之镜，还会是什么？那首古童谣，如果不是镜子上的铭文，还会是什么？那件信物，如果不是青铜神鸟，还会是什么呢？按照爷爷所说，青铜神鸟能解除古堡市的诅咒，库索又说它也能解除五季谜国的诅咒，那么，显然五季谜国和古堡市的诅咒，是相关的。而要得到青铜神鸟，就要解开青铜镜的铭文，也就意味着，他必须先找到那个神秘民族。难怪青铜镜铭文没有人能解开，那是神秘族文字啊！

"没事，哥哥，我只是——只是想不明白，那会是一个什么样的民族，为什么神秘？"

"神秘民族，顾名思义就是很神秘。没人知道他们是谁，住在哪里。但是，不止一个人遇上过同一件神秘事。有好几个人曾经在我们春之国北部的一个大森林里，听到过他们唱的歌谣，那是一首失落的歌谣，歌声很优美。但当时是晚上，森林里黑乎乎的，他们左看右看，除了他们自己，森林中再没有任何人。那歌声是那样清晰，似乎就在耳旁。"

"那歌唱的什么？"天择着急地问。

"翻译成你们的语言，歌词大概是这样的——"库索清了清嗓子，继续说：

"我隐于丛林之中，

没于芳丛内外。

绿光照耀我的脚步，

于杰作中徜徉。

欢乐随着花儿绽放，

在预言的星空下闪耀。

站起来吧，我的巨人。

用稻米的芳香，

挤开集市的恶臭。

噢，我们拥有全世界，

全世界都要我们开拓！"

房屋内一片寂静。天择凝视着库索，库索也凝视着天择。班长和李力锋面面相觑。

"这个民族，"李力锋咂着嘴巴，"应该很好找到，他们肯定是天底下最自大的民族。"

库索摇摇头："不。没有人能找到这个民族。就算近在咫尺，也不知道他们在哪儿。森林里发生的事，就是证据。"

"他们应该是巨人吧？"天择说，"歌谣里不是都唱出来了吗？"

"不可能。五季谜国里的大人国，在春之国南部，可那首歌谣，是在北部丛林中出现的。而且，大人国的人，谦虚得根本不可能说出'拥有全世界'之类的话。"

"哥哥，那歌声出现在哪一片丛林？"天择恨不得马上钻进那片森林。

库索打量着他："你好像很在乎那个童谣啊。"

天择愣住了，是的，他表现得太明显了。库索肯定猜到他要做的事与诅咒相关。

接着库索笑了："不管你们要干什么，凡事小心就对了。那是一片野树林，根本没有名字。而且当时天黑，时间又过去这么久了，谁还能说准是哪一片森林呢？"

天择失望透顶。

"好啦，关于诅咒的事我就知道这么多。"库索轻松地叫道，目光愉悦地转向李力锋，"你口袋里的弹弓，是你做的吗？"

李力锋掏出弹弓，举在手上："没错，它很厉害。"

库索咂了咂嘴："厉害是厉害，可是你用它对付过魃雀吗？"

"没来得及。它们速度太快——"

"再怎么厉害的武器，都不可能对付所有的东西。弹弓，就对付不了魃雀。弓箭，也对付不了海和尚。而以上两者，都对付不了可恨的奴隶主。一切，都要靠你们的智慧。"

李力锋把下巴搭在餐桌上："我们可不是智慧超群。我们在那群野鸡中，尴尬极了。"

"唉，我不能说魃雀穷凶极恶，它们嗅觉很灵敏，刚才可能是魃雀闻到了同伴的味道，才找过来发起进攻。"库索望着满地的魃雀，

201

苦笑一声，"弱小的动物，可能更懂得同伴的意义，明白团队的重要。我们还把人家同类煮了吃了，是咱们轻视了弱小，招惹人家。"

天择责备地看着李力锋。

"我饿了嘛，你们也饿了嘛，我想给大家做好吃的啊。"李力锋委屈地嘀咕着。

库索看着他笑了："你饿了，当然必须要吃东西。我饿了，也会捕鱼吃。可你必须记住，在人类发展的历史长河中，人们饲养鸡鸭鱼牛羊猪等各种动物，已经总结出来可靠的食谱，所以有些东西可以吃，有些东西不能吃！"

天择瞪了一眼李力锋："哥哥，你说的没错。在我们的世界，仍旧有很多猎奇的人，吃一些偏门动物，甚至国家保护动物，给自己和整个世界，都惹来了祸患。"

📖　　　　　📖　　　　　📖

破裂的卵形窗外，窗台底下，邋遢男和西装男不安地相视一眼："巨蝎算不算国家保护动物？"

西装男眨巴眼睛看着邋遢男："应该——不算吧。它们应该是实验室的保护动物吧？"

"什么？"船长低吼道，"你们居然敢吃巨蝎？"

"它的左大钳掉了。"邋遢男吧唧着嘴，"味道还不错。特别是加点孜然再烤一会儿——"

船长翻了个白眼儿，如果不是需要保持安静，他大概一脚就把俩吃货踢飞了。"你们是嫌活得太健康了！巨蝎是怎么造出来的，你们比谁都清楚！那东西有辐射，真是害人害己。"

"别担心。我们控制着核辐射剂量，放射性物质含量在安全值内。"西装男耸耸肩，"只可惜巨蝎被实验室搬走了，我们是准备把它带进明多拉抵御怪兽的，哪知春之国入口被那几个孩子打开，就一直敞开着，门口也没有怪兽把守，这不没带巨蝎就进来了。"

船长怒目瞪着他："明多拉世界是世界，蛮多拉世界也是世界。两个世界里都有鲜活的生命。你们制造巨蝎，就是反人类的罪恶！居然还想把巨蝎带进明多拉。如果不是大魔一让我帮助你们，我早把你俩丢到海里去了！"

📖　　　　📖　　　　📖

李力锋噘着嘴，"我哪儿想得到这群野鸡这么厉害啊。"

"野鸡？那可是野鸡中的战斗鸡！我说过这里的东西，除非它掉到你头上，都不要去动，你就是不听。"

李力锋不乐意地瞥了天择一眼，喉咙里低声呼噜着，旁边的大红小红都抛来好奇的目光，以为碰上同类了。"这里的东西，都怪怪的。鸡也怪，狼也怪，鱼还是带毛儿的，全是偏门动物，你叫我怎么辨认嘛！"

库索哈哈大笑起来，接着他指着壁炉旁的《山海经》："古人已经做了总结了。什么能吃，什么不能吃，什么有毒，什么吃了可以防灾防病防坏人，都有记载。你们可要好好保管那本宝典啊。"

"我们会的。"天择点点头，接着话题一转，问道，"哥哥，你家里有没有什么《辞典》之类的书，比如明多拉语和汉语对照释义的那种？"他突然想碰碰运气，万一明多拉文字与神秘族文字长得很像，那他就可以省去寻找神秘族的麻烦了。

"你是想学习明多拉语是吧？真遗憾。不过我保存着一本小学的汉语教科书，里面有部分明多拉语和汉语的对照，我一会儿拿给你，你们可以先看看。"

"哥哥，奴隶也能上学吗？"刘静涵不解地问。

203

库索笑了笑："奴隶怎么了？奴隶就没有受教育的权利吗？"

天择说："没错，在我们蛮多拉，古代奴隶是没有受教育权利的，他们只能不停地为奴隶主干活。大概各个国家都是这样。"

"那可真悲惨。以前的春之国，奴隶也是不许学习的，但是这个国家醒悟了，在我出生以前，它就要求即使是奴隶，也必须学习基本知识。明多拉现在非常尊崇知识，上到君王、奴隶主，下到我们奴隶，不管富裕还是贫穷，都有受教育的权利，在学习知识面前，人人平等。"

天择不由得暗生佩服。"不过，既然整个国家的人都那么有知识，为什么它还是尊崇不公平的奴隶制度呢？"

"我相信，"库索拍着胸脯，"春之国很快就会走出当下的境地，它会越来越强大的。"

库索拾起地上的两只锅，从柜子里拿出被魅雀啄破的鱼干："唉，一场恶战，连晚餐都毁了。"

"哥哥，晚餐没了，可以再做呀。"刘静涵跑去厨房帮助库索清理炉灶。

"我也去！"李力锋说着跳起来。

天择拉住他："别添乱了。鱼干已经不多了，你帮我打扫客厅。"

不仅鱼干不多了，灶火在魅雀不情愿的"攻击"下，也熄灭了。库索从灶台旁拿出一个火折子，拔开吹燃，再次点燃灶火。

天择将地上的魅雀，一个一个提到门外，扔进树林。他没留意，门外传来一阵急促的窸窣声，有三个人正急忙躲到藤蔓屋侧方。

李力锋在客厅练起了射门，魅雀在他脚上起飞，接二连三从窗户和大门奔向屋外。"瞧瞧，这样多省事。"

"我说你能不能认真点儿！"天择怒气冲冲站在门口，头上顶着一只双脚朝天的魟雀，"你还嫌不够乱嘛！"

"哇哦——"李力锋捂着嘴巴一脸惊讶，"你咋这么不小心啊？我可不是不小心把你脑门儿当球门的。"

天择气呼呼地把头上的魟雀打掉，接着意识到李力锋的话什么地方不对劲儿。他大步走进来，狠狠推了李力锋一把。"这么说你是故意的喽！"

李力锋笑得很夸张："你不是说这儿的东西，除非砸脑门儿上，否则别碰吗？你看，砸脑门儿上的滋味，不好受吧？"

天择眼睛瞪圆了："你这是故意挑衅！你还嫌麻烦不够多吗！"

李力锋板着脸叫道："我又成了麻烦精对吧！"

"不是你贪吃，我们怎么会满身鸡毛？这儿怎么会变成鸡窝！"天择不甘示弱，声音更大，"你还不知悔改。"

"我那是为了咱们能吃好的！你是好心当成驴肝肺！"李力锋的脸，比正盯着他们的大红小红的头还要红。

"这里有鱼，你还要吃烧鸡！你还有理啦！"

"那鱼你动嘴了吗！"李力锋几乎跳了起来，"要没有烧鸡，你到现在晚饭还一口没吃呢！"

"喔喔喔——"库索从厨房笑着走出来，"小兄弟们，这是怎么了，刚才还好好的。"

"我吃不吃关你什么事！我宁可饿肚子，也不吃你的烧鸡——何况那锅鸡也不是你的作品！"天择气呼呼地坐在餐桌边。

"啊呀——我明白了，"库索笑呵呵地一拍手，"这事怪我，我应该做点正常的鱼。不过吃了箴鱼，能防止染瘟疫嘛，我想让你们百毒不侵啊——"库索轻轻搂着李力锋的肩膀，"两位小兄弟，接下来我们吃点你们觉得正常的。"

刘静涵抱着双臂站在餐桌边儿上，冷静地看着两位同学："我说你俩——需不需要再来一份绝交书？"

"我有！"李力锋用力一拍口袋。

"你俩能不能消停点！"班长发怒了，"刚斗完鸫雀，你俩又开战！打架上瘾是不是！"

天择撇撇嘴："哼，就他那武功，还吃全鸡宴呢！差点儿让野鸡吃了顿全人宴！"

李力锋扭头瞪着他，手指着自己鼻尖儿："我武功不行？你行你上啊！"

"哎呀——"库索挡在李力锋前面，"二位消消气哈。我真该给你俩吃点鳎鱼。"

"鳎鱼根本不管用！你真应该找个能戒贪吃的鱼！"天择没好气地说。

"我贪吃怎么了！我吃你家的鸡了！"李力锋几乎吼了起来。

大红小红已经缩到墙角去了。

天择一拍桌子，跳了起来："你从凉皮一路吃到鸫雀，连鲱鱼你都体验了，这一路惹出多少麻烦！你还不知悔改，还不让别人说你！"

"我顾面子怎么啦！"李力锋一脚踢飞一只木碗，扬起地上一片鸡毛，木碗准确无误地扣上大红的脑门儿。

小红赶紧用爪子给它拨拉下来。

"我不吃饭啦！饿死我！"李力锋脖子上青筋暴起，"这下你满意啦！"

📖　　　　　📖　　　　　📖

卵形窗外，窗台底下，邋遢男、西装男和船长三人又悄无声息地回来了。

邋遢男焦躁地窥向屋内："你们别吵了呀。这饭到底还做不做了？"

西装男和船长皱着眉头看向他。

"怎么，你还要进去和他们共进晚餐？"船长好奇地问。

"不是不是，"邋遢男连连摆手，"就算不吃，闻闻香味儿也满足啊——"

船长和西装男都翻了个白眼。

邋遢男突然皱了皱鼻子，四下一看，目光定在远处一只烧焦的黻雀身上："伙计们，我有个不错的提议——你看这么多野鸡，我们一会儿不如来个篝火烧鸡晚会？"

船长的脚，终于如愿以偿地飞上了邋遢男的屁股。

📖　　　　　📖　　　　　📖

如果李力锋没有"噔噔噔"跑上楼梯，他们一定会听见屋外，一颗硕大的肉球翻滚着砸进了树林。

"天择！你别说了！"刘静涵喝道，"这地方危机四伏，没准儿现在就有危险在咱们周围呢！我们必须团结，不能内讧！"

天择气冲冲地坐回餐桌边，眼睛瞪着桌面。大红瞪着地上的木碗，发出呼噜呼噜不悦的声音。库索过去抚摸它的头。

刘静涵坐在天择旁边："你别老埋怨李力锋了。当时，是他在你家，哭着闹着要陪你进秘境，他不放心你啊——"

天择撇撇嘴："他还不如别来。库索帮咱们渡湖，失去了乌篷船，现在，又把人家家里弄成了鸡窝，我都不好意思了！"

207

班长用手扶住天择肩膀："你把库索哥哥当陌生人，当然觉得对不起他。可是你要把他当成朋友，你就不会这样想。丢船砸房子，那不都是意外吗？我们陪他做饭、吃饭，还请他吃烧鸡，哥哥很孤独，有我们的陪伴，至少他不再孤单了，他很开心，这是我们的功劳啊——"

天择看着她："你们真把库索当朋友？"

刘静涵认真地点点头："他是个好人，你不觉得吗？"

天择想了想，库索有些地方是有点奇怪，可是，他应该是个好人。我可以不完全信任库索，但是我可以相信他的人品。

"我们会以自己的方式，去关爱朋友。好朋友也会以他的方式，来关心我们。但是我们很容易忽略，好朋友真正需要什么，我们的关爱，有没有关心到点子上。我们用带给库索快乐的方式，弥补了这一切啊，哥哥没有责怪咱们。所以你也不能把所有责任，都推到李力锋身上。"

天择不服气地嘀咕着："本来就是他，要吃烧鸡惹上魟雀，不怪他怪谁——结果他还先动气，把魟雀踢到我头上——"

班长放下手："你想想李力锋对你的好吧。人家绝交书都写了，一听你有困难需要帮助，直接把绝交书收了——"

天择低下头。想想也是，每当他有困难时，李力锋都陪着他，甚至为了陪他进秘境，暂时放弃了温馨的家——

"哎呀，你快去看看鱼汤吧，别又煳了——"天择不耐烦地说。

刘静涵满意地笑了笑，起身去厨房了。天择回头看看楼梯，叹了口气。

"一会儿，给他送碗鱼汤吧。"库索看了天择一眼，也走向厨房。

　　天择起身，绕开楼梯，捡起被鸡毛覆盖的照片和《山海经》。书的内页上，被鹧雀的爪子抓破了几道口子。但照片很完好。

　　天择举着照片，觉得眼眶温热。爷爷，你到底在哪儿啊？

第十三章　李力锋的心事

船好好的，他想。没受一点儿损伤，除了舵把。那是容易更换的。
——《老人与海》　〔美〕欧内斯特·米勒尔·海明威

这次的鱼汤更加鲜美，至少刘静涵是这么认为的。她第四碗已经见底了。

天择舀了一勺，谨慎地抿了一口，顿时愣住了："真是鱼不可貌相——"

"我小时候，我爸妈经常为我熬制这种鱼汤，祖传古法。后来我一直在模仿，不能说完全一样，但也差不多。"

天择放下筷子，心情沉入了湖底。爸爸妈妈现在一定还没吃饭呢，他们会担心死的，还有李力锋和班长的父母。他捂着眼睛，他们要急坏了怎么办？要急出病来也住院了怎么办？"哎——"

"我猜——"库索慢慢说，"你们没告诉父母，是自己跑来这儿的吧？"

"不，我们说了。"班长嘴里嚼着一大块鱼肉，"只是没告诉他们，这儿是五季谜国。"

库索若有所思地点点头，接着从小书桌里取出一本破旧的薄书，递给天择。天择把书拿在手中，它很轻，纸张泛黄且粗糙，好像是埃及的莎草纸。

"这是我小学一年级的汉语课本，之所以留着它，是因为我爸爸经常拿着它，问它'我什么时候可以去蛮多拉看看啊？'"库索叹了口气。

刘静涵同情地望着库索："哥哥，你也想去蛮多拉吗？"

库索摇了摇头："我父母还在这个世界，我哪儿都不去。"

天择翻动着课本，努力不去想库索与自己在孝敬父母方面的天壤之别。他从封面开始，一直浏览到最后一页，全书几乎全是明多拉语，每个明多拉语文字旁边都有用汉语拼音注释的发音，后面跟着就是对应的汉字。明多拉文字，像极了刘父收藏的龟甲上的甲骨文，但不像铜镜上的密文。

"时间不早了，你们上楼休息吧。"库索说。

"那你睡哪儿？"班长问。

"我睡楼下的沙发，你们用楼上两间卧室。对了，记得把汤给李力锋送去。"库索指着刚盛满的汤碗，冲天择眨眨眼睛。

天择期待地看着刘静涵，刘静涵耸耸肩："解铃还须系铃人。"

不久，天择垂头丧气端着一碗汤，站在紧闭的椭圆形木门前，犹豫不决。班长抱着双臂一脸嫌弃："男孩的友谊，嗯？"

天择轻轻叩了叩门。

"谁呀?"里面一个不耐烦的声音叫道。

天择看着班长,班长冲他做了个"请"的手势。

"我——我——"天择紧张地说。

"出去!"李力锋大叫道。

天择吓得手一哆嗦,碗里的汤都洒出来了。

刘静涵咧咧嘴。

"我还没进去呢!怎么出去!"天择气呼呼地喊道。

"那也从我门口走开!"李力锋没好气地又喊了一嗓子。

多亏刘静涵及时夺下汤碗,不然一碗鲜汤就走了错误路线,上了门板。

"走就走!懒得理你!"天择转身冲进对面的卧室,"啪"一声把门关上,整个二楼都震了一震。

刘静涵端着鱼汤,在两道紧闭的门间徘徊不定。她冲两边喊道:"喂!你俩要不喝,我可就喝啦!"

"随便!"两边传来异口同声的回答。

"我这——哎哟喂——"她举着碗,转身拉开一扇门,天择正坐在床上,抱着双臂气呼呼的。

刘静涵把碗使劲蹾在小木桌上,大步走向天择:"你咋这么没有勇气,连李力锋都劝不好?亏我还崇拜了你一段时间——"

"崇拜我?因为我太会惹矛盾吗?"天择没好气地说。

"你是高分低能!"

"什么?"

"曾经我很纳闷儿,"班长戏谑地说,"你的学习成绩我死活都超越不了,因此对你是又嫉妒又崇拜。现在我明白了,你智商高,可情商是负数!我宁可考试零分,也绝不放弃情商!"

天择挑了挑眉毛："哦，是吗——那恭喜你了。终于能放下心理负担，开心生活每一天了。喊——"

刘静涵坐到他旁边："我说你道个歉会死啊！"

天择往旁边挪了挪："他门都不开，道什么歉啊！他自己在那破房间里孤独终老吧！我才不要进去呢！"

刘静涵注视着他："行！那我把当下的处境，简单介绍一下——库索在楼下，李力锋占个房间，你又占个房间，你们这情况，让我怎么弄？我今晚睡哪儿？"

天择陷入茫然。他认为这个问题确实值得商榷。

班长手一摊："鉴于你们还是有一些绅士风度的，所以现在，要么你出门右拐下楼，搭个帐篷睡到野外去，要么出门直走，敲门道歉。你自己看着办！至于这间房子，我征用了！"刘静涵掀开床单，跳到床上躺下，斜睨着天择。

天择跳了起来："哇——你也太霸道了！你为啥不去霸占李力锋的房间？"

班长耸耸肩："他门都不开，怎么霸占啊？"

"你就是欺负老实人！"天择不满地叫道。

"晚安。请出门直走或者右拐下楼。不送。"刘静涵说完惬意地眯上眼睛。

天择脸上立刻堆满笑容："嘿嘿，我说大班长，我们有事好商量嘛。"

班长睁开眼睛："商量什么？反正我不去野营！绝对不去！"

"不是，"天择笑着坐到床尾，"你情商高嘛，帮我劝劝李力锋呗——"

班长坐直了腰板儿，不耐烦地叫道："就今天一天，你俩打了两

213

回仗，回回拿我当炮灰！头一回逼我去了厕所，这一回要不是我抛弃了女孩的矜持，抢占床位，我就变成孤胆女侠，只身夜闯丛林了——这是你俩想看的场面吗！"

天择嘻嘻笑着，讨好地说："那你至少帮我把他叫出来吧——"

"唉——"刘静涵长叹一声，仰头望着天花板上的枝状蜡烛灯，"男孩子的友谊啊——"她做手势招呼天择靠近，嘴巴伏在他耳朵上，简短说了几句。

天择顿时恍然大悟——

一分钟过后，走廊响起激烈的吵嚷声。

"哎呀，这样解释是不对的，你看这个字符，明明像豆芽啊——"刘静涵说。

"什么豆芽——它就是一根树枝啊——"天择争辩道。

两人一问一答走出房门。

"才不是呢，绝对就是豆芽。"班长站在李力锋房间门口，故意提高声音。

"是树枝！"天择不甘示弱，侧耳倾听屋里的动静。门后响起窸窣的脚步声。

他示意继续。

"不然你找第三个人来看，绝对是豆芽。"刘静涵也抬高了声音，耳朵贴上李力锋房间的门板，兴奋地压低声音，"他过来了——"

"哎呀——"天择嘴巴都快贴到门板上了，"你就算找第八个人来，它还是树枝。"

刘静涵对天择轻轻做了个口型："他在门后偷听，"接着抬高声音，"你真是眼拙！我们再找个人来主持公道，跟你说，人家绝对说我是正确的！"

　　"找就找。我还怕你不成。我们再找个聪明人。"天择声音更高了，"我输了，以后的饭我来做！"天择斜眼看着门板。

　　班长皱着眉头，低声说："他咋还不出来？"

　　"哼！"天择继续大声争辩道，"我告诉你，今天要不是李力锋跟我闹矛盾，他绝对出来支持我！你就甘拜下风吧！"

　　"什么呀！聪明人可不止李力锋，"班长的耳朵还在门上贴着，"我告诉你，李力锋不为我主持正义，我就下楼找库索哥哥，我还就不信你——"

　　"呼啦"一声门开了，班长几乎一头栽进房间。

　　李力锋双臂抱在胸前，不屑地看着天择。"我支持班长！"

　　天择和刘静涵二话不说，直接冲进房间，一人拽只胳膊，把李力锋拖到床上。

　　"哎呀，你们干什么啊！"李力锋大呼小叫着，天择赶紧把门关上。"干什么？哼，猫抓老鼠！"

　　"你们？"李力锋狐疑地看着刘静涵，突然一拍脑门儿，"哎呀！我上当了！"

　　"呦呵！不上当你还想怎么着？"班长斜睨着他，"想一个人独享豪华客房啊？"

　　李力锋生气地打着滚儿，使劲拍打床单："你们太卑鄙了！简直无理取闹！"

　　"告诉你，撒泼儿没用！"班长说，"你们俩一哭二闹三上吊的把戏，都玩到明多拉了。真是光屁股推磨——转着圈丢人！"

　　李力锋从床上跳到地上："这事能怪我吗！"他怒气冲冲瞪着天择，"还不是有人嫌弃我！"

"我小人，你君子，行了吧！"天择没好气地说，"谁家君子那么小心眼儿！"

"我——"

"行啦！"班长叫道，"还没完没了了！我们现在要团结——李天择，"她不耐烦地指了指李力锋，"赶紧道歉！"

"哼，谁在乎他的道歉！"李力锋气呼呼地坐在桌子前，背对天择。

班长冲天择使了个眼色，天择会意，拽门出去，很快又回来了，手中端着一碗鱼汤，站在床尾："班长，你——要不要去上个厕所？"

"我不上！"刘静涵气呼呼地说，"你有啥害羞的！别磨蹭了！"

"那——"天择看着李力锋，迟疑地说，"我——那什么——"

班长翻了个白眼儿——

"我专门为你留了碗汤，你晚饭还没吃呢——"天择说着把碗放在桌子上。

李力锋斜睨了一眼鱼汤，咽了口唾沫："我不饿！"接着肚子就叽里咕噜叫开了。

"差不多得了。"班长说，"你这架子也端得太结实了。不然给你做个烧鸡，先开个胃？"

"我不饿！"李力锋倔强地说。

天择撇撇嘴："好啦，我向你道歉，对不起——"天择双手搭着李力锋的肩膀，"我以后一定不嫌弃你贪吃啦。我们都要靠你保护，你得吃饱啊——"

班长扑哧一声笑了。李力锋不满地看着她："连你也嘲笑我？"

"不是不是——"班长连连摆手，"你是我们三人组最聪明最帅气的大英雄——哈哈哈——"她捂着嘴不停地笑。

"真的假的?"李力锋狐疑地看着她。

天择冲班长使个眼色。

班长立马正色道:"真的。我是认真的。"

"所以呀,大英雄怎么能饿着肚子。饿坏了还怎么保护我们呀——"天择笑嘻嘻地把汤碗推到李力锋手边。

李力锋鼻子一歪:"跟你说啊,下不为例——不然我可真生气了,谁都劝不好的那种。"

"呦呵,敢情这次是假生气啊?"班长调侃道。

李力锋已经拉过汤碗,手里的勺子在碗和嘴之间快速舞动,感觉那勺子都成了费事的物什,要不是班长在旁边,他早就端起碗翻个底儿朝天了。

"你俩刚才在争执哪个字?"李力锋的嘴巴正在吸吮勺子,看上去意犹未尽。

天择叹了口气:"争论什么都没有用,铜镜密码跟明多拉语长得一点儿也不像。看来咱们跟神秘族有一场约会了。"

"你有线索了吗?"班长问。

"我们要从歌谣里找线索。'绿光''杰作''预言''稻谷'和'集市'这些肯定有所指代,但是,这就像哑谜,真是梦幻。"

"好吧——"班长打了个哈欠,"那你慢慢琢磨,希望你做个好梦,解开这个哑谜——明天见!"

"这么快就要睡觉了?"李力锋依依不舍地问。

班长指指手表:"九点半了。要养成早睡早起的好习惯。"她说完就回自己房间去了。

李力锋掀开被单钻进去:"说的对啊,早睡早起身体好!睡觉啦——"

217

天择也躺进被子。李力锋转了个身，面朝另一边，两人很久都没说话。

天择怎么都睡不着。他想自己的床了。爸爸妈妈这会儿还在书房熬夜工作吗？他们会不会和张景天警官在一起，彻夜寻找我呢？唉，他暗叹一口气，张队一定觉得我是个调皮捣蛋的男孩儿——肯定的。

突然，他听见旁边李力锋在揩鼻子，声音很轻，还夹杂着抽泣。

他转头看着李力锋的后脑勺。"你没事吧？"

李力锋动了动胳膊，像在擦眼泪："没事——"

天择静静躺着，看着天花板。枝状吊灯烛光摇曳，房间里充斥着明暗飘忽的烛光，将一切都笼罩在不定之中。天择觉得鼻头酸酸的，房间的景色，在他眼中逐渐模糊，模糊之中，爸爸妈妈的身影却逐渐清晰，他们正和张景天警官，在古堡市大街小巷急匆匆地穿梭，呼叫着他的名字——

李力锋吸了吸鼻子，忽然说："天择，你想家了吗？"

天择没有回答。

李力锋转过身，红眼圈对着他。

天择一直注视着天花板。

"看来，你也想家了——"李力锋轻轻地说。

"这是我第一次离开爸妈，独自过夜。"天择慢慢地说。

"我也是。"李力锋叹了口气，"我原以为自己一个人和朋友出来冒险，然后过夜，会很刺激。没想到——"他抬起袖子，又往眼睛上抹了抹。

"你还生我气吗？"天择两行泪水滑落枕间。

李力锋扭头看着天花板："我只是想家了。我不知道我们还要多久才能回去。"他把双手枕在脑后，"不过有你陪在我身边，我心情好多了。天择，你实话告诉我，我在你身边陪你冒险，你开心多一点，还是生气多一点？"

天择想了想："应该开心多一点吧。其实——"他顿了顿，"我很感谢你能来陪我。我一个人，真的斗不过魈雀的。"

李力锋笑了笑："没有我在，可能你根本不用和魈雀战斗。都怪我惹了它们。"

天择看着李力锋："对不起，我知道你也是想让我们吃顿美味，我不该那样说你的——"

"没关系。"李力锋平静地说，"你知道我为什么喜欢吃烤鸡吗？"

"你不是一直都喜欢吃炸鸡吗？特别是肯德基。"

李力锋笑着摇摇头："我嘴馋，其实是因为我姥姥做的饭太好吃了。烤鸡，是我姥姥的拿手菜，肯德基都没有姥姥做的烤鸡好吃。"他叹了口气，"在她住院前，我花了一周时间，学习她做烤鸡的手法，我如果想——"李力锋抹了把眼泪，"如果想她了，就能自己做。"

天择惊讶地看着他："你姥姥住院了？没事吧——"

李力锋把头转过去，低声抽噎着。

"你如果想她了，可以去她家里啊，姥姥可以再为你做烤鸡的。"

"可能——可能没机会了——"李力锋翻了个身，把脸埋进枕头。

天择一时间不知该说什么："我——我从来没听你说起过。"

李力锋没有回答，只是啜泣声越来越大。

天择半起身，双手搂着李力锋的肩膀："对不起，如果我早知道——对不起——"他的鼻子更酸了。

渐渐地，李力锋止住了哭泣，却把眼睛压在枕头上："所以，我只是想让你们也尝尝我姥姥的拿手菜，只是——只是我还没有完全学会，都——都烧煳了——"

"别伤心，等我们回去，我一定要尝尝你做的烤鸡。我帮你一起做。"

李力锋抬起头，天择帮他拭去泪痕，对他笑着："我也喜欢吃烤鸡。我们下次，把肯德基换成烤鸡好吗？我只吃你做的——"

李力锋破涕为笑，他一手搭上天择的肩膀："天择，我们什么时候才能出去啊——我好想家。"

天择的眼前，再次模糊，就仿佛他在明多拉的未来，那样朦胧不清，捉摸不定。

可是，他不是一无所有。他有一位时刻把大伙儿的胃放在心上的"大厨师"，还有一位时刻关注男孩友谊的大班长，贴身陪伴的，还有爷爷的指南针和铜镜。他侧脸望着窗外的天空。一弯月牙悬于星夜，映衬出天幕的黑，却挥洒出大地的明，抽空了世界的喧嚣，却饱满了屋内的寂静，催生了离乡的自由，却催下了思乡的泪——

他心中反复默读那首歌谣，歌谣中的一个词，突然跳出他的脑海。

天择抹掉泪水，眼前的一切，再次清晰——"我觉得青铜神鸟，已经近在咫尺了。"

📖　　　　　📖　　　　　📖

门外传来一阵有节奏的叩门声，三短三长，声音很轻。

库索看了一眼楼梯，确定上面没人，他悄悄走向门口，打开大门。

"打听到了吗？铜镜上面写的什么？"

库索摇摇头："他们太警惕了，尤其是李天择。但他们好像得到了两片甲骨，上面另有线索。"

门外的男人眼睛一亮，夜风中，他头上的红色发带如同一缕火焰。"好样的！我们必须得到它。大魔一给你的时间不多了。我们准备半路上下手，注意信号。"

库索低着头，抿着嘴，没有作声。

少顷，他回到炉火旁，举起天择晾在灶台边的照片，对着照片低语："你能告诉我，我的决定正确吗?"

第十四章　陷阱

你可别忘了，咱们来这儿不是为了改变世界，而是为了找出杀害埃德加先生的凶手！

——《刺猬杰斐逊和一桩悬案》　［法］让－克劳德·穆莱瓦

第二天，森林中弥漫的芳香，唤醒了三位伙伴。天择推开窗户，一片翠绿金光映入眼帘。明多拉醒了，一派生机盎然。

库索已经起床了，而且把灶火都生起来了。他望着天择三人从楼梯上下来："呦，你们这么早起床？我还以为你们都要睡懒觉呢。"

班长看看表："马上七点啦，我们得尽快出发。"

天择走到壁炉边，拿起衣服和爷爷的照片，经过一晚的烘烤，它们已经干了。《山海经》也干了，可它再也恢复不到原来平平整整的模样了，它的每一页都皱皱巴巴，精装封面还翘曲了。"唉，凑合看吧。"天择遗憾地想。

"早饭还没好，各位需要等一等。"库索说着匆匆给坩埚里加了一瓢水。

"哥哥，大红小红呢?"班长坐到餐桌边。

"它们啊，昨晚上就回森林了。"库索耸耸肩，"你知道，它们不喜欢受约束，这儿对它们来说，太小了。"他搅着锅中的汤。

天择坐在餐桌边，把《山海经》放在桌面上，快速地翻动着。

"昨晚上梦到线索了?"李力锋凑过来问。

"嘘——小点声。我觉得，'稻谷'算作一条线索。你们想想，他们这样赞美稻米——'稻谷的芳香'，稻米是吃的，所以，这个神秘民族应该喜欢吃稻米。"

班长眨着眼睛看着他。李力锋咧咧嘴："就这? 他们要是不喜欢吃稻米，可能还更好找一些。"

"我能推断的就这么多——春之国在明多拉东部，你们看，在第九卷《海外东经》里，记载了黑齿国，'为人黑，食稻、啖蛇。一赤一青，在其旁。一曰在竖亥北，为人黑手，食稻使蛇，其一蛇赤'。第十四卷《大荒东经》里，又有'有为国，黍食'。这里的'黍'，应该也是一种米。还有司幽国，'食黍，食兽，是使四鸟'。白民国，也吃黍。"天择的手指继续往下移动，"瞧，这一卷里也记录了黑齿国，'有黑齿之国。帝俊生黑齿，姜姓，黍食，使四鸟'。前面说黑齿国人吃稻米，这里又说他们吃黍，充分说明黍也是一种米。还有这个玄股国，也是'黍食，使四鸟'。"

"那这么说，一、二、三……"班长掰着手指头，"至少有五个国家的人，喜欢吃稻米。李大神探，"班长收起手指头，"你该不是让我们依次拜访这五个国家吧?"

"等一等，"李力锋抢过书，"你们看，第九卷的《海外东经》里，对玄股国也有记载，你看，‘玄股之国在其北’，也就是在雨师妾北边，‘其为人衣鱼食鸥，使两鸟夹之’。那么，这个玄股国人到底吃什么啊？如果他们不吃稻米而吃鸥鸟，这个就可以排除了。”

天择用手托着下巴，沉思片刻：“这是个问题。为什么记载是相互矛盾的呢？”

“行了，”班长直起身子，“就这四个国家都够我们一通找的。你觉得可能是哪个国家呢，天择？”

“我觉得，黑齿国的嫌疑最大。”李力锋抢先说，“他们人长得黑，难怪在夜晚的丛林里只闻其声不见其人呢。”

天择赞许地点点头。“如果这样解释，那个白民国的嫌疑就小多了。他们人长得白，在黑夜里没准儿白得发光呢。”

刘静涵摸着下巴：“跟我想的不一样。黑齿国人应该牙齿是黑的，而不是全身都是黑的，不然就该叫黑人国了。我觉得玄股国可能性更大。‘玄’有‘黑色’的意思，‘股’是‘大腿’，顾名思义，玄股国人的腿是黑色的。”

“也有道理，”天择接着说，“‘玄’也有深奥的意思，换句话说就是‘高深莫测’，我觉得，神秘族有可能是玄股国。”

“哇，我的朋友们，你们在研究神秘族啊？”库索笑嘻嘻地端着一锅鱼汤走来。

天择赶紧合上书。

“叔叔，玄股国在哪儿？”李力锋迫不及待地问。

“玄股国在春之国北部。”库索为李力锋盛了一碗汤，“对了，那些听到神秘歌谣的人，也都是玄股国人。所以凡是说玄股国是神秘族的，就更可笑了。”他瞥了一眼天择，天择不好意思地低下头。

　　森林中漫起湿润的晨雾，将无数好似大杨树的古木，笼罩在朦胧的灰帘之中。

　　突然，林中一阵鼾声响起。船长耳疾腿快，一脚踢上邋遢男的屁股，差点把他踢上另一根树枝！"懒猪！想让李天择盯着你睡觉吗！"

　　邋遢男哼哼唧唧坐起身，骑在一根大树杈上，揉着眼睛。"这才几点啊？"

　　西装男看了看树下的藤蔓屋："我觉得大魔一该给我加薪水，他可从来没提示过我，监视一帮小屁孩，居然还要野营！而且舒适度极差！"

　　他烦躁地拨开头上一片绿叶，一朵小红花掉在邋遢男的头上。邋遢男抬手从树枝上摘下一颗枣，塞进嘴里："这也有好处，至少早餐是纯天然的——"他嘎嘣嚼着，"这是什么果子？真好吃，酸酸甜甜还没有核儿——"

　　"扫除一切疟疾果。"船长不耐烦地看着他，"吃了不得疟疾——"

　　"大魔一有新指示了吗？"西装男看着船长。

　　"没有。信物的位置，铜镜密码才能告诉我们。这几个小屁孩的速度也太慢了，大魔一可能高估他们了。"

　　"照我看，我们直接绑架他们算了，"邋遢男咧嘴笑着，"这样他们就能破译得快一些，也省得我们受罪！"

　　船长不屑地瞥了邋遢男一眼。"真不知道我怎么会与你们这种鲁莽的人合作！我绑架了他的同伴，李天择还有心情去破译线索吗？他肯定第一时间去找同伴。根据朱飞天和吕大炮的遭遇，李天择没准儿会把我们玩得团团转，制造更多的麻烦，影响追踪线索的进程！也许这就是大魔一要求我不能暴露的原因。何况，李亿恒极有可能出来帮助他的孙子，李亿恒才是对大魔一最重要的人！所以我们必须跟着李天择，得到他获取的线索，并让他引出李亿恒。我们暂时不能轻举妄动。"

📖　　　　📖　　　　📖

"哥哥，我们该怎么去玄股国？"李力锋举着汤勺看着库索。天择叹了口气，计划已经暴露了。

库索笑了笑："这也好，玄股国距离冬之国国境线很近。你们正好要去秋之国，可以借道冬之国。我们今天就出发吗？"

天择点点头。"我们已经离开家第二天了，也想尽早回家。"

"一会儿我们去车站。不过我要提醒你们，你们需要一些过冬的衣服，保暖很好的那种——"

库索的提醒不无道理："可是，哥哥，我们要在哪里买冬之国的衣服呢？"天择问，"人民币在这儿流通吗？"

库索挑了挑眉头："我猜，人民币是你们那儿的货币吧？哈哈，明多拉每个国家都有自己的货币，蛮多拉的货币在这儿大概就是个纪念品，不可能流通。我们春之国的货币，是一种稀有的贝壳，五彩贝壳。"

"可——可我们去哪儿找这种贝壳啊？"天择满目愁容。

"嗨，这还不简单，去海边儿找呗，那地方全是贝壳啊。"李力锋第三碗汤已经喝完了，正在盛第四碗。

库索摇摇头："不，那种贝壳不是一般的贝壳，是飞蛤。"

"飞蛤？"天择三人异口同声。

"是的。一种可以在天上飞的海洋动物。来无影去无踪，一般人，别想抓到它们。这种贝币在我们这儿叫春国通宝。别担心，春国通宝的事我来想办法。"库索看了看渔具堆，"我们先去车站吧。"

226

天择、李力锋和班长拿起自己的衣服，回楼上换好。

"这些粗布衣裳你们也带着吧，可以备用。"库索手上提着两根渔竿，对他们说。

"谢谢。"天择把衣服放进书包，看着渔竿，"哥哥，您不拿着你的弓箭吗？"

"不行。那把弓箭太显眼，容易招来怀疑的。"

一行人出了门，沿着森林小路一路朝东走。林中昏暗，绿叶婆娑，阳光漏下叶隙，万道金柱撑起古老的树冠，如同恢宏宫殿的廊道。

库索停在一棵大树下，这棵树大如杨树，树干布满红色的纹理，像血一样。绿叶茂盛，却不生果实。"你们看，这种树叫苣。"库索说着从身上拿出一个小木瓶子，还掏出一把小刀，在树干上划了一道口子。顷刻间，就像人的皮肤被划破，树干上流下鲜红的汁液。库索用小瓶子接着，直到灌满。"这种苣树的汁液可以驯马，只用把它涂在马匹上，就行了。"

众人顺着小径走了十来分钟，路边出现一座小茅草棚。库索提着两根渔竿，急匆匆奔向草屋。

"这是车站吗？那么——车在哪儿？"李力锋把手掌搭在眼皮之上，远望草屋。接着三人听见一声快断气的长啸，"呃啊——呃啊——呃——"。

三人停在草屋前，面面相觑。库索两手空空奔了出来："好啦！我们可以上车了。"

"哥哥，您卖了自己的渔竿？"班长惊讶地问。

库索一摊手："我没钱，只能以物易物。我们这儿都这样，我经常用鱼干儿换点日用品，不过鱼干儿所剩无几了。好在这儿的车夫是我的老朋友，价格很实惠。"

这时，一阵"吱咯吱咯"的响声和一对巨大的木头轮子，十分高调地吸引了众人的目光。一匹棕色的小马驹拉着一辆平板木车，从草屋后踱着迟疑的步子，摇摇晃晃来到他们面前，一对铜铃般的大眼珠子，好奇地打量着众人。一个蓬头垢面的大胡子壮汉牵着它。它的身后跟着一头全身白色的小毛驴，同样拖着个平板车，车上装满了大麻袋，一股臭咸鱼的味道飘扬而出。

天择三人纷纷捂住鼻子，这味儿快要赛过鲱鱼罐头了。

库索面色红晕地挠了挠头："抱歉。我们这儿条件艰苦了一些。"

天择松开鼻子，连连摆手："不，哥哥，这种——这种原生态气味，我很久没闻过了。"

"是啊哥哥——"李力锋也放下手，使劲吸了口气，然后青着脸打了两个喷嚏，"有种在乡下老家和我表哥放牛的味道。我表哥的牛，特别爱放屁——小时候的回忆——"

班长看上去不愿意委屈自己的鼻子，所以也不打算费劲在小时候的回忆和放屁的牛之间寻找开脱的说辞。她一直捂着鼻子。

库索正要说什么，大胡子壮汉用浑厚的嗓门高叫道："准备好了吗？你们可以出发了。"库索跳上领头的马车："这一趟我是替我的车夫朋友走货，还能赚点零花钱。谢谢你，拉齐，真是帮了我们的大忙。"

壮汉笑着挥挥手，将一条藤条马鞭递给库索。

"好啦，孩子们，上车，我们该出发啦！"库索兴奋地叫道，接着甩开手中的马鞭。鞭子砸在地上，"噼啪"作响。

小马驹鼻子喷出两口气，前蹄不安地在地上划拉着，似乎很担心鞭子抽上自己的身体。

"哥哥，别打它。"班长看着库索。

　　库索冲她笑了笑："放心，花朵年纪还小，吃不起鞭子。我只是吓吓它。"

　　天择只在电视剧里见过马车，更别说乘坐了。这种感觉特别奇特，尤其是在春之国一号国道上，与行人同速向前"飞驰"时，这种感觉就更加奇特了。

　　李力锋兴奋地叫嚷着："天择，班长，你们坐过马车吗？"

　　还不等他俩回答，他接着说："我和爸妈去西班牙旅行时，在毕加索的故乡马拉加小城就坐过。不过那里的马车更豪华，有种贵族气息——哦，对了，还有驴车——那驴车就简陋多了。"

　　天择看着一号国道上来来往往的马车、驴车和牛车："你比毕加索至少能多体验一种牛车。"

　　班长问库索："哥哥，这匹小马叫花朵，它是个女孩儿吗？"

　　"没错，后面的小驴叫'绿叶'，是个男孩儿，它们俩啊，同一天出生，在一起玩到大。我也是看着它们长大的。"

　　"它们还这么小，就做苦力拉车吗？"班长同情地看向车后的白色小毛驴。

　　库索叹了口气："我们都得生存。我们相互需要。人需要它们驮运货物，去各个国家做生意来养家糊口。而它们，也需要人来喂养，不然在野外，它们根本活不了多久。"

　　班长沉默了一会儿："那您真的不会用鞭子抽打它们吗？等它们长大了你也不会吗？"

　　库索笑了笑："它们现在还小，我可不忍心那么做。车夫用苣树的汁液驯养它们。不过，它们长大了，车夫就把它们卖给奴隶主。至于奴隶主怎样驯养它们，那就不关他的事了。"

　　"为什么要卖给奴隶主，不能自己养着吗？"

库索哈哈大笑："我们可不是什么富裕的人。它们长大了，吃的就多了。况且，这样的小牲口完全能满足车夫当下运货的需求，后面还能用它们换更多的钱。车夫也要生存啊。"

尽管天择听明白了库索言辞间的无奈，可他心头似乎还是被一种无形的力量揪住了。他看看花朵，又看看绿叶，分不清那力量是同情，还是怜悯。

国道很窄，他们速度慢，后面积压了不少马车。很多车夫不耐烦地策马扬鞭，从他们身边呼啸而过，然后扭头冲他们大叫大嚷。天择听不懂他们喊的话，但知道那一定不是优雅词汇。

库索声音比他们还大，脖子扯得两倍粗，回敬着更加"优雅"的词汇。接着他猛摇缰绳，甩下藤鞭。花朵一声嘶鸣，前蹄飞扬，马车犹如加了一个火箭喷射筒，唰的一下蹿了出去。天择和李力锋一个后滚翻被甩向车尾，不是后挡板拦着，他俩直接就飞上了驴车。

天择挣扎着翻起身，班长紧紧抓着前部的扶栏，把头转向后背缩着，原本垂肩的秀发此刻成了一副脸罩。风大得让人睁不开眼睛，马车左摇右晃，还在地上弹跳，天择只觉五脏六腑都挪了位，车旁的一切事物，全都以高速朝后方掠去。

李力锋紧抓着后挡板，车尾卷起的扬尘钻进他的嘴巴，他不住地吐着口水："车要散架啦！呸——呸——"

车速慢了下来，天择转头一看，刚才抛来污言秽语的车夫和他们的马车，被远远地抛在后面。而他们身后，出现了一头陌生的驴，全身乌漆嘛黑。

"绿叶呢？"天择惊讶地问库索。

库索头也不回，冷静道："给它洗个澡，绿叶就回来了。"

"白驴变黑驴？这车刚才喷火了吗？"

库索被李力锋的话逗乐了，他拉了一把缰绳，车速又降了："前方限速区，我们得礼让三先。"

"礼让谁？"天择话音刚落，马车突然一个急刹，他的头磕上了挡板。

一只小松鼠从右侧猛地蹿出，闪电般穿过路面，冲进左侧灌木丛。

接着"扑通"一声响，灌木激起一缕尘埃。三人好奇地朝路边观望，却未见那只松鼠，也不知这尘埃从何而起。库索继续专注地赶车，根本没去看那丛灌木。

很快，马车再次急刹，一只野兔飞速地从右到左冲进一片草丛。然后又是"扑通"一声，一股烟尘冒起，兔子不见了。

三人正面面相觑，一头大野猪漫步着上了国道。库索拉住缰绳，马车停下了。花朵不安地用蹄子蹭着地面，似乎害怕野猪突然冲上来，把大獠牙扎进它的脑袋。

野猪低着头，拱起鼻子，哼哼唧唧地在路上猛嗅，似乎闻到了美食的线索。它时不时抬起溜圆的眼睛，好奇地看看众人。突然，它兴奋地哼叫一声，背上鬃毛一抖，奔向一丛花。

接着，众目睽睽之下，那丛花倏地裂开一个地洞。天择眼睁睁地看着大野猪头顶鲜花，一脸木讷地栽了进去。

一声猪哼，一团尘雾旋转直上。野猪不见了。

天择震惊地看着库索，而库索却是一脸习以为常。

"哥哥，这是怎么回事？野猪呢？"天择问道。

库索摇动缰绳，马车继续行进："去了它该去的地方——它们都是。"

班长挠了挠后脑勺："去了哪里啊？"

231

"奴隶主的餐桌。"库索轻描淡写地说道。"路右边是诞生动物的丛林，左边是毁灭动物的陷阱，都是奴隶主设计的。"

"啊？那是——"李力锋使劲儿拍了下车厢挡板，"是陷阱？可恶的奴隶主！他们的餐桌丰富了，可森林的世界却单调了！真可恨！哥哥，您明知道左边是陷阱，为啥还要给动物们让路，让它们掉进去呢？"

库索耸耸肩："这条道我跟拉齐走过几次，按他的说法，这是规定！国道上凡是动物过马路，所有驴车马车必须停车礼让。"

"为的就是让它们掉进陷阱？"天择一脸茫然，"那这样的规定有什么意义吗？停车礼让本来就是保证行人——啊不对，是动物的安全啊。"

"孩子，你不懂。"库索笑了笑，"保护动物们安全过马路，就等于保证动物们能安全地端上奴隶主的餐桌。规定是他们制定的，我们只能照规定行事，否则——"库索转过头，夸张地咧着嘴，用手指做了个抹脖子的动作。

"这种规定一点儿也不公平！"班长怒气冲冲地嚷道。

"在这儿，奴隶主就是一切规定。"库索头也不回地继续赶车，"我们生活在这个国家，这就是宿命。静涵！"

班长狠狠拍了一下挡板："真不公平！"

库索甩着缰绳，突然指向前方："喏，前面有个集市。"他放慢车速，众人从一片茅草棚前经过，草棚足有二三十个。每个棚子的里面、外面全都是人，有人穿着整洁体面的丝绸长袍，而有的人，穿的是打着补丁的糙布衣服，甚至有的男人，连上衣都没有穿。

天择注意到，那些衣服破烂的人，都站在茅屋门口，衣着讲究的人，则端正地站在门前的小片空地上，面对着黑乎乎的门洞。那些没穿上衣的人，陆陆续续从茅屋里走出来，畏畏缩缩站在富人们面前，经富人们一番打量，年老体弱的人再返回茅屋，年轻力壮的，都跟着富人走了。

"看明白了吗？"库索平静地问道。

天择震惊地点点头。班长整个人都愣住了。而李力锋皱着眉头，搔着后脑勺："他们这是在交易什么啊？"

刘静涵脸色铁青："他们卖的是天底下最恐怖的商品——人！"

"啊！"李力锋几乎跳将起来，"那不是贩卖人口吗！这光天化日的，没人管吗？"

"不。这个国家允许他们这样做。他们买卖的是奴隶。"库索说，"在我们这儿，奴隶主买卖奴隶是正经生意，他们对待自己的同类都是如此，何况动物呢？你能改变这一切吗？所以，静涵，也许你能解救一只小动物，用一根树枝让它们爬出地坑，但你救不了面前这些奴隶。"

"我能力有限，但只要有机会，我就会去救每一只动物每一个人。救出一只是一只，救出一个是一个！至少，我的良心会安宁！"刘静涵仿佛把对奴隶主的愤怒，都转移到库索的头上，她怒视着库索，库索则平静地望着她。"你是善良的。但你必须明白，陷阱里的动物能顺着树枝爬上地面，是因为地坑不深。而有的地坑，是深不见底的。"

"我坚信，"刘静涵一字一顿地说，"只要树枝足够长，就没有伸不到底的地坑！"

库索仰天大笑："好呀，如果你真的能拥有一根无限长的树枝，可以把它伸进最深的地坑，解救底下的所有生灵，孩子，我们活着就有希望。我盼望着那一天的到来！"

车子驶过集市，天择回头看了一眼奴隶市场，神秘歌谣浮现在他眼前。"用稻米的芳香，挤开集市的恶臭"。"集市"，肯定就是奴隶市场。这个神秘民族，肯定非常排斥奴隶交易，他们认为奴隶交易是邪恶的。所以那个神秘国家，一定没有奴隶交易。

天择眼前一亮，问库索："哥哥，有没有哪个国家没有奴隶交易？"

"春之国每个小国家都有奴隶交易，这很正常。好啦，告诉你们一个好消息，我们今晚就能到玄股国了——"库索话音未落，突然，集市传来一阵骚乱。众人转身一看，似乎发生了什么可怕的事情。集市乱成了一锅粥，所有人大呼小叫着抱头窜逃。此时不管是身着丝缎的奴隶主，还是衣不蔽体的奴隶，都争先恐后地朝着国道方向跑来，连茅草棚子都抛弃了。

集市上空激起一团尘埃，好像什么东西正飞快朝集市卷来。天择定睛一看，激卷的烟尘中，一头健硕的牛，从集市后方冲进集市，撞断树干掀翻茅屋，所经之处一片狼藉。

这头牛不知受了什么刺激，来势汹汹气吞山河，一路摧枯拉朽席卷而来。突然，天择发现这只失惊的动物，根本就不是牛——

它是所有人的噩梦！

第十五章　一只猛兽

路上，杰斐逊对吉尔贝说："唉，你看，生命也能分成三六九等。最顶端肯定是人类，他们总是很有优越感，有些人还会因为自己是人类而扬扬自得。往下呢就是我们，在人类眼里，我们显然低他们一等，可我们好歹会说话，能自卫，也能自我辩护几句。再往下是那些宠物，它们不会说话，只能等着人类来挑选。它们的名字是人类取的，还得仰仗人类来保护它们。最下层的就是那些屠宰场里的动物，对吧……可是，跟你说实话，这些明明白白的等级划分让我特别难受，那真是……真是太槽糕了！"

——《刺猬杰斐逊和一桩悬案》　［法］让－克劳德·穆莱瓦

天择最可怕的噩梦，如果是爷爷乘坐伊卡洛斯 LS-1 离他远去的身影，那么现在，这个令人闻风丧胆的生物，就刷新了他的噩梦。

　　这是一只白头单眼的庞然大物，额头正中一只大眼杀气腾腾，眼镜蛇似的尾巴，在健壮的身躯后抽打着空气。

　　它经过的水潭，瞬间枯竭；踏过的小溪，立刻干涸；踩过的青草，一眨眼枯萎。它走到哪儿，那里就会发生瘟疫。

　　蜚！

　　一个不祥之兆！

　　天择眼看它朝人群袭来，它的身后，是一片萧瑟的枯黄。

　　人潮蜂拥上国道，车子被逼停下。库索大叫着让所有人下车，李力锋的腿已经不听使唤了，天择和班长拖着他逃向远方。没人注意到，李力锋的手机从口袋掉落。

　　众人刚离开车子，蜚就将马车一头撞翻了。花朵拖着缰绳冲进一旁的森林。绿叶失惊了，眼看要失控，库索跳上驴车，试图稳住毛驴，护住一车鱼干儿，接着绿叶扬起前蹄，拉着车，车上载着库索，炮弹一般冲进人群。

　　蜚和天择擦肩而过，除了窜来一股浓烈的牲口味儿，天择全身突然冒出一股寒意。就像在冬天掉进一条河那样，全身血液都被冻住。与此同时，他感觉好像再也高兴不起来，爷爷带给他的欢乐回忆、令他高兴的事情好像全部从他脑海中消失了。他的一切希望、一切快乐，都被吸干。

　　他的耳边传来人们的尖叫，混乱的脚步环绕着他。人们仓皇躲避蜚和车子，库索拼尽全力扯缰绳，可绿叶就像被鲱鱼罐头"轰炸"后的学生，失去控制地飞奔。花朵也不见了。被蜚撞倒的人，脸上的惊恐表情换成了生无可恋的阴郁，爬起来继续奔跑。

　　天择知道这一切都是蜚造成的，不止眼前的混乱，还有心中失去的快乐。他看向李力锋和班长，李力锋的脸色比鲱鱼罐头事件后还要难看，而刘静涵则好像张馨蕾以全票代替她胜选了大班长的职务。

天择的脚感受不到草地和土壤的松软，因为青草已经枯萎，而土地已经龟裂，变得干巴巴的。

骚乱中天择看见库索跳下失控的驴车，朝自己这边扑来。"快躲进森林！快！"天择拉着班长和李力锋奔向最近的大树，躲在后面。

库索站在翻倒的马车边，他弯腰捡起个什么东西，然后定立在慌乱的人潮中，任凭男女老少在周围穿梭，他的目光紧盯蚩，同时注意着一个奴隶主。那个锦衣玉帛的奴隶主胖墩墩的，肚子比凉皮店王老板的还要大，每跑一步，都在费力地喘气，他脸部扭曲，躲避蚩的攻击，双腿挣扎着迈动，好似要把脚从土里拔出来。天择不明白的是，他自己都沉得快陷进泥里去了，背上还背着一把金光灿灿的巨大弓箭，弓的表面还镶嵌着五颜六色的宝石，在阳光下闪得人睁不开眼睛。

天择觉得这应该是当初羿射九日用的那只弓。他敢打赌，这把豪华的弓箭，胖奴隶主连把它举起来都费劲儿，满弓射箭估计就是他这辈子的终极梦想。年轻的库索肯定深度同情这把好弓一辈子无用武之地的憋屈，遂在胖家伙从身边跑过时，伸手从他肩上卸下弓箭，单手举起，另一只手从胖子腰间箭筒抽出三支金箭，拉弓上弦，瞄准那蚩，三箭齐发，动作连贯，一气呵成。

大胖子停下脚步，喘着粗气对库索大吼大叫，显然在大声呵斥他居然敢抢夺自己的财产！可库索不动声色，目光紧盯三道金光，一支箭射中蚩的脖颈，一支钻入蚩的肚子，另一支插在蚩的屁股上。

蚩愤怒地在草地上横冲直撞，所经之处人仰马翻。库索又从胖子身上摘下箭筒，挎在腰间，一支支金箭从钻石弓上连环射出，一句句责骂从大胖子口中激情喷吐。

蚩朝库索和胖子奔去，飞箭似乎对它的厚皮囊没有产生严重伤害。胖子尖叫着逃开了，库索则对蚩迎面冲去，他单手握住蚩的犄角，腾上空中，并转体一百八十度，稳稳骑坐到蚩的背上。天择都看呆了，这是一个普普通通的奴隶吗？

蚩彻底怒了。它不跑了，在原地疯狂蹦跳，像得了失心疯一样。库索在蚩的背部上下弹跳，他双手紧抓蚩的犄角，努力稳住身子。筒里的金箭叮咣作响，有两支掉了下来。

人群四散溃逃，大胖子不见了踪影。库索大概受不了蚩背上的颠簸，遂从上面跳下，蚩追着他在草地上跑了一圈又一圈。

天择趁机跑去捡起两支箭，对库索大喊：“哥哥！用芭汁！接着！”他将手中的金箭抛向库索，库索接住金箭，拿出木瓶，把红色汁液飞快洒上箭头，拉弓搭箭，瞄准蚩两箭嗖嗖飞出，箭头射进蚩的肚皮。

蚩号叫一声，比一百头牛发出的怒吼还要震撼，天择感觉脚下的地面都要塌了。蚩可怕，发怒的蚩更可怕。蚩跳了起来，四蹄腾空又落下，屁股上像绑了一枚火箭，速度奇快，它两步追上库索，一头将其顶翻在地。库索箭筒掉了，弓箭也飞了，蚩马上开展了复仇行动，它骑到库索背上，把他压在腹下。

天择挠着后脑勺，琢磨着那瓶芭汁是不是冒牌的。蚩非但没被驯服，反而更嚣张了。

库索从蚩腹下伸出两只手，疯狂抓着草地，想从下面挣脱。天择看看大弓，又看看蚩，连忙招呼李力锋和刘静涵过来：“快救哥哥！”他跑去捡来箭筒，三人抬起大弓，弓箭沉得就像一个装满书的大箱子，他们费了很大的劲儿才把大弓竖起来，蹾在地上，弓身几乎跟他们一样高。天择取出一支箭，搭上弓弦，可是无论他双手拉弓，还是脚蹬着弓片借力，弓弦连一厘米都扯不开。

"起来！"班长不耐烦地叫道，"你来扶弓，李力锋帮忙！"

天择双手扶着弓片，李力锋和班长合力拉弓，二人满头大汗，脸都憋红了，弓弦才终于被拉开，可是只有满弓状态的一半。"瞄准啦！"李力锋大叫，三人合力转动弓身，将金箭对准蜇，"发射！"天择大喊一声。

"嘣呲"一声闷响，金箭射了出去，飞出不足两米，"咣"的一声掉在地上。

"这根本行不通！"班长叫道，于是天择也加入了拉弓的队伍，三人脚踩弓片，稳住弓身，六只手同时拉扯弓弦，直到他们再也拉不动了。

"发射！"

"嘣呲"一声，三人同时放手，金箭飞出，整个大弓剧烈颤抖，天择的脚都给震麻了。金箭裹着一抹金光划过草地，直直撞上蜇的犄角，弹向一边，掉在地上。

蜇的鼻子几乎要喷出火来，它呼地跳起，朝三人冲来。三人尖叫着逃散，大弓"砰"的一声倒在地上。

蜇紧追着班长。"不好！快救班长！"天择喊向李力锋，二人一同朝班长奔去。

李力锋转眼到了蜇的近前，"啊——"他怒发冲冠，从地上跳起来，扬起腿一脚踹上蜇的肚皮。

蜇没事，李力锋飞了。由于冲击力太大，他被弹到几米开外，重重摔在地上，揉着屁股呻吟着。

　　蜚刹住脚步，歪头盯着踢它的小孩，大概十分不解那只人类幼崽的迷惑行为，他是有多么自信，才敢攻击一头骄傲无敌的蜚？

　　天择扶起李力锋，帮他揉着踢痛的腿："你没事吧？"

　　库索在蜚旁大吼大叫，挥着双臂张牙舞爪。然而这没有转移蜚的注意力，这只生物很清楚刚才是谁对它飞扬跋扈。它的鼻子喷出响亮的鼻息，额头正中一只巨眼直勾勾地瞪着李力锋，那只眼睛里充满红色的血丝，似乎奔流着炽热岩浆，随时要喷发。蜚刨着前蹄，准备冲刺——

　　李力锋动弹不得，站都站不起来，更别说与蜚赛跑了。天择抱紧李力锋，眼睁睁地看着蜚直冲而来，一对大犄角贴地卷尘，似要把二人直接发射上太阳！

　　库索背着弓箭飞也似的冲来，他跳上蜚的犄角，人和弓的重量将蜚的脑袋压上地面，蜚还在前冲，库索压着犄角，犄角擦着土壤，掀起的泥土在蜚的面前堆成一座小土包。蜚怒号着，速度越来越慢，但四蹄仍奋力推着地面，还在往前冲。天择看着它顶推着那座小土包，一直推到自己面前，终于停下了。

　　蜚扭着脖子，将头从土里拔出来，那唯一的大眼，直接就与两个孩子的四目相对。

　　天择闻到一股令人十分不悦的气味，那是在动物园的野兽笼前才有的味道。蜚的大鼻子喷着温热潮湿的气浪，伸到李力锋面前。李力锋举起拳头，一拳打上这个令人讨厌的大鼻子，那闷响就如同打上一个软沙袋。

　　天择震惊地看着李力锋，李力锋一脸恐惧地看着天择："我以为它要咬我。"

画面顿时凝固了。蜚望着李力锋，李力锋盯着蜚，天择捂住嘴，而库索仍然骑在蜚的头上，谁都不敢轻举妄动。

突然，蜚往后退了两步，继续呆呆地望着李力锋。

"嘿，"李力锋低声说，"它好像怕我了啊。"

天择目不转睛看着蜚："你了解牛，牛的弱点是不是鼻子啊？"

李力锋恍然大悟："对啊，我怎么给忘了，我们老家的人总要给牛套个鼻环，只要拉着鼻环，不论多倔的牛，也会乖乖跟着走的——可是，它看着咋不像牛啊？"

"不管是啥，都有阿喀琉斯之踵，只要找到了，对付它就很容易了。"

"什——什么之中？"李力锋摸着后脑勺。

"就是阿喀琉斯的脚后跟。"

库索从蜚头上跳下来，不可思议地看着李力锋。"天择、李力锋，你们没事吧？"班长气喘吁吁从远方跑来，灰头土脸的。

"没事儿，嘿嘿，我把它制服啦！"李力锋现在能站起来了，"这简直太可怕了。天择，这到底是个什么怪物？"

"蜚。"天择看着眼前的庞然大物，惊魂未定。李力锋扬起拳头，对着蜚的鼻子又是一拳："你个坏蛋！差点被你顶上天了！你个坏蛋！"蜚低着头，低声鸣叫着躲避李力锋的拳头。

天择拉住李力锋："它不会再伤害你了。"

森林里有人躲着围观，看到蜚被制服了，纷纷走出来，想近距离观看这只猛兽。库索四下环顾，视线定在那个胖奴隶主身上。他满脸阴沉地从一棵大树后钻出来，气势汹汹地走向库索，似乎还在生气库索夺了他的弓。到了近前，他指着库索的鼻子，一边叫嚣一边跳。天择听不懂他在叫什么，但从空中那阵比皮靴张训斥还要滂沱的口水雨来看，那绝对不是什么高雅之词。这个愚蠢的奴隶主，难道看不出来奴隶拯救了大家吗？比起这么多人的生命，一把破金弓又算得了什么呢？何况，那把金弓也没有损坏啊，他自己不会用，还不能让别人用了？

天择真想踢奴隶主一脚！这样做很危险，但他觉得自己从来没有这样冲动过，而且完全是不受控制的那种冲动。

然而蜚替他做了。它大概受不了奴隶主烦人的叫嚷，遂咆哮一声，接着头一扬，离它最近的奴隶主就飞上了天，重重摔在地上，还跟棉花糖一样弹了一下。

天择看到这个滑稽场面，非常想笑，可是怎么都笑不出来。

蜚，真是一种可怕的生物。

年轻的库索却大惊失色。他挥拳就朝蜚鼻子打去。可是蜚灵活地躲开了。接下来的场面，可能在整个明多拉，都堪称一绝。

蜚立了起来，两只后蹄着地，前蹄腾空，是正常人的两倍高，几乎是天择的三倍高。这下它的鼻子就变得高不可攀了，谁的拳头也到不了那个高度。

它咆哮着，用后蹄子开始走路，走得很稳，还很矫健。不住呻吟的奴隶主还没爬起来，一只蹄子就踹上了他的肚子。然后他就成了一只大皮球，蜚摇身一变成了足球运动员，用两只蹄子奔跑了起来，在草原上疯狂颠球、带球，以及马赛回旋。奴隶主惊叫着抱住脑袋，蜚激动地跳跃，蹄下一个挑球，奴隶主肉墩墩的身体被颠上蜚的胸脯，成功展示了胸部停球之后，蜚犄角一扬，一发头球将奴隶主顶进一个水潭。蜚冲刺过去，最后一腿凌空抽射，奴隶主尖叫着连滚带翻进了旁边的树林子，精准无误地卡进一个大树洞。

众人皆惊。

天择从没见过如此精彩的射门，技法娴熟，动作连贯，一气呵成。这头蜚简直可以去当足球教练了。

蜚骄傲地仰着头，两只前蹄在空中激动地挥舞着。

"啊——"李力锋目瞪口呆，"这儿可真是个神奇的国度——"

草原上的众人正沉浸在不可思议之中，就见天空飞过一道金光，一支金箭朝蜚刺去，直接穿过蜚的鼻子，卡在两只鼻孔中间。蜚立刻戴上了一只名副其实的金鼻环。它扑倒在地，前蹄不住地摩擦鼻子，想把金箭打下来。

天择回头一看，库索一脸严肃地放下金弓。天择很是不解："这么优秀的一头蜚，还帮你出了被骂的气，你为什么还要伤害它？"

库索看着天择："它是那个奴隶主的宠物。我们必须把蜚还给他。"

库索朝奴隶主走去，奴隶主蜷成一个肉球，窝在树洞里不住呻吟，一身绫罗绸缎成了碎抹布，烂布片垂在地上。库索把他从洞里拽出来，奴隶主摇摇晃晃地在地上转着圈，根本走不成直线，天择感觉自己都能看见他头顶上转圈的金星星。

库索把金弓和箭筒从背上摘下，挂在奴隶主的肩头，这等于帮了奴隶主的忙，金弓的重量压得他脚步变稳了。库索跑向蜚，蜚还在拨弄着鼻环。他拉起金箭，就像牵着牛的鼻环一样，将蜚牵向奴隶主，蜚不情愿地跟在他的身后。

奴隶主一会儿搓搓脑袋，一会儿揉揉屁股。库索正要把蜚交给他时，班长突然冲向库索，将他撞向一边，猛地拔下蜚鼻上的金箭，拍着它的犄角大叫："跑！快跑啊！"

蜚高叫一声，转身撒开四蹄，朝远方的草原，绝尘而去。

所有人都惊呆了，库索张着嘴看着班长："你知不知道你在做什么？"

"我知道！"班长仰着头大声说，"它是一头骄傲的蜚，不是什么宠物！它不属于任何人！"

"可它是猛兽，不驯服它，它还会出来害人的。"

"所以它就该被圈养起来吗？"班长声音更大了，库索看着她，嘴巴张开又合上，无言以对。

眼看着奴隶主要跳脚发飙，库索一把拽过天择、李力锋和班长，匆匆向驴车奔去。全然不顾身后奴隶主的吼叫。

绿叶安静地立在草地上，花朵不知从什么地方也回来了，它俩并排站着。三人匆匆跳上咸鱼车，库索给花朵套上缰绳，策驴马扬鞭，一对青梅竹马同时拉车，很快将奴隶主的叫嚷抛在了身后。

"哦，我的天啊！我们这下惹大乱子了。"库索唉声叹气。

"不就放走一头蜚嘛，有什么大乱子呢。"李力锋说。

"你不懂。那可是奴隶主的财产，他可千万别报官啊——算了，事情已经这样了，我们要当心了。"

天择和李力锋看着班长，而班长一直低着头，默不作声。天择不知道该如何看待这件事情，班长救了一只动物，心地善良，可是这违反了春之国的规定，这会让他们陷入麻烦。

库索一边赶车一边从一个大麻袋里掏出一片鱼干："你们三个没事吧？"

"我们很好。"天择说。库索把鱼干递给他："快吃了吧。"

李力锋嫌弃地捏住鼻子："吃它干吗呀？"

天择发现这片咸鱼跟带毛儿的箴鱼很像，只是四个头前面没有喙。

"这是鲦鱼干,解蜇毒的!就当午餐吃吧。"库索甩了甩缰绳。

鱼干的味道恰到好处,咸淡适中且余香绕舌,就是闻着挺臭的。天择感觉自己的精神忽然就振奋了,他想起库索哥哥说的话,吃了鲦鱼,能排解烦忧。难怪它能解除蜇带来的不悦情绪呢。"班长,我觉得你没有做错,"天择推了推班长的胳膊,"放心,有我们在呢,任何麻烦都难不倒我们,对吧?"他对李力锋使了个眼色,李力锋正使劲嚼着鱼干:"嗯嗯嗯,对啊,放心吧,你要坚持做你认为对的事——哇哦,这鱼真香,就是有点儿硬——"

刘静涵抬起眼皮看着天择:"真的?"

天择重重地点一点头,给了她一片鱼干:"快吃吧,吃完你就开心啦。"

班长拿起鱼干咬了一口。

"哥哥,那个奴隶主射箭技术还不如我们呢,为什么要背着那样一把豪华的弓箭呢?"天择问。

库索叹了口气:"作秀呗。这里的人大多数都擅长射箭,无论奴隶还是奴隶主,这是他们的优良基因。不过现在会射箭的人,绝大多数都是奴隶,很少有奴隶主,知道这是为什么吗?"

天择摇了摇头。

"奴隶主吃得好穿得好,还有很多财富,相比刻苦练习射箭,发扬天赋,他们当然更喜欢贪图享乐,大吃大喝,无穷无尽地玩耍。练习射箭多么辛苦啊。要是我有那样一把弓箭,一天二十四小时我恨不得练习四十八小时。"

"那他们为什么还要背着那样一把钻石金弓呢?"

"用来展示自己家里多么富裕。他们自己什么都不会,只能用那种散发着珠光宝气的东西伪装自己。很多人都憧憬财富,可更多人不知道如何使用财富。所以富人们的财富一代传给一代，而他们的下一代相比同龄人，有可能起跑线倒比别人退后了好几米，而不是超前了好几米。这取决于他们用自己的财富，是努力学习新技能，加倍充实自己，还是拿出来与别人炫耀，互相攀比。"

天择和班长不约而同看向李力锋。

李力锋急了，几乎要跳脚了："喂，你们干吗用这种眼神看我！我可是好好学习加倍努力着呢！皮靴张一直都表扬我呢！而且我也没有乱花零用钱。"

天择故作严肃地看着他："嗯，我绝对相信你。加油！"

"哈哈哈——"库索咬了一口鱼干，他终于笑了出来，"你们以后需要学习的还有很多。"

李力锋撇撇嘴："对了，哥哥，蜚从我身边经过时，我为啥会觉得很冷？"

库索半侧着头说："蜚是一种非常凶悍的动物，其本性难移。即使找到了它鼻子的弱点，也不可能从骨子里把它制服，连芑汁都驯服不了它。所以，尽管它被套上鼻环，看上去很听话，箴鱼也能阻挡它带来的瘟疫，但是它的影响力还在，走过的地方，草枯水竭，还会吸走人的快乐，没了快乐，人就会觉得冷。必须用鲦鱼来化解。"

"那我看蜚一定也是一种不快乐的生物。它的脾气暴躁，只有不快乐的生物，才会那样。"天择一边说一边翻动《山海经》。

"这话不假，不快乐就像一个无底洞，会吸干身边人的快乐，让他们也高兴不起来。"

"哇，好恐怖啊，"李力锋故作夸张地拍着胸脯，"天择，《山海经》把蜚写得这么恐怖吗？"

天择把书翻到第四卷《东山经》："'其状如牛而白首，一目而

246

蛇尾，其名曰蜚，行水则竭，行草则死，见则天下大疫'。瞧瞧，绝对的不祥之兆。"

"那它还是被我制服啦！"李力锋高声叫着。

"哈哈，它也被我放走啦！"班长比李力锋还要兴奋，鳈鱼的威力还真是不容小觑。

可是库索却默默地咬了一口鳈鱼干。

大概是快接近城市了，道路愈加平坦，车子飞快地前进。库索潇洒地单手握着缰绳，另一只手似乎放在腹前的衣襟上。

天空渐渐转明为暗，黄昏降临了。

李力锋掏着口袋："哥哥，我用手机电筒给你照明。"接着他尖叫起来，"啊！我的手机呢！我的手机呢！"他疯了一样跳起来，在咸鱼袋子的旮旯缝隙中扒拉着。

"别担心，在我这儿呢。"天择看见库索淡定地把手摸进腹前的衣襟口袋，掏出李力锋的手机递给他，"抱歉，忘了给你了。刚才蜚冲过来时，你把手机掉在车子旁边了，你们跑向森林时我把它捡起来了。"

李力锋把手机抱在胸前，躺在咸鱼袋子上大口喘着气。"吓死我了。让我看看有没有摔坏——"

这时，路边出现一个孤零零行走的健壮男人，他穿着一身灰色的布衣，破破烂烂又脏兮兮的，背上还扛着一个黄色的大布袋。那个布袋很重，里面像是有一个木箱子，把他的背都压弯了。然而引起天择注意的不是他的装束，而是他脖子上挂的那枚指南针。那枚指南针金光灿灿，与这个男人落魄的装束截然不符。更关键的是，天择认出了那枚指南针。

那是爷爷的指南针！

第十六章　神秘客人

"只有小孩知道自己需要什么，"小王子说，"他们会把时间花在布娃娃身上，从而觉得布娃娃非常重要。如果有人把布娃娃抢走，他们就会哭……"

"他们真幸运。"扳道工说。

——《小王子》　［法］安托万·德·圣埃克苏佩里

天择感觉头上再长两只角，自己就成了一头蜚。他已经完全失控了。所有人都跟着他从车上跳下来，库索拉着落魄男人，李力锋和班长试图控制天择，双方之间隔着天择的一双手和马上就要扯断的挂链。

"我爷爷呢！告诉我！"天择揪着黄铜指南针失声大叫，"快告诉我！我爷爷在哪儿！"

"你撒开！这是我的！"落魄男人使劲儿掰天择的手，可天择把指南针攥得紧紧的，就是不松开。

"天择！你这是拦路抢劫！你冷静点儿！"李力锋大喊着。班长一边向落魄男人道歉，一边忙着将指南针从天择手心掏出来："你再不松开我咬你了啊——"

然而天择听不见他们的话，整个世界就只剩下他和那枚黄铜指南针，指南针金灿灿的盖子上，刻着一座精美的小岛，没错，岛上还有两棵椰子树。曾经，爷爷将它和另外一枚指南针放在一起："看，这两款指南针，世间都仅此一枚。天择，送给你的这个指南针，盖子上刻着一艘三桅大帆船。你要记住，每一艘漂泊的船，总是要靠岸的。"

爷爷是岸，天择是那艘漂泊的船——

"咔嚓"一声，指南针的挂链断裂。"你这个小疯子！"落魄男人瞪着天择，"你再不把它还给我，我就报官了，把你抓起来！"

天择掏出自己的指南针，把它们举在男人面前，泪眼蒙眬："叔叔，这真是我爷爷的指南针。我的上面是一艘船，我爷爷的刻着一座岛屿。求您了，您能告诉我爷爷去哪儿了吗？"

落魄男人气呼呼地瞪着天择，一把夺过他手上的指南针："谁知道你爷爷去哪儿了。这小屁孩，真不讲道理！"

"喂！你怎么说话呢！"库索怒气冲冲地推了落魄男人一把，"他还是个孩子，再说，你拿了人家爷爷的东西！"

"你在胡说八道些什么！"男人举起拳头想揍库索，班长挡在两人之间："叔叔，哥哥，都别生气，有话好好说。"

"跟你们有什么好说的！一帮无理取闹之徒！"男人生气地一挥手，"还扯断了我的挂链！不可理喻！"说罢，他又扛起大箱子，独自走向玄股国。

天择蹲在地上，抱着头啜泣，李力锋搂着他的肩膀："天择，我们想办法把它抢回来。那是你爷爷的，也是你的！"

"不行。"库索叫道，"尽管那人面目可憎到我想抡拳头揍他，可我们不能抢东西。我们可以买！玄股国就在这座招摇山下，那可是春之国最大的商品交易中心，很多外国人都到那里做生意。我要把这车咸鱼卖出去，买下你爷爷的指南针，再帮你们买过冬的衣服。所以天择，你别伤心了。我们得赶快追上他，看看他去哪里，跟着你爷爷的指南针！"

天择抬起头，双目通红，一边啜泣一边说："我爷爷的指南针从不离身的。现在别人拿着他的指南针，我担心爷爷出什么事了——"

"哦，我亲爱的勾芒神啊！天择，你先不要胡思乱想了，等我们卖掉咸鱼，买下他的指南针，我就不信他什么都不说。走，我们先去玄股国，别把他跟丢了。"

天择擦干眼泪，与其无谓担心，还不如打起精神，先弄清事实真相。众人跳上驴车，驴车顺着一道山坡冲向山脚。

天色渐黑，众人仿若置身于一幅水墨画之中，一道泼墨浇上天空，形成云彩，几笔饱墨勾勒出路边树木的形状。而远方，万家灯火通明。天择闻到了一股潮湿的咸味和淡淡的鱼腥味儿。这是海边特有的味道。

"哇——"李力锋盯着宏伟的城门，发出一声惊叹，"这是一座城堡吗？"

"这不是。这是玄股国的城墙。你看，拱门上有字——'玄股国'，明多拉文。"

天择望着高耸的灰色城墙，砌筑城墙的每一块石头都比他还要高。一个大拱门下人来人往，车水马龙。人们叫喊着相互问好，路边的小贩吆喝着售卖一种饮料，还有五颜六色的水果和糖人。每个人的脸上都喜气洋洋，就连天上的鸟儿也叽叽喳喳互相打着招呼，在主人的身边幸福地飞舞盘旋。

玄股国城外都这么热闹，那城里一定更加欣欣向荣。天择都迫不及待想要进城看看了。

随着驴车驶入城门，放眼望去一片灯火辉煌，市井喧哗萦绕耳畔。天择做梦都没想过，他们能拜访《山海经》中的玄股国，这真是神奇极了。

这儿大部分人都身穿鱼皮衣服，各种各样的鱼皮衣服光鲜亮丽，圆形的、菱形的和椭圆形的鳞片在街灯火把下闪耀着五颜六色的光。每个人身边都飞翔着两只鸟儿，有五彩缤纷的大鹦鹉，有白色的小白鸽，还有灰色的海鸟以及其他天择认不出来的袖珍小鸟，在主人的口哨声中来来去去，生机勃勃。剩下的人穿着一身绫罗绸缎，身边的鸟儿换成了身着布衣的两三奴隶，应该是外国人。就算是奴隶，脸上也是喜笑颜开。

绿叶和花朵载着他们行驶在大方石铺砌的宽敞街道上，街两边是古香古色的白墙青瓦建筑，天择感觉置身于一卷逐渐铺开的优美古画之中。

更美好的是，那个落魄男人正在前方缓步行进，左看看右瞧瞧，似乎在寻找饭馆或者客栈。天择盯着他，心想如果爷爷没有出什么事，那么，这个男人就一定能帮他找到爷爷。他发誓一定要向他弄清楚爷爷的去向！

那个男人停在一家饭馆前，这是一座优雅清新的双层建筑，坡面屋顶上铺砌着精致的弧形瓦片，二层的木头走廊上，摆放着五颜六色的花盆。从这座建筑的美丽外形来看，里面的食品一定很美味。

"太好了！这是自由客栈，物美价廉。拉齐多次跟我提起这家客栈。"库索兴冲冲地嚷道，他只有叫嚷，天择他们才听得见。

天择也很好奇，《山海经》里面的人会吃什么与众不同的食物，天啊，求你了，别再吃什么咸鱼或者毛鱼汤了。至少用黍或者鸥鸟来改善一下伙食。

库索停下驴车，客栈门口一身青衣素袍的服务生跑上前，接过他手中的缰绳，帮他去停车，并用明多拉语快速和他交流着。

服务生牵着绿叶和花朵走了。库索一回头，视线突然定在了一只经过的动物上。

这只动物似乎是一匹马，但它与路上来来往往拉货物板车的牲口不同，它后面没有板车，前面也没人牵着，脖子上也没有缰绳。它独自漫步在街上，如同一名观光旅游的外国访客，好奇地转着头，欣赏路边的夜景，嘴里还兴奋地低鸣着，很是悠闲自得。

接着天择发现，这只动物不是一匹马，它有一对羊的眼睛，头上有四只角，低鸣声像极了狗。天择记得《山海经》中记载了这种动物。

库索很快移开视线，带着天择三人跨过一扇巨大的木门，门头上挂着一枚褐色的大牌匾，上面雕刻着四个红色的明多拉文，天择猜测那应该写着"自由客栈"。

落魄男人在前台已经点完餐了，转头便看见天择进来了。他抛来一个厌恶的目光，就自顾自走向一张空饭桌，没有搭理他们。

"这家主营牛肉，都是当天的新鲜牛肉。他家的牛肉真是全世界最好吃的。我敢打赌，比你们蛮多拉的都好吃。我的天啊，我口水都下来了。"库索高兴地走向点餐台。

253

天择绝对相信库索的话，这里面人头攒动座无虚席，吃牛的人比牛都多。他瞪大眼睛寻找空位，在一处墙角还剩下一个空桌，那里也刚好可以看见落魄男人。天择、班长和李力锋赶紧奔过去，坐在那张大木桌旁边。

过了一会儿库索也来了："我点了这里的特色菜。我们坐等享用吧！"

天择好奇地左看右看，喧闹的餐馆里既有玄股国人，也有外国人，他们桌上的美食有各式各样的新鲜蔬菜、烤肉和肉汤，色香味俱全，似乎全天下的美食都在这儿聚齐了。就连饭桌上空盘旋的海鸟，都忍不住落上餐桌，和主人一起享用餐盘中的美食。有几只还毫不见外地扑上了隔壁的餐桌，被人家高喊着一哄而下。

正当他咽着口水欣赏他人桌上的美餐时，一袭粉色鱼皮衣的老板娘，两手端着三只大盘子矫健地绕到他们桌旁："来喽，蛮多拉的客人们，新鲜的烤牛排嘞——"

随着三只盘子"咣咣咣"落上桌面，众人眼睛都直了，四个人八只手同时抓向牛排，放在嘴边陶醉地啃了起来。库索塞了一嘴肉，嘴角滴着油："嗯呐，真香——老板娘，你这牛排是昨天的吧，不是很鲜啊——"

笑容得意的老板娘脸色一紧："胡说。这明明是中午才宰的猪！"

众人啃牛排的嘴停住了，大眼儿瞪小眼儿愣在桌旁。

老板娘一把捂住嘴，意识到自己说漏了，眼睛睁得比铜铃还大。四位食客把猪排从嘴里拿出来，默默注视着她，场面尴尬极了。接着老板娘就赔了一个虚情假意的笑脸："抱歉啊各位，牛排卖完了——我给你们优惠，再送一盘泡菜，你们看可以不？"

四位食客面面相觑，最后库索冷静地说了两个字——"好吧。"

老板娘一溜烟儿消失在了人群中。

天择苦涩地看着手中的猪排——说好的牛排呢？他想起前不久，学校门口有个拿便宜肉冒充高价肉的小贩，才被处罚了。这种事儿怎么哪儿哪儿都有啊？在餐馆吃个肉，就跟开盲盒似的，吃的什么肉你得猜一猜。

餐桌上再次响起啃排骨的声音，李力锋脸颊鼓着，像塞了俩乒乓球。天择和班长嫌弃地望着他。

李力锋眼珠子一转，半截排骨停在嘴巴里："管它什么牛排猪排，能填饱肚子的就是好排！"

库索抱歉地笑了笑："咱们来得有点晚。热门菜每天是供不应求。"

排骨仍然散发着诱人的香味，只是天择觉得没有之前那么香喷喷了，他转念一想，问道："哥哥，《山海经》记载玄股国人吃稻米或者鸥鸟，这怎么连牛排猪排都吃上了？"

库索忙着给嘴里塞肉，没空开口。他指了指周围人头顶上空的飞鸟，使劲咽下一口肉，说："以前玄股国人的确吃鸥鸟，吃着吃着鸥鸟就快灭绝了，于是又把它们保护了起来，现在就成人类的好朋友了，跟宠物一样，有人养两只，还有人养四只。时代在进步，什么都得吃点，营养才均衡嘛。至于稻米，很多国家的人都在吃，玄股国的鸟也爱吃，这不稀奇。"库索说完又忙着啃冒牌牛排了。

这时一名年轻的小伙子端着一个小陶碗过来了，老板娘已不见踪影，就连她的两只鸥鸟都没再出现。

"谢谢。"库索接过泡菜，"朋友们，我们今晚得住这里，我跟前台打听过了，那个男人今晚也住这里。门童已经帮我把车子停好了，还帮咱们预订了三间客房——花了二两贝币，拉齐送了我一些盘缠，够用了。"

"哥哥，谢谢你。"天择说，"我们花了您的钱，后面还得依靠您帮我买回爷爷的指南针。我们不知道该怎么把钱还给您。"

库索摆摆手："不用还。你们年纪还小，不能受金钱左右和诱惑。我只是希望，我如果有困难，你们可以帮帮我。"

"那是当然，当然。"天择答应得很爽快。

"只是，我不能陪你们去冬之国了。只有奴隶主才有出境文书，能出国。"库索歉疚地说。

"那我们怎么去啊?"天择紧张地问。

"卖完货，我会帮你们找一艘船，他们会带你们去。"

"啊?"李力锋满脸遗憾地望着库索，"说真的，我真不舍得离开你和绿叶，还有花朵。"

"我也是。"库索叹了口气，"但我会帮你们到最后。"

天择的目光又瞥向那个男人。那个大布包似乎对他很重要，他把布包放在脚下，双脚踩得紧紧的。脖子上已经没有了指南针，但他胸前的衣服口袋却鼓鼓的。指南针肯定在那里。

"别看了，天择。"库索提醒他，"我们不能让他生疑，觉得我们要抢他的东西，否则会把他吓跑的。我刚才进门前，看到了狓狓。这个国家，可少不了狡猾的客人，我们需要警惕啊。"

天择幡然醒悟。他用桌子上一摞薄薄的棕色餐巾纸把手擦干净，拿出《山海经》，快速翻找着。在第四卷《东山经》中，对狓狓的记载是这样的："其状如马而羊目、四角、牛尾，其音如獔狗，其名曰狓狓，见则其国多狡客。"

天择慢慢合上书，看向角落里的神秘客人。那名客人只点了两盘炒青菜，正在大快朵颐，看着比吃牛排还香，但双脚仍然牢牢压在布包上。

神秘客用完餐，背起包袱走向餐厅旁的一扇小木门。等他消失在门后，库索站起来："他回客房了。我们也回去吧。"

众人穿过那扇小门，进入一个巨大的花园，园中林木茂盛，精美的石制火盆规则地沿着蜿蜒小径摆放在两侧，为房客们照明。小径上弥漫着一种熏香的味道，清新醒脑，应该是用来驱赶蚊虫的。

"我们的房间就在他的隔壁，"库索看着神秘客走向一扇房门，从衣服口袋里掏出两把黄铜钥匙，分别递给李力锋和班长，"我住在他的左边，你们三个的房间在他的右边。好了，回房间吧，咱们人生地不熟，晚上可千万别乱跑。"

众人分别进入自己的房间，客房的陈设很简单，与库索家里的卧室布局差不多。床边放着两盏高高的灯台，灯台里亮着明晃晃的火焰。

这时响起了敲门声。李力锋拉开门，班长走了进来。"天择，你有计划了吗？我是说，神秘民族。我们已经到玄股国了。"

天择无精打采地坐在床上："我只是在想，该怎样尽快帮库索哥哥卖掉咸鱼，这样我就能拿回爷爷的指南针，得知他的下落。"

班长无奈地叹了口气："关于你爷爷，我也不知道该怎样劝你。但是现在找到神秘族才是重点，那是你爷爷交给你的任务，也是他希望你能帮他的忙，不是吗？"

天择摇摇头："不。我现在很担心爷爷，根本没有心情去想别的。只想赶快弄清楚爷爷在哪儿。"

"对不起，天择，我只是想家了。"班长低着头坐到天择身边。

李力锋垂着肩膀："我也是。"

天择叹息一声："我也想家了。不知道我的爸妈急成什么样了。"

"可是不找到神秘民族，就找不到青铜神鸟，我们永远都回不去。"班长看着天择，天择的眼圈又红了，他弯下腰，把脸埋进臂膀。

班长同情地看着他："唉——算了，这事儿明天再说吧。你想好卖咸鱼的办法了吗？"

"没有，"天择的头还埋在胳膊里，"这儿的人有大鱼大肉吃，好像根本没有人对咸鱼感兴趣。库索哥哥不知道什么时候，才能把那一整车鱼干卖掉。"

"天择，我认为你应该先振作起来。"班长说，"明天咱们兵分两路，你和李力锋帮忙卖咸鱼，我去打听打听，这周围都有哪些丛林。神秘民族就在附近，希望能得到一些线索。"

天择没有反对。

"好啦，今天我们都很累了。天择，希望你明天心情能好起来。晚安。"班长起身走出房间。

天择和李力锋躺在床上，彼此沉默不语。

天择蜷成一团，用被子蒙住头。李力锋看着他，抿了抿嘴唇，没有打扰他的好朋友。他双眼注视着天花板，将双手枕在后脑勺上，似乎在思索什么，过了一会儿，他的嘴角露出一抹得意的微笑——

📖　　　📖　　　📖

门外传来一阵有节奏的叩门声，三短三长，声音很轻。

这是特有的信号。

库索轻声打开门，邋遢男和西装男走进房间。"怎么样，拿到了吗？"西装男长驱直入，语气不容拒绝。

库索嗫嚅着，迟迟不回答。

"快说啊，到底啥情况。红丝带船长等我们回复呢！"邋遢男不耐烦地叫道。

"没——没看到。那手机有开机密码，我没有破解。"

西装男和邋遢男相视一眼，愤怒的火花在眼中越燃越旺："你简直就是个白痴！"邋遢男叫道，"亏我们费了好大的劲儿，释放了一头奴隶主圈养的蛊！你简直在浪费我们的精力！你就不能直接去问吗？他们现在已经信任你了。"

"不行。他们还不信任我。"库索低声说，"尤其是天择，他好像已经发现我在留意那张照片，他很警惕。"

"我说你得抓紧时间了。"西装男撇撇嘴，"我们都知道，惹怒那个红丝带船长会是什么结局。"

"那你们为什么不自己去要？你们不是一直跟在我们身后吗？"

"大魔一交给我们的任务，主要是抓住李亿恒，他严重威胁到了大魔一的统治。我们跟踪李天择，就是为了发现李亿恒的线索，那个老家伙没准儿就在什么地方暗中帮助他的孙子呢。"西装男用手指狠狠戳着库索的肩膀，"而你的任务，就是搜集那个小子发现的寻宝线索！现在，你什么线索都还没给我们提供，这很危险，我的朋友！"

库索瞪着西装男，打掉他戳自己的手："我会给你们线索的。但我需要更多时间取得他们的信任！"

"如果你让船长等了更多时间，"邋遢男说，"你的生命可就没有更多时间了！"

"你们不也一样。连李亿恒的影子都没抓到。"库索不甘示弱，"你们也没时间了。"

邋遢男叹了口气："这主要取决于红丝带船长。李亿恒狡猾至极，他手下的神秘人有过之而无不及。好几次我们都看见了他，却还是让他逃脱了！"

"看样子，也许我们都没时间了。"库索露出一个幸灾乐祸的微笑。

　　📖　　　　　　📖　　　　　　📖

第二天，四个人早早坐在餐馆里，喝着牛肉汤，嚼着麻辣烤饼。餐厅里食客很多，可是没见到那个神秘客。

"孩子们，今天我要做生意了。你们有什么计划吗？"库索问。

"哥哥，玄股国附近有什么丛林吗？"班长停下手中的汤匙。

"你们一出城，往任何方向走都是丛林。除了东边，东边是大海。"库索乐呵呵地说，"怎么，还想找神秘族？"

班长耸耸肩："反正也闲着没事。哪片丛林里有集市呢？"

库索打了个饱嗝："丛林里怎么会有集市呢。集市都在城里面呢。"

这时餐厅的人越来越多，都是吃早餐的人。他们热热闹闹地聚在一起聊天，看上去很多人都彼此相识。

"哥哥，你准备怎么卖咸鱼啊？"李力锋眉飞色舞地问。

"唉，生意不好做啊。在玄股国，鱼皮比鱼畅销，而鱼又比鱼干畅销。我们距离玄股国有点远，把鲜鱼运过来，都不新鲜了，鱼皮也不新鲜了。从冬之国进口的冰块倒是能保鲜，但它们很贵，我们根本用不起，所以只能做成鱼干。箴鱼和鯈鱼倒是在玄股国捞不到，我们主要产箴鱼，而批发冬之国的特产——鯈鱼干。"

库索话音一落，李力锋突然高声谈论起昨天与蜇的那场遭遇。"哥哥，你说昨天那只蜇，是公的还是母的？"

天择瞪圆了眼睛看着他。旁边有两桌客人停止了交谈，握着手中的筷子，静静地听着。

"有角的就是公的。"库索说。

"那片区域是不是有很多蜚出没呢？那儿距离玄股国好像很近呀——"

餐馆里，客人的嘈杂声小了一半。很多人回头看着李力锋。

天择踢了一下李力锋的脚。

"孩子，你说话不用那么大声的。"库索尴尬地低着头。

李力锋声音越来越大："哥哥，你说蜚会不会来玄股国呢？"

整个餐馆瞬间鸦雀无声。所有人都瞪大眼睛看着李力锋，包括老板娘和宠物鸟。

库索板着脸要责备李力锋，李力锋用尽力气大喊："哥哥，你那一车箴鱼和鯈鱼治什么病啊？"

所有人先是一愣，接着从座位上跳起来，争先恐后拥向天择的餐桌。餐馆几乎爆炸了，一个男人高叫着："我要买！我要买！"

"我先来的！"

"胡说！是我！"

"别插队！"

人们七嘴八舌叫嚷着，在桌旁拥挤推搡，把桌子都快掀翻了。天择紧紧抱住牛肉汤碗，以免汤汁洒出来弄脏衣服。库索瞪大眼睛看着李力锋："你简直是个天才！"

楼上的地板也"咚咚咚"响了起来，二楼的客人听到风声，纷纷扔掉饭碗，一窝蜂朝楼下挤。场面比鲱鱼罐头爆炸后的学校还要热闹。

"别挤啦！都排队去！"老板娘高叫着奔了过来，"我的餐馆我说

261

了算！"她挤到库索跟前，脸上挤出一个夸张的微笑，"嘿嘿，我给你食宿全免，你把鱼干全给我呗？"

"一边儿待着去！"一个男人将她推开，其他人一哄而上，"卖给我吧！""我出高价！""我要批发！"

天择和班长两人抱着牛肉汤碗面面相觑，李力锋得意地看着这热闹的场面。

"班长，要不你发挥一下班长的特长，维持一下纪律呗？"天择低声说。

班长咧咧嘴摇摇头。

"各位！各位！"库索高喊着，"来者都有！我保证，来者都有！大家别挤啦，排好队，一个一个来！"

"哗啦"一声，库索面前出现了一列整齐的队伍，一路排到了大门口，速度快得惊人。老板娘排第一个，没人知道她是怎么做到的，但她别想要走全部的咸鱼。

库索一脸不可思议地带着队伍走出大门，找他的驴车。整个餐馆除了天择、李力锋和班长之外，空无一人。连餐馆服务员都跟着去了。

李力锋仰着脑袋，得意地朝天择和班长扬着眉毛。"记住哦，天择，你爷爷的指南针是我给你赎回来的哦。"

天择对李力锋简直佩服得五体投地。"我说锋哥，你不去卖鱼干都屈才了。"

李力锋一拍胸脯："我现在要努力学习知识，我这个聪明的经商头脑，留着以后再用。"

天择和班长都冲他竖起大拇指。

"天择，你刚才真应该用手机录下那光辉的一幕，绝对是商界奇谈!"

"我手机早就没电了。你咋不录呢?"

"哥哥把手机还给我时，它就锁死了。"

天择皱着眉头，不安地看着他："怎么会锁死呢?"

李力锋掏出手机，举给天择看，屏幕上是一行字:

您连续 10 次输入错误密码，手机已停用。

天择使劲儿一拍桌子："你怎么不早说啊!"

第十七章　指南针风波

杰斐逊朝他的好哥们儿投去一个凶狠的眼神。说什么"自己调查"，计划才刚开始三秒钟就已经被吉尔贝搞砸了！这个傻瓜的破坏力还真是所向披靡！有句话怎么说来着……对，他们俩可以"就此歇菜"了！

——《刺猬杰斐逊和一桩悬案》　［法］让－克劳德·穆莱瓦

李力锋目瞪口呆地看着天择，天择脸上红彤彤的，如同抹了一层红辣椒。"你咋啦？"

班长也是大惑不解："怎么，李力锋的手机很有用处吗？"

李力锋恍然大悟："哦，我知道了，那个甲骨照片我已经誊抄下来啦，昨晚上我一个人在房间里无聊，见桌上有纸和笔，就用毛笔把它——"

“哎呀不是那个！”天择懊恼地拍着脑门儿，“我们掉进船夫的陷阱啦！”

“啊？”班长和李力锋异口同声地叫道。

“今天早上吃饭时，船夫就看到了李力锋手机里的甲骨照片，他对那张照片很感兴趣。遇到蚩之后，他捡了你的手机，赶车的时候，你们注意到了吗？他一直用右手握缰绳，而左手一直挡在肚子前面，我们根本看不见他的左手，你以为他在干什么？”

李力锋瞪圆了眼睛：“他在试着输密码。”

“他想看你手机里那张甲骨照片。”天择说，“都怪你不小心，手机没及时收起来，被他看到了。”

“这——”李力锋使劲搓着头发，“我也没想到会这样啊。他会不会只是好奇，没有别的意思？”

“好奇？他可以直接问我们，也不至于要偷偷开手机啊。他肯定是怕引起我们怀疑，不敢问。”

“哎呀，也许是你想多了，天择，”班长说，“可能——也许是手机摔坏了，或者是船夫哥哥把它放在口袋里，赶车的时候无意间碰到了按键，输错了密码——”

天择压低声音：“我跟你说，我可不这样想。手机密码是六位数字，输错十次，那要按错六十个按键，怎么可能是口袋里无意触碰按键造成的呢？”

“哎呀，干脆我们直接问他好啦——”李力锋说。

“不行！”天择立刻打断他，“我们不能让他察觉，我们已经知道他有猫腻。”他想了想，“你要继续装成手机很正常的样子。”

“天择，”班长说，“船夫要看甲骨，是不是意味着那甲骨上有什么秘密？”

天择若有所思地摇摇头："甲骨有什么秘密我不知道，但我知道船夫一定有秘密！"

一时间，三位同伴陷入沉默。刚才他们还在为船夫能卖出咸鱼而兴奋，而下一刻，天择深感他们与陷阱里的小兔子或者小松鼠没有区别，被人利用了却全然不知。他一拳砸在桌子上："我爷爷的线索近在眼前，这下又丢了！"

"天择，我们是不是要弄清楚船夫究竟想干什么？"班长看着他。

天择坐在凳子上，双手抱着头，手指使劲揪着头发："我现在感觉心里好乱啊。我也不知道该怎么办。爷爷的线索、船夫的阴谋还有神秘族的下落，我真的不知道接下来该怎么办。"

"嗨，管他呢。"李力锋一挥手，"我们先让他买下你爷爷的指南针，打听清楚你爷爷的下落，然后再甩掉他。反正他也没有得到甲骨照片。"

"李力锋说得对。"班长说。

天择抬起头，头发一团蓬乱："不行！如果船夫真有阴谋，我就绝不能让他知道爷爷的下落。爷爷告诉过我，秘境内有一伙敌人跟他作对，我们不知道船夫到底属不属于那一伙敌人。"

"那船夫付完钱以后，我可以支开他，你去问你爷爷的下落啊。"李力锋说。

天择想了想："这也不行。这样的话他肯定就猜到我们已经怀疑他了。如果被他猜到，他指不定对我们使什么坏呢。"

"那我们只能先去找神秘族了，这才是最重要的任务。"班长说，"天择，你得振作起来。"

"可森林那么大，我们一点儿线索都没有，怎么找啊？"李力锋说。

这时，船夫背着一麻袋贝币出现在门口，他的脸上止不住地笑着。班长一看表，时间只过去了十五分钟。"我的天啊，一驴车咸鱼干，一刻钟就卖完啦？"

船夫激动得几乎要跳起舞来，走路都一蹦一跳的，像个小孩子，贝币在麻袋里叮当作响。"这是我有史以来，做生意最辉煌的一次！看，孩子们，这就是春国通宝。"他伸出手掌，掌心放着一颗半个手掌大的贝壳。这个贝壳很漂亮，红黄绿蓝紫五色条纹有规律地交织排列，正中心刻着四个明多拉文，应该是"春国通宝"。

李力锋惊讶地把贝壳拿起来："哇，这真是——真是太漂亮啦——"

"喀喀——"班长捂着嘴故意咳嗽了两声，李力锋马上会意，又把贝币放了回去。

"哈哈，没事，现在这种贝壳我们有一麻袋呢。"船夫乐呵呵地说，"喂，那个神秘客人呢？天择，我们现在就能买下你爷爷的指南针了。"

天择装成一副不好意思的表情："哥哥，我们刚才想了想，嗯——"他看了看班长，班长继续道："嗯，我们觉得暂时不用买下指南针了。我们没办法还您那么一大笔钱，我们感到很羞愧。另外——另外那只是一个指南针而已，天择爷爷送给他的东西多着呢——对吧，天择？"她用胳膊肘撞了撞天择，天择忙应道："噢，对对对，爷爷还送了我一个指南针。"

船夫蹙着眉头，似乎弄不明白这几个孩子的心思。"嗨，那好吧，接下来，你们想去哪里？"

"我们想回房间休息，昨晚上没有睡好。"天择说着故意伸了个懒腰。刚才出餐馆的顾客又陆陆续续回来了，端起刚才扔下的饭碗接着吃。

船夫耸耸肩，坐下来继续吃饭："我一会儿也回房间，你们有事了就叫我。"

"嗯。"天择简单应了一声，三人就消失在通往花园的门后了。

他们回到天择的房间，彼此都不说话。李力锋把手机拿在手上翻来覆去地看，少顷，他说："天择，我们是不是想多了。也许船夫只是好奇呢？"

天择摇摇头："宁可多想一点，也不能大意。他万一不是好奇呢？"

李力锋突然起身："天择，我去看看那个神秘客起床了没有，他到现在都没露面。"他说完就走出了房间。

"我们现在该怎么办？总不能一直这么坐着，不然我先出去打听一下神秘族的消息？"班长说。

"你准备怎么打听？我们知道的线索就这么多。"天择双手托着头，"爷爷为什么会把指南针给那个男人呢？"

"是啊。"班长耸耸肩，"还那样凑巧，让你给看见了。你说这也奇怪，他偏偏在那个时候出现在路边——"

天择双眼紧盯着地面，眉头突然紧蹙："班长，如果这一切都不是巧合呢？"他转头看着刘静涵，眼睛里突然闪烁起光芒。

"不是巧合？你是说，你爷爷是故意让你看见他的指南针？"

天择猛地一拍大腿，跳了起来："没错！他就是故意让我看见！"

"不不不，天择，"班长挠着头，"我有些不明白，你爷爷让你看见他的指南针，是为什么呢？想让你买下它吗？"

"我已经有一个指南针了，他的意图应该不是让我买下指南针，他肯定知道咱们在春之国，没办法赚到这里的货币。对！我觉得，他是让我留意那个神秘客！"

班长眼珠子转了两转："天择，我觉得你分析得很有道理。没准儿那个神秘客与神秘族有关，你爷爷是想告诉咱们神秘族的线索！"

天择恍然大悟，激动得差点儿抱住班长，最后时刻发现她是班长，不是李力锋，遂只是兴奋地一拍手："那个神秘客，本身就很古怪！"

班长从床上跳起来："神秘客就是神秘族人！"

天择抿着嘴唇，眼睛盯着地面："照这么说，神秘族也太不小心谨慎了，光天化日之下背着大包袱引人注意，就不怕暴露身份？"

"他身上背着个大包袱，船夫又说玄股国是一个很大的交易中心，很多外国人都来此做生意，我猜他包里的东西，应该是某种交易品，他要去集市做交易。"班长托着下巴，若有所思。

"可神秘族人不是讨厌集市吗？他怎么还要去集市？"天择说。

"这就奇了怪了。那他包里的东西是什么？他要去哪里？"

天择想了一会儿："班长，有没有可能，神秘客不是神秘族人，他就是要去做交易，而他去的那个集市，有什么猫腻。所以，爷爷才用指南针让我们注意到他？"

"那个集市会有什么猫腻？"

"那个大包袱，他一直小心保管，记得吗？吃饭的时候，他一直用脚踩着包袱。"

"我们不知道那个包袱里面是什么，但我觉得这并不重要。神秘族唱的歌谣，有一句是'用稻米的芳香，挤开集市的恶臭'，如果神秘民族在玄股国附近，他们会不会来过玄股国的集市，觉得很讨厌这个集市，因此才说出这样的话，而他们去的那个集市，有可能正是神秘客人要去的。"

"是奴隶集市吗？神秘民族会不会很反感奴隶交易，因此把它说成是恶臭的。"天择说。

"可他背着一个大包袱去奴隶集市，包袱里是贝币吗?"

"哼，我看他就像个奴隶，"天择说，"穿的破衣烂衫，他怎么可能有一包袱贝币，还打算买个奴隶?"

"那就是另外一种可能，"班长接着说，"包袱里是某种东西，他要去卖东西换钱或者别的。'集市的恶臭'也许不是象征性的，而是真的很臭，也就是那个集市可能在交易某些气味不佳的东西。神秘客要去的集市，根本不是奴隶集市，没准儿是另外一种集市，可能是个秘密集市。"

天择陷入沉思，眉头越皱越紧。突然，一个想法如同一道闪电在他脑中掠过，他猛地睁圆了眼睛："我的天呀，我怎么早没想到！那个男人衣衫褴褛，只吃青菜，不像一个富人，我猜他是要交易某种很值钱的东西，就像在鬼市交易古董一样。这个秘密集市，啊——我终于明白了——地点一定不为人知，甚至，他们还故意不让别人发现秘密集市的地点。就像古堡市的鬼市一样，我们之前根本不知道有鬼市，如果古堡市有什么神秘民族，那藏在鬼市里或者附近，再合适不过了。如果神秘民族就隐藏在这个秘密集市附近，甚至在集市里面，人们要找到神秘民族当然不可能，这就是神秘民族一直很神秘的原因！而爷爷让我留意那个神秘客人，就是想告诉我，那个秘密集市在什么地方！"

班长震惊地看着天择。

"而且，"天择接着说，"这也就解释了神秘民族为什么特意要说'挤开集市的恶臭'了。他们想躲开集市的恶臭，完全可以搬家啊，为什么不搬？因为他们根本离不开那个集市，那个集市在为他们作掩护。而他们付出的代价，就是不得不忍受集市的'恶臭'！他们在努力——我不知道用的什么方法——用稻谷'挤开'这个秘密集市的'恶臭'。"

天择呼吸急促，激动得眼睛放光。他注视着班长，班长愣了一会儿："所以我们现在的任务是——"

"跟踪神秘客，找到秘密集市！"天择叫道。

这时，李力锋推门进来了，气喘吁吁的。他看见天择满面放光，似是自信满满："怎么，你们有新线索了？"

天择抱住他："对，我们要秘密跟踪神秘客，看他去哪儿。"

李力锋的表情看上去是准备让他去打海盗，激动得上蹿下跳："太刺激了！天择，太刺激了！"

班长简短地跟他解释了这样做的原因："但是天择，你爷爷在哪儿？你有线索了吗？"李力锋问。

天择摇摇头："指南针的事情我也要弄清楚，但是现在，我们得弄明白，爷爷究竟要把我们领向什么地方——"

突然，窗外发出一声巨响，一阵匆忙的脚步声从窗户边传来，一个黑影从窗前一掠而过。

"谁？"天择惊恐地瞪着窗户，窗棂上糊了一层宣纸，无法直接看向窗外。他飞奔到门口，走廊上却不见人影，只有一个花盆从窗台上跌落在地，摔得粉碎。

"有人在偷听我们说话。这真是糟糕透了。"天择一边说一边返回房间，关上大门。

"会是谁呢？"班长问，"那个神秘客，还是船夫？"

天择看着李力锋："你刚才见到我们的邻居出门了吗？"

李力锋绞着双手，支支吾吾道："他——他在房子里，没——没出门。"

天择皱起眉头："你这是怎么了？怎么跟做了亏心事似的。"

"我——"

"别吞吞吐吐的了，"班长说，"到底咋回事？"

"我觉得——"李力锋红着脸，"我可能——可能惊动了船夫。"

天择和班长面面相觑。"你到底干了什么？你倒是快说啊！"天择压低了声音，近乎吼道。

"我——"李力锋眼睛瞟向地面，"我向船夫借了一斤贝币，然后——然后去找神秘客，想买回指南针——"

天择的眼珠子都快掉出来了："然后呢？"

"然后——然后没买到，他差点把我从房子里扔出去。最后我又把钱还给了船夫。"

"船夫为什么没跟你一起去买？"

"我——我跟他说——"李力锋抬眼瞥了一下天择，"我急着去找神秘客，就说'天择说爷爷的下落是个秘密'，我——对不起，天择——"

天择的脸色变白了："你这不是等于打草惊蛇了吗？"他一跺脚，"哎呀！你干吗这样鲁莽啊！现在船夫知道他的阴谋泄露啦，才来偷听我们的谈话呀！他一定知道我们要跟踪神秘客了，万一他是敌人——哎呀！"天择抱住脑袋蹲在地上，"你干事情就不能先和我们商量一下吗！"

"天择，你小点儿声——"班长低声提醒，"你还想让隔壁的人听见咱们的计划吗？"

李力锋蹲在天择身边，急得语无伦次："天择，我不知道——你也没说，我——我只是想帮你拿回——"

"可你也不能这样帮忙啊！"天择抬起头，脸蛋成了熟透的番茄，"我们本来要秘密跟踪神秘客，把船夫甩掉的，现在他肯定也紧盯着神秘客了，我们甩不掉他啦——都怪你！"天择跳起来，爬到床上，使劲儿砸着床板。

"天择，你是铁石心肠吗？"班长不可思议地看着他，"李力锋是想帮你拿回你爷爷的东西，给你一个惊喜，让你开心一点，你怎么连这个心思都理解不了啊！"

"所以他就可以惊动船夫，破坏计划吗？"

"你居然说这种话！"班长的音调也不自觉地提高了，"李力锋又不知道你的计划，他见你难受，想让你开心，你怎么能责备他！"

李力锋缩在一边，一会儿看看天择，一会儿看看班长，不敢言语。

"船夫的事情，你早就该告诉我啦！"天择从床上坐起来，对李力锋叫道，"我说过在这儿不要轻易相信任何人，你们就是不听！现在好啦！"他说着又瞪了一眼班长。

刘静涵气得一跺脚："李天择同学，我们可没有风餐露宿的经验！没有船夫，你还能吃上烤猪排？我们早就成了甑雀的烤人排啦！你现在还能坐在这么舒服的房间里跟我们大吵大叫？"

"可他是叛徒！他是叛徒！"天择大叫着，也顾不上被船夫听见了，"我们在与叛徒为伍！"

"你不是智慧超群吗！"班长也不甘示弱，声音更大，"你咋就没发现他是叛徒呢？你想办法甩掉他啊！你就知道冲我们发火，我们是你的出气筒还是怎么的？遇到困难你就知道抱怨！我们又不是叛徒！"

"天择，班长，你们别吵啦。"李力锋看上去都快哭了，"我去引开船夫，你们继续跟踪神秘客。"

天择重重叹了口气，他知道，李力锋的初衷是好的。但他就是生气！

李力锋默默坐到天择身边："天择，我犯下的错误，我去弥补。我现在就去院子里，制造动静，给船夫制造一个我们要出发的假象，让他跟踪我。"说完，李力锋就跑向大门。

天择突然跳起来，一把拉住他："你觉得他会上当吗？他会只跟踪你一个人吗？他肯定知道，解线索的人主要是我，他跟踪你有什么意义？"

"那简单，我们交换一下衣服，我来假扮你。"

"我跟你一起去！"班长斩钉截铁地说，"我可不想跟一个把别人的好心当成驴肝肺的白眼狼为伍！"

"不行！"李力锋叫道，"不能抛下天择，他一个人万一遇到危险怎么办？至少，你还能保护他。"

天择扬着眉毛看着他，第一次知道他在李力锋的眼中居然如此脆弱。

刘静涵盯着天择，轻蔑地哼了一声："你看看，李力锋可比你仗义多了！"

李力锋轻轻搂着天择的肩膀："天择，我没想到这件事会这么严重。我只是想让你开心一点，尽快找到神秘族，找到青铜神鸟，我想——我想——"

天择低着头，他知道大家都想家了。他突然感觉心里酸酸的，眼眶热热的。他的同伴们现在有着共同的目标——尽早回家，天择想，每个人都用自己的方式努力实现目标，班长不希望我和李力锋闹矛盾，李力锋想让我高兴，尽快找到神秘族，每个人都用自己的方法维护着我们三个人的团结。尽管有人会帮倒忙——他瞥了一眼李力锋，但是，李力锋真的做错了什么吗？

他低声说："你这个办法不行。就算你引开了船夫，你之后怎么知道我去哪儿了？你怎么联系我？怎么和我会合？要行动，我们只能一起行动。如果被船夫跟踪了，我们再想办法吧。"他抿着嘴唇，少顷，才开口说，"我们是一个团队。"

班长斜睨着他："怎么，你现在才想起来我们是一个团队啦？"

李力锋高兴地拍着他的肩膀："天择，你不生我的气啦？"

天择撇撇嘴："我应该早告诉你的，我绝对不会用叛徒的钱，去买爷爷的指南针。"

李力锋乐呵呵地笑了："谁说那是叛徒的钱。那是我的钱。是我帮他卖掉了鱼干。"

"那要这样说，那也不是你的钱。鱼干是拉齐的，贝币也应该属于拉齐。"天择冲他笑了笑。

班长看着他俩，扬了扬眉毛："哎呀，男孩子的友谊，嗯？"

突然，隔壁传来敲门声，三人一惊，天择蹑手蹑脚走到门边，将门拉开一条缝。一位身着紫色鱼皮衣的服务生，端着两盘炒青菜立在神秘客的门口。神秘客把门打开，服务生进去了。

众人蹲在门边，彼此谁也不说话。大约一顿饭的时间，神秘客的房门又一次打开，里面传来收拾餐盘的声音。同时，一个人影闪进花园。

神秘客！

他背着那个布包袱，往花园外面走。天择等了一会儿，没见船夫走出来。眼看神秘客快走出花园了，他轻声拉开门跟了出去——

第十八章　追踪

他开始为刚才的意外感到后怕，就差几厘米他就去"刺猬天堂"了！生活真是不可预测：刚才明明还轻松愉快、无忧无虑呢，转眼就是天翻地覆的变化！"幸福的时光可真是短暂。"杰斐逊心想。他努力转移注意力，让自己想点儿开心的事情。

——《刺猬杰斐逊和一桩悬案》〔法〕让－克劳德·穆莱瓦

天择暗自庆幸，船夫没有觉察他们的行动。众人排成一队，蹑手蹑脚顺着花园小径，跟上神秘客。天择朝神秘客的房间看了一眼，那名身着紫色鱼皮衣的服务生，正背对着门口打扫客房。

神秘客走出客栈大门，上了主街。他走得很慢，而且背上的那个大包袱，将他的腰压得更弯了，以至于大包袱一直挡着他的后脑勺。

街上行人很多，都在悠闲地散步，唯有神秘客，对大街两侧喧闹的小摊贩不睬不顾，直奔玄股国西城门而去。那个城门，就是天择他们昨天进入玄股国的那座城门。

对繁华的主街同样不睬不顾的还有天择三人，他们还要时刻注意身后船夫有没有跟上来，船夫一直没有露面。

天择觉得很奇怪，他们已步行半个多小时了，神秘客居然不把包袱放下歇一歇，他体力那么好吗？天择正想着，神秘客突然停在一个摊位前，盯着摊贩桌上一个五颜六色的糖人。众人继续往前走了走，以便看得更清楚些。

神秘客跟摊主说着什么，他把包袱放下，掏出两个贝币交给摊主，左手举着糖人，右手提着包袱，大摇大摆继续往前走。他的腰板挺得直直的，步伐相当轻松，大包袱在他左手上摇摇晃晃，一会儿又被抡到右手上，再过一会儿他竟然用腿把包袱一颠，包袱直接弹上他的背。突然之间，包袱在他手中如同一坨海绵。天择挠着后脑勺，昨天的木箱子看上去很重啊，他怎么突然就抡得如此随意呢？

李力锋迷惑地看着天择："我咋觉得他提的不是箱子，而是一堆塑料泡沫？"

一种不好的预感从天择心头升起。他正要冲上去，不顾一切扒开包袱，看看里面到底是什么，侧旁一个男人突然叫住他，举着四支糖人笑嘻嘻对他说："小朋友，有人请你们吃糖人。"

"啊？"天择瞪着小贩，觉得这个场面似曾相识，而且幽默得叫人绝望。

天择懊恼地一跺脚，追着神秘客奔了过去。神秘客听到脚步回过头，一边夸张地舔着糖人，一边朝他挑衅地挑动眉毛，天择看得一清二楚——那个人，根本就不是神秘客，而是给神秘客送青菜的餐馆服务员。接着服务员手一松，包袱掉在地上，绑口松开，客栈的被褥露了出来。

"有人把我们彻底给耍了，"班长哀叹一声，"这一招偷梁换柱，简直是天才级别的！"

天择捂着脸蹲在地上。服务员潇洒地扔下包袱，一转身便消失在人流中。

"小朋友，"一旁的商贩举着糖人晃了晃，"别伤心啦，快来吃个糖人，开心一下啦——"

天择瞪着商贩生气地跳起来，冲他大吼："我不吃，谁爱吃谁吃！我喜欢伤心，你管不着！"他气呼呼地朝城门走去。旁边的路人好奇地看着他，商贩则一脸懵圈，不知道自己哪句话说错了。

班长抱歉地对商贩说："对不起啊，他刚丢了玩具，心情不好，请别介意。"她说完匆匆朝天择追去。

天择气得浑身发抖，感觉自己从头到脚都凉透了，那是一种处于宇宙深渊的绝望，又黑又冷，又孤独。

线索全断了。

神秘客现在绝不可能大发慈悲，在客栈等着他们回去继续盯梢。他早已背着包袱溜了。天择感到一腔怒火无从发泄，他坐在路旁的草地上，抱着头，双手愤恨地揪着自己的头发。都怨他刚才在房间里大喊大叫，要不然隔壁神秘客也不会听到他的计划，现在他也不会中了狡猾客人的调虎离山计！爷爷的指南针就是线索，现在指南针也跑得没影儿了。

"天择，"李力锋这时说，"我去沿路打听。神秘客背着大包袱，那么显眼，沿途一定有人见过他。"

天择突然站起来："好主意！今天就是把整个玄股国翻个底儿朝天，我也要把他找出来！"

众人火速回到自由客栈，从老板娘开始打听，遗憾的是开头就不顺利，老板娘说她没留意，餐馆的其他服务员也没有留意。接着三个人分头行动，从客栈门口的主街朝东西两边依次打听，一个路边摊贩说一个紫衣男人背着大包袱朝东走了，天择激动地叫回还在西街一无所获的李力锋和班长，顺着东街继续打听。

他们追进一条狭窄的小巷，接着冲上一条宽阔的大街。"他往北城门去了。"最后一个摊贩这样告诉他们。

众人一路追出北门。一出北门就直接进了森林。

"这就对了。"天择望着昏暗的森林小路，"这地方简直就是秘密交易的天堂！"

路旁鲜艳的花丛蒙着一层黯淡的阴影，高大的树干好似一个个张牙舞爪的巨人，低头俯视着他们。凉风吹袭，黑伞一般的树冠发出巨蛇爬行的窸窣声，昏暗深处，不知什么鸟凄厉地叫着："咕咕——呱呱——呃呃呀呀——"

众人顺着林中小径一路追击，一直追到一座令人失望的小村庄。整座村庄只有不到十个石头砌筑的小房屋。一座小屋前，五个小孩手拉手围成一圈嬉笑蹦跳。他们旁边，一男一女两个大人，面带微笑地看着孩子们。除此以外，村庄里再无人影。

天择狐疑地看看四周，森林里一片寂静。而整个村庄，则包裹在孩子欢乐的笑声之中。

众人顺着小路走出森林，走向村庄。孩子们见到有人过来，停止了喧闹，一动不动注视着三个陌生人。

他们不是玄股国的人，因为他们既没有穿鱼皮衣，肩上也没有宠物鸟陪伴。他们穿着打满补丁的粗布衣服，其中两个孩子年龄很小，而剩下的三个，与天择年纪一般大。

"你们好，我叫春草，"一个小男孩热情地跟他们打招呼，"你们要找谁啊？"

班长蹲下身，这样她就和那个小孩一样高，她温柔地说："我们在找一个穿紫色衣服，背着个大包袱的人，你见过吗？"

五位小朋友同时抬手，指着同一个方向。

天择激动得几乎要和他们拥抱。就在这时，年纪最小的女孩盯着天择身后："那个人，和你们是一起的吗？"

天择这才意识到，刚才急急忙忙追击神秘客，却一直忽略了船夫。

"保持镇定，别回头看。"天择压低声音提醒其他人，"那个人长什么样子？"他问女孩。

"是个男人，穿着白色长袍。"女孩用一双水灵灵的大眼睛注视着他，"他现在又躲起来了。"

天择苦笑一声，这事儿真是越来越刺激了。

"如果你们不着急，我请你们来我们家做客，喝碗热粥好吗？"女孩热情地对天择他们说，"我们家很久都没来客人了，好无聊。"

女孩的父母微笑地看着三位小客人。

天择眼珠子一转，嘴角浮出一抹得意的微笑。

这户农家非常简朴，尽管屋中家具简陋，但干净整洁，一切井然有序。主人招呼天择三人坐在一张大木桌旁："孩子们，我叫春木，这是我的妻子春土，还有孩子们，春草、春花、春天、春雨和春山。你们为什么要来我们彩虹村呢？"春木亲切地问，春土进入旁侧一个有灶台的房间。

"我们是来——"

"来野营的。"天择替李力锋说完后半句。

"这儿可没有能野营的地方。到处都是树林。"

"叔叔，那个穿紫色鱼皮衣的人去哪儿了?"天择问。

"去了村后那片丛林。你们也是去那里的吧?"

天择眼睛都发光了:"那里有什么啊?"

"人偶贩卖市场。"

"什么?"天择眼睛瞪得圆圆的。

"是一种人偶，大约九寸高。"

"您能描述一下那种人偶吗?"天择皱着眉头。

"不能。"春木说，"因为我压根儿没仔细观察过。你们可以自己去看——喏，就在厨房里。"

天择跳起来奔进厨房，春土正在灶台上烧水。

他扫视厨房，灶台对面一个存放蔬菜的木架子上，放着一排人偶。这些人偶大概三十厘米高，穿着五颜六色的衣服，有布衣长袍，还有鱼皮装。其中一个还挺着个滑稽的大肚子。人偶面部生动形象，就跟真人似的。

好奇怪，天择心想。这些人偶除了精致，再无其他。为什么人偶市场，会搞得神神秘秘呢? 他简直无法想象，爷爷居然让他去一个玩具人偶市场。

这时李力锋、班长和农家孩子们也进来了。"你看，"跟天择年龄相仿的男孩春天指着人偶说，"这些人偶，都是从那个市场出来的人送给我们的。"

天择随手拿下一只人偶端详着。这个人偶是个男人，丝滑的布料里，填塞着大概是麦壳一类的东西，捏起来有点硬邦邦的，这样人偶才不会因为柔软而立不起来。

天择把手中的人偶递给春天，又看看架子上剩余的九只人偶，想不明白这样平常的人偶玩具，居然要去城外大森林里交易，这葫芦里到底卖的什么药？

他得赶紧前往秘密市场，调查清楚。

春天捏了捏手中的人偶："奇怪，他怎么这么硬？"接着他说，"那些人有时是一个人，有时是一群人，反正都神神秘秘的。他们偶尔也来我们家喝茶，一共就送了我们九只人偶。我们觉得人偶精致又好玩，就收下了。"

"他们不是在售卖人偶吗，这些是卖剩下的吗？"天择问。

"我也不知道。这些人偶缝口处都开线了，大概是坏了吧。"

"你们去过集市吗？"班长问。

"没有。"春木说，"我们只依靠种庄稼生活，其他的交易我们不感兴趣。水烧好了，喝碗粥吧。"

"不用了，谢谢。"天择看着春木打满补丁的衣服，说，"叔叔，能和您商量个事儿吗？"

📖　　　📖　　　📖

一座小屋前，五个小孩手拉手围成一圈嬉笑蹦跳。他们身穿打满补丁的衣服，欢乐的声音响彻整座村庄上空。旁边，一男一女两个大人，面带微笑地看着孩子们。

约莫五分钟后，两个大人带着五个小孩，朝村庄尽头走去，很快便消失了。

一个阴影，从村庄另一头冒出来，迟疑地走向那座农家小院。他蹲在院落门口，悄悄地往房子里面看。纸糊的木窗后，映出三个孩子的身影。这个阴影松了一口气。过了一会儿，他看到村庄尽头，一男一女领着两个年幼的孩子回来了，另外三个孩子没有回来。

他瞪圆了眼睛，似有一种不祥之感升上心头。他再也顾不上暴露的风险了，从门口跳了起来，冲进院子，撞入房门。当他看见三个孩子坐在床上，身上穿着他熟悉的粗布衣裳，以一种惊奇的眼神注视着他时，他发出一声能把房顶掀翻的怒吼。

这三个孩子根本就不是他要跟踪的那三个，而是农家孩子。

男人冲出房子，风驰电掣地朝村庄尽头奔去。

　　　📖　　　　　　📖　　　　　　📖

天择望着手中的人偶，人偶精致的面孔也微笑地凝视着他。如果你会说话，告诉我你背后的秘密就好了，天择心想。他把书包从打满补丁的衣服底下卸出来，背在肩上。春木一家人真是帮了大忙，不仅送给天择一只人偶作纪念，还笑纳了天择三人的粗布衣服，并慷慨地把自己的补丁衣裳赠予他们，以助三人脱身。

他们经过一片丛林，古木大树垂下无数枝条，就像幽幽谷宅院中的榕树爷爷。穿过丛林，眼前出现了一座小山，峭壁上开着一个山洞。

天择三人冲进山洞，一条狭窄蜿蜒的岩石通道将众人领到一条小河边，眼前豁然开朗。

这是一处巨大的溶洞，大自然在洞穴中央掀开一片星空天顶，密林硕大的树冠摇摆摩挲，遮盖天顶的边缘，白云在上方的蓝天中悠然飘荡，海浪声飘进敞开的天顶，在洞壁之间碰撞回荡。一根根粗壮的钟乳石从黑暗的洞顶上悬挂而下，一层一层如同叠加的莲花，破地而出的石笋似雨后春笋般生机勃勃，仰望着悬垂而下哺育它的"母亲之柱"，期盼相遇的一刻。而千年等待终连一体的钟乳石柱组成一片茂密的白色森林，顺着绵延起伏的乳石地面绵延向远方。乳白色的石壁上挂着数不清的火把，闪烁的火光如同一个个顽皮的小孩子，穿着红色的衣服，在光洁湿润的钟乳石柱上跳着活泼的舞蹈。

溶洞中弥漫着海洋那令人舒心的气味，湿湿的、咸咸的，蜿蜒交错的溶洞小河在石林之中穿梭，仿若将洞外的丛林之境制成一组石头模型，述说着古老森林经历的时光之旅，聆听着广阔海洋拍打的时空之音，宣示着浩瀚星空闪耀的宇宙之光，交织出一片澄净的人间天堂。

"啊——我从没见过这样美丽的溶洞呐。"李力锋望着成片的钟乳石，目瞪口呆。班长惊叹地环顾溶洞，一句话都说不出来。而天择直到感觉双脚凉飕飕的，才从梦幻的溶洞中收回视线，溶洞小河的水面漫过了他的脚背，因为一艘小木船激着涟漪，停在他们面前。

船头端坐一位素衣裹身的小船夫，年纪比天择小一些。他用稚嫩的声音询问天择。可天择一句都没听懂，他用的是明多拉语。"对不起，"天择说，"你会说汉语吗？"

"你们来自蛮多拉？"小船夫挑高了声音，用汉语激动地问道。

"是的。"李力锋说，"热烈欢迎之类的话就不用说了，你不上学不写作业，在一个洞里干什么？"

天择捂住他的嘴低声说："友好一点。"

小船夫看着天择手中的人偶："你们想来交易什么？"

"难道不是人偶吗？"天择迷惑地问。

这回轮到小船夫迷惑了，他上下打量着天择："你们是——第一次来？"

三人不约而同地点点头。

小船夫皱起了眉头："你们没有交易品，跑来做什么？"

天择眼珠子一转，从书包里掏出一面铜镜："看，我们要去卖铜镜。"

小船夫盯着铜镜打量了一会儿："看上去还值点钱。你们上船吧。"

众人终于上了小木舟，天择把船帮抓得紧紧的，避免再次出现乌篷船上的那一幕。然而小船行驶得很平稳，顺着弯弯曲曲的溶洞河悠悠前行，细小的水浪发出清脆的欢叫，翻腾着涌上船舷。高大的钟乳石柱从两侧轻轻划过，天择欣赏着美丽的石柱，不禁惊叹大自然的鬼斧神工。

"天择，你说石柱上的那些洞是什么啊?"李力锋指着一根石柱叫道。

天择顺势望去，一根连为一体的钟乳石柱的上部，有一个圆圆的黑洞，不像是天然形成的，而且不止一根石柱上有这样的洞口，好奇怪。

"石柱上寄生着什么动物吗?"天择问小船夫。

"反正我没见过有东西从那些洞进出，它们应该是自然形成的。"小船夫专注地划着船。

也许明多拉里的大自然，就是这样神奇，天择想。

众人越行越深，阵阵冷风从后背袭来，天择觉得后脖颈上的汗毛都立起来了。"还有多久到啊?"天择迫不及待地问小船夫。他总觉得昏暗的火光中，似有什么东西，从石柱的黑洞中窥视他们。他回头去看，可那儿什么都没有。

"穿过这个洞穴，就到了。"小船夫不紧不慢地说。

小船穿过一个拱形的洞口，眼前豁然开朗。这是一座巨大的洞穴，大概有一千个天择卧室那样大。它仿佛是一处洞穴人的居住地，数不清的小石洞嵌入白色洞壁之中，层层叠叠，一路斜坡如同一条大蛇，盘旋数圈环绕而上，连接每一个洞口，在无尽的火把中忽隐忽现。

"到了。"小船夫将船稳稳靠岸，指着洞壁上那些洞窟，"喏，那些都是商店，你们找一家店铺去卖铜镜吧。"

众人顺着坡道盘旋而上，一路上天择都左顾右盼，寻找着神秘客。做交易的顾客不多，可就是看不到神秘客。

天择经过几家店铺，店铺都是开凿在石壁上的小洞穴，如同窑洞一般。阳光通过墙上的石窗射进店铺，木架上的货品看上去就像把全世界杂货铺的东西都搬了上去，包括但不限于蜚的犄角、篾鱼标本、用蜚的犄角雕刻的篾鱼模型、树皮制成的漂亮衣服、无数瓶瓶罐罐以及天择叫不出来名字的各种植物。

天择突然停在一家店铺前，神秘客正站在店中一张桌子前，桌后坐着满脸络腮胡的店主，店主穿了一身红色鱼皮衣，二人正用明多拉语交谈着什么，见有三位小客人进来，立刻停止交流，警觉地看向他们。

📖　　　　📖　　　　📖

船夫立在山洞前，从口袋中掏出一支小毛笔和一小卷纸，趴在洞旁一块石头上快速写下一行字，又变魔术般地从宽敞的衣襟里掏出一只灰色的鸽子，将纸卷套上鸽爪，放飞信鸽——

不久，一个头系红丝带的船长带着西装男和邋遢男从森林里跑了出来。

"他们在里面。"船夫指着山洞说。

"他们去里面干什么？"船长瞪着船夫，神情不怒自威。

"不——不知道——"船夫战战兢兢地说。

船长一把揪住船夫的衣领，几乎要把他从地上提了起来："你什么都没弄清楚，叫我们来是陪几个小屁孩玩山洞躲猫猫吗？"

"不，不，"船夫全身发抖，"他们说，神——神秘族人跟一个集市有关，集市可能就在山洞里。"

船长的脸扭曲了，鼻孔喷着粗气，活像一只发怒的公牛："所以呢？你还是没拿到甲骨文是吧？他们还没找到神秘族人和童谣对吧？"

"还——还有一个指南针，是李亿恒的。"

船长愣了一下："接着说。"

"他——他们跟着一个人进了这里，那个人有李亿恒的指南针。"

船长放下船夫，嘴角浮出一抹微笑："原来你不是个废物！这几个小屁孩动作太慢，我们得帮帮他们。跟我来！"

四个人冲进山洞——

📖　　　　📖　　　　📖

神秘客一见天择，第一件事先把指南针揣进兜儿里："怎么是你们！跟得够紧的啊！"

"叔叔，这就是你的不对了。"李力锋斜睨着他，"在客栈我要买你的东西，你不卖，你非得大老远跑到这儿来卖，害得我们腿都走疼了！"

神秘客眨了眨眼睛，大概弄不明白自己是否需要为三个孩子的腿疼负责。店主却哈哈一笑："好吧，多卡，你把东西放下吧，给，五斤贝币。"店主从桌子底下提上来一个哗啦作响的木盒子，神秘客多卡把指南针和自己的包袱放在桌子上推给店主。他打开木盒，满满一盒五彩贝壳在火光的照耀中熠熠生辉，神秘客的眼睛都被闪得睁不开了。他满意地合上木盒，回头对李力锋说："你给的太少啦！"

　　李力锋愣在原地，一时半会儿想不出解恨的言辞予以反驳，只好眼睁睁地看着神秘客提着钱箱得意地走出店铺。

　　天择冲出店铺，一把抓住神秘客。"叔叔，指南针你也卖了，现在能告诉我你是怎么得到的指南针吗？我爷爷在哪儿？"

　　神秘客厌恶地抓开他的手："小子，别来烦我！我绝对不认识你的什么爷爷！除非你把一个穿黑衣服的年轻人叫爷爷！"

　　"黑衣人？"天择恍然大悟，"你是说那个穿黑衣服的神秘人？"

　　"神不神秘我不知道。反正他的衣服把他包裹得连他是人是动物都分不出来！精神还有问题，他非要让我把指南针挂在脖子上，必须露出来。这不，果然招来一群麻烦精！好啦，你们别再来烦我！"

　　李力锋和班长也出来了，天择愣愣地看着神秘客远去。他想的没错，爷爷让神秘客必须把指南针露出来，就是保证他能看到，爷爷正是用指南针引他来到这儿，来到这个莫名其妙的集市，来到这家店铺。

　　这时店主走出店门："孩子，你进来吧。我有事跟你说。"

　　天择狐疑地看着店主，店主只是平静地走进店铺。

　　天择仔细打量这家店铺，发现这间店铺的玻璃展柜里，摆满了木头做的长枪，臃肿粗大的枪体外挂了一个圆柱形的塑料弹匣，透明的弹匣里装满了白色粉末，不知道那是什么。一侧的墙角摆放着一堆大木桶，木桶旁边的地面上，还有一个圆圆的球，那圆球黑乎乎的，长相很难看，酷似足球，又好像地雷。

　　如果天择没有猜错，这地方是一家武器店。只不过店里没有火药味，取而代之的是一种辛辣刺鼻的怪味儿，天择的鼻子痒痒的。爷爷为什么引我来一家武器店？这儿真的是神秘民族排斥的集市吗？

　　天择正想问店主，店主却抬起手，示意他先别说话，接着店主慢慢打开神秘客的大包袱，里面散乱着无数植物枝条，枝条上挂着一种像葡萄一样的果实，果实比葡萄小，红色、绿色和黄色相间，一串一串的。正是这种果实，散发出来一种莫名的怪味。店主拿起一根枝条，放在鼻下闻了闻："嗯，上好的胡椒！你是李天择吧？"

天择惊了一跳："你怎么知道我的名字？你是谁？"

店主不慌不忙地对准胡椒果又深吸一口气，然后打了一个大喷嚏："啊呦——这味真地道。我不仅知道你叫李天择，我还知道你爷爷叫李亿恒。喏，桌上的指南针你拿去吧。"

"你认识我爷爷！他在哪儿？"天择惊叫起来，扑向店主的木桌，差点把桌子给撞翻了。

店主举着两根胡椒枝摊摊手："他可能在珠穆朗玛峰顶上，也可能在马里亚纳海沟里，我好几年没见到他了。你爷爷托人找了一位常来集市的顾客，让他把指南针交给我，让我再转交给你。"

天择叹了口气，尽管他已经料到会是这个答案。"你知道蛮多拉的事情？你是蛮多拉人？"

"不，不是。"店主很快否认，"几年前听你爷爷给我讲过。那个神秘的家伙昨天来找我了，告诉我有一个人会来我的店里出售一枚黄铜指南针，"他说着拿起桌上的指南针，"还告诉我会有三个小孩子追着那个人一并前来。他要我买下指南针，并将它送给一个叫李天择的小子！哈——看来你们已经对黑斗篷神秘人很熟悉了。"

"何止是熟悉。我们都快成朋友了。"李力锋苦笑一声，"他几乎无处不在，无所不能，还总给我们找点刺激！"

店主把指南针交给天择，天择盯着指南针的盖子，心中不快，爷爷为什么不直接来找我，总要弄个中间人！天择不记得自己什么时候这样生过爷爷的气。他弄不明白，爷爷干吗总是遮遮掩掩的，就不能和他见一面，直接告诉他线索吗？总是派一个神秘人，那个该死的神秘人到底是谁呀！

天择掀开盖子，他惊讶地发现，爷爷的指南针盖子内侧，竟然刻着一行小字。他凑近去看：

> "经历是最好的老师，结果是最终的宝藏。而我更喜欢老师。"

天择盯着这句莫名其妙的话，百思不解。他觉得爷爷想告诉他什么，但这似乎与当下寻找神秘族的线索无关。

他合上指南针，将它小心地放入口袋。

"别藏了！把它交出来！"一个声音从身后响起，他转身一看，就见一个头缠红发带的高大男人抱着双臂，咧嘴冲他笑着。旁边，是他熟悉的邋遢男和西装男。"三位小朋友，别来无恙啊。"邋遢男不怀好意地摸着下巴笑着。班长一看见邋遢男，也是满脸笑容："呦呵，这位叔叔，您这么快就把铁锅头盔摘啦？那可是你朋友送你的礼物，他会伤心的。"

"你少废话！"邋遢男暴躁地嚷道，"我想摘就摘！"

"三位贵客，请问有何宝物出售？"店主客气地问。

船长斜眼打量店主，上上下下打量他的衣服："呵，好大一条红色的鱼啊。我可没有蚯蚓什么的鱼饵卖给你！"船长转向天择，目光中透着不容反抗的威严，"我倒是想和小朋友做个交易，怎么样？"

天择往后退了一步，战战兢兢地注视着船长。班长挡在天择身前："你想干什么？"

"没什么。"船长耸耸肩，"我想用一麻袋通宝，换那一枚画着椰子树的指南针——哦，对了，还有那张甲骨文照片。不知这位小兄弟意下如何？"

天择明白了，这三个人，一定是大魔一派来的。而把他们所在地点透露给他们的，不是船夫还能是谁。大魔一可真厉害，连"砍刀"团伙都是他的人，说明大魔一的势力已经渗透进蛮多拉世界了。怪不得爷爷给我留线索时小心翼翼。

班长和李力锋看着天择，天择努力控制着自己的战栗，胸膛一挺："你——你休想——"

"啊——我的出价已经很高了——"船长扬扬眉毛，"这样吧，我再给你加一袋，怎么样？"

"我不卖。"天择瞪着船长。

"对。我们不卖！"李力锋挺身而出，挡在班长前面。

"这位——这位红发带先生，"店主笑呵呵地说，"您就别为难孩子们了。我这儿有好东西，您看您需要什么，我可以打折——"

"别废话！"船长对店主咆哮道，又看向天择，"你最好还是答应我，不然的话——"

"不然的话怎么样？"李力锋叫道。

船长从后腰拔出一把明晃晃的弯刀，天择惊呆了。那种弯刀酷似镰刀，跟他在电影里看到的海盗刀几乎一样。原来，发带男是海盗，还带了两个从鬼市转行的新手。

西装男咧嘴笑着："现在没有该死的面粉和敌友不分的大蝎子保护你们了，我看你们还——"

"咣当"一声，众人一惊，店主掀翻墙角一个大木桶，白乎乎的胡椒面撒了一地。

"我们有该死的胡椒粉，还有一个敌友分明的大红鱼。"店主怒喝一声，"我劝你们不要轻举妄动。"

西装男的脸扭曲了，船长眨眨眼睛看着他："面粉和胡椒是个什么说法？"

"大哥，没时间解释了。反正一会儿千万别点火！"西装男朝天择扑来。

店主冲上前扬臂一挡，西装男一个趔趄跌坐在地。"我们最好和气生财！"

"哼，这要看你们和气不和气了！"船长的怒发把红发带都顶飞了。他和邋遢男同时扑向店主，店主一溜烟儿跑进旁侧的小门，躲进密室，关门的时候对天择留下一句话："你们先撑一会儿。"

"哦，他可真胆小。"班长拿起桌上的胡椒枝抛向敌人，胡椒叶拍上敌军脸庞的同时，胡椒粒也迅速占领了他们的鼻孔和嘴巴。

"快跑！"班长一声吼，众人拔腿冲向店外。

船长憋住胡椒带来的嗅觉刺激，眼疾手快抓住李力锋的脚踝，把他扑翻在地。天择火速拔下一串胡椒，塞到船长嘴里。在几乎把洞穴震塌的喷嚏声中，胡椒粒像开火的机关枪一样，从船长的嘴和鼻子里喷射而出。

天择拽起李力锋就跑，接着听见身后哐啷一声响，然后一个粗鲁的声音响起："站住！举起手来！"

天择转头一看，店铺一个玻璃展柜破裂，西装男举着一杆长枪，枪口正对着他们。附近的店主和顾客看见有人拔枪了，逃散的逃散，关店的关店。

三人立刻站住，举起双手，"叔叔，您别激动！千万别激动！"天择小心翼翼地对西装男说："有事好商量。"

"对对对，"李力锋连忙附和，"您先把枪放下，那玩意容易走火。"

"哼！"船长吐着胡椒，扔掉海盗弯刀，从西装男手中夺下枪，"现在知道商量了，嗯？给我吃胡椒的时候，你们咋没这样的觉悟嘞？"

"是你先冲动的。你咋这样不讲理？"班长叫道。

船长撇撇嘴："那好，我们都别冲动。我给的条件依然有效。两袋通宝换你们两样东西，怎么样，诚意十足吧？"

班长还想说什么，天择抢先一句："好，我们跟你换。"

李力锋和班长不可思议地看着他，船长满意地笑着，收回枪杆，枪口冲天。

班长低叫道："天择，那可是你爷——"

"先别说了。"天择悄声打断她。

船长示意邋遢男把贝币拿出来。邋遢男从胸前的衣襟里掏出两个布袋子，举在手上冲天择晃了晃。

天择掏出指南针和自己的手机，慢慢朝船长走去："你要的两样东西都在这里。"

"天择！你干什么呢！别冲动啊——"李力锋想拽住天择，船长又把枪口对准他们，天择一把推开李力锋，"别过来！"

班长拉住李力锋："你先别急——"李力锋焦急地看着她："他们是坏蛋啊，而且天择手机里没有甲——"

"别说了！"班长低吼道。

"叔叔，你把枪放下，我给你送过来。"

船长放下枪，天择走到近前，伸手递上指南针和手机。突然，船长抓住他的衣领，把他揪到身前，用胳膊锁住了他的脖子。邋遢男立刻夺走了指南针和手机。

"喂！你干吗！"李力锋几乎要奔过来，却被船长的长枪指着："你俩都别动，乖乖听话才是好孩子。"

"叔叔，东西已经给你了，我不要你的通宝了，放我们走行吗？"天择说。

"我压根儿就没打算把通宝给你。"船长示意邋遢男把贝币收回去，"我们已经找了李亿恒很久了。那个老家伙，狡猾无比，他给你指南针是什么目的？让你怎么找他？说！"

天择笑了，因为爷爷根本没有被坏人抓到，这下他可以放心了。"叔叔，我爷爷大概是想告诉我一句话。那句话就刻在指南针的盖子上。"

邋遢男翻开指南针盖儿，迷迷惑惑读出那句话，船长的表情比他还要迷惑："你这是跟我们猜谜语呢！这句话到底什么意思？"

"我不知道啊。"天择委屈地说，"叔叔，指南针上就写了这么一句话。"

"没关系。李亿恒要是知道你在我手上，他会很快出现的！"

"你休想！"天择使劲挣扎了两下，可船长把他的脖子卡得死死的。

"你跑不掉了！现在，乖乖把甲骨图片拿给我。"

邋遢男把手机给天择，命令他打开。李力锋急得脸都红了，班长紧盯着船长手中的长枪，低声说："李力锋，你的弹弓呢？快给我！"

李力锋会意，从口袋悄悄摸出弹弓，拿出几颗石子，偷偷递给班长——

"叔叔，我打开手机可以，你先让我朋友离开。"天择死死捏着手机。

"不行！"船长、班长和李力锋异口同声叫道。

"我要是有个三长两短，这世界上可没第二个人能打开我的手机啦。"天择仰头讨好地冲船长笑了笑，"再说你留着他们也没用，对吧？"

"你别跟我耍花招！"船长的胳膊又紧了紧。

"哎呀呀——叔叔，我脖子疼了，马上就要窒息了。一会儿我晕了，你可就没辙了。"

船长眼珠子转了一转："哼，一群小屁孩，谅你们也跑不出我的手掌心！"

天择冲同伴大喊："你俩快走，别管我！"

班长急得满脸通红，李力锋一步也没远离天择。他突然从口袋掏出一张纸，展开，举在手里晃动着，对船长叫道："甲骨照片不在那部手机里，它一直在我手机里呢！你那个白痴船夫把我的手机锁死了，多亏我提前把甲骨文抄在了纸上。想要吗？"李力锋扬扬眉毛，"你把天择放了！我把纸给你送过去！"

船长眯着眼睛盯着那张纸，脸庞逐渐扭曲："一群小毛孩子，你们还真会玩儿啊！"他对邋遢男吼道，"把它抢过来！"

"别动！不然我吃了它！"李力锋说着张开嘴，要把那张纸塞进嘴巴。

"别别！"船长慌了神，"那好！你过来！拿着那张纸！"

"李力锋，你在干什么啊！"天择大叫。

"天择，我不会扔下你一个人，更不会让你受伤害！"李力锋迈着坚定的步子，朝天择走来，"哪怕你嫌我泄露了秘密，以后不把我当朋友了，我也要这样做！"

天择盯着李力锋，朦胧的视线中，他感觉李力锋脸上没有丝毫的畏惧，而脚步也没有丝毫的迟疑。

"你这朋友，还真仗义啊。弄得我都被感动了。"船长低声对天择说，"不过他太莽撞了，会给你惹大麻烦的。知道吗，我的手上马上就有两个人质了！"他冲邋遢男使了个眼色。

天择仰头瞪着船长："我就是喜欢他的鲁莽，怎么样！"他突然猛烈挣扎，嘴里大喊道，"李力锋，别过来，他要绑——"

接着他的嘴就被船长的大手捂住了。李力锋没有停下，与船长越来越近。

天择眼睁睁地看着李力锋一步一步走进陷阱，而自己却无法阻止他。他深知自己太莽撞了，低估了船长，让自己首先成了船长的人质，马上他的好朋友也要被牵连进来，他们怎么敌得过如此强大的对手？他的泪水止不住奔涌而出，这泪水打湿了船长的手，顺着指间渗进他的嘴巴，含着悔恨和歉疚的味道。

很快，李力锋就到了近前。他伸着胳膊，手上提着那张纸，停在距离船长一米远的位置。

"把纸给我！"船长厉声叫道。

"先放了天择。"

船长与邋遢男对视一眼，李力锋立刻把纸放到嘴边："你俩站在那里别动，不然我真吃了它！"

船长平静地看着李力锋："好，我们一手交人一手交纸。"他突然松开胳膊，天择大叫一声："快跑！"他刚跑出一步，就被船长提住了衣领，邋遢男直扑李力锋。

李力锋还来不及把纸塞进嘴里，邋遢男就抓住了他的手腕。天择疯了一样扭着身体，可怎么都挣脱不开，他抱住船长的手臂，张开大嘴狠狠咬了下去。与此同时，一颗石子呼啸着刺穿空气，从远方射来，径直击上邋遢男的脑门儿。

洞穴里爆发出两个男人惊天动地的尖叫。邋遢男松开李力锋，李力锋扑向天择，然而船长力气太大了，两人对他又扑又咬，他揪着天择就是不放手！

身后的西装男冲上来帮忙，他捡起船长扔下的枪，刚直起身，班长飞奔而至，一个飞毛腿将他蹬翻在地，枪掉在地上，班长一脚把它踢开，弹弓对准船长脑门连射两发飞弹。

船长立刻松开了天择，捂着脑袋倒在地上。

西装男一个翻身起来，捡起长枪。天择扑向西装男，死死抱住枪杆，他真是恨死这杆枪了。他拼命掰扯西装男的胳膊，李力锋和班长也冲上来帮忙，四个人扭作一团僵持不下，长枪在众人推搡撞击中"啪啪"作响。

突然"砰"的一声，声音大得足以把整个洞穴震塌。一团白色烟雾像只气球一样，从难舍难分的四人中间膨胀而出。

所有人停止了打斗，捂着鼻子泪流满面冲出雾团，跟染了流感一样，剧烈咳嗽、打喷嚏——

船长和邋遢男一手揉着脑袋一手盖着鼻子，连滚带爬寻找清新的空气。西装男一个劲儿地抱怨："什么破枪。拍两下就走火！阿——阿嚏——"

天择感觉快窒息了。一股挥之不去的粉末将他从鼻子呛到嘴巴，从嗓子眼儿辣到肚子，他连一句话都说不出来，整个人就跟着了火一样。

这是一股熟悉的味道，白胡椒的味道。原来那些木枪是胡椒枪，天择一度怀疑美羊羊小卖部是不是在明多拉开了分店，这儿居然还卖整蛊玩具。

缓过劲来，天择拉着李力锋和班长正要撤离店铺，这时一个冷冷的声音响起："都站住！不守信用的小兔崽子们——阿嚏！"

船长的眼睛红成了兔眼，眼皮子一直眯着，眼泪直流，而这都没影响他把眼睛弯成一个得意的笑。他、邋遢男和西装男三人站在店铺门口，一人端着一把胡椒枪，三把枪的枪口，齐刷刷对着天择三人。

突然，店铺里的小门"哐啷"一声开了，密室里传来"咕噜咕噜"轮子滚动的声音。一门乌黑锃亮的土炮滑出门口，长长的炮筒子直指船长三人的后背。

第十九章 胡椒面战役

"您瞧，塔勒先生，人们被分成了两半，分成主人和仆人。我们的时代企图消除这个界限，但这是很危险的。必须有一些人专门出主意和发号施令，而另一些人则用不着思考，只需执行命令。"

答话前，蒂姆在不慌不忙地喝茶。"当我还是个小孩的时候，巴伦，有一次我父亲对我说：'别相信人分成主人和仆人，孩子！相信有聪明人和蠢人，要是蠢人心眼不好，你就别跟他好。'当时我把这段话抄在本子上了，所以现在还记得。"

——《出卖笑的孩子》 ［德］詹姆斯·克吕斯

众人眼珠子都快掉下来了。

"大——大哥，你这也太狠了——"西装男连枪都端不稳了，"要不要玩得这么大啊？"

店主淡定地从炮筒子后面伸出脑袋："各位，现在听我说两句啊。

我这些宝贝，可从来没在店里响过，既然大伙儿今天都想激情四射一下，那我就用镇店之宝来给大家助助兴，各位意下如何?"店主好像把一颗黑色的足球塞进了炮膛，接着他就要拉下炮筒后面的引线。

"哎别别别——"所有人异口同声叫道，西装男把枪扔了，双手举得高高的。

"怎么样?"店主狡黠地笑着，黑乎乎的炮口仿佛配合他一起狞笑，"现在是缴械投降，还是欣赏胡椒大炮的烟花?"

"哼!"船长冷笑一声，手里仍然牢牢攥着胡椒枪，"你这条大红鱼还挺能耐，居然有大炮!"

"当然，"店主轻描淡写地说，"我说过，我是一条敌友分明的大红鱼。"

要不是情况不允许，天择已经热烈地鼓起掌来了。

"各位! 各位! 大家都冷静一下，"邋遢男也扔掉了枪，举起双手，"这种伤敌一千自损百八的玩具一点儿都不好玩，可别把自己给熏啦!"

"你们两个懦夫，"船长啐了口唾沫，"把枪给我捡起来，我不信他敢开炮!"

"那你信不信我敢开枪?"船夫不知何时来到近前，捡起走火的胡椒枪，枪口对着船长。"库索哥哥，你——"李力锋一脸迷惑地盯着他。

库索踱着慢步挡在天择身前。"对不起，孩子们，遇上现在这种事，都怪我。我不该泄露你们的线索，但我没有办法，是他们逼我的。"库索头也不回地说，一双冰冷的眼睛直视着船长。

"啊?"天择惊叫道，"这到底是怎么一回事?"

"他们告诉我，我的父母被大魔一绑架了。要求我一路跟着你们，搜集你们获得的线索，并及时告知他们。这样大魔一才能放了我的父母。他们想要古童谣，找到青铜神鸟，助力大魔一，和李亿恒抗衡。"

天择愣住了。

"那你现在这是——"班长不解地问。

"刚才我在底下一直看着你们。尽管我和父母已失散多年，我很想念他们。但是，你们是好孩子，是我害了你们，我的错，必须由我来挽救。我只想告诉你们，我不是间谍，只是一个等待和父母团聚的孤儿。"

天择觉得嗓子被什么东西卡住了，他有点哽咽："哥哥，你——你也认识我爷爷？"

"他是个好人，"库索平静地说，"是你爷爷让我去湖边接应你们，还托人告诉我古童谣的线索，让我转告你，并让我保密。我答应他，一定保护好你们，所以我要一路跟着你们，保护你们，为你们提供帮助。但是——"库索抽噎了一声，"但是我遭到了胁迫，我没有完全实现我的诺言——"

天择突然想起来，库索在湖边跟他说的第一句话就是汉语，而不是明多拉语，库索从一开始就知道他们来自蛮多拉。他嗓子酸酸的，视线模糊了："哥哥，这不怪你——"

库索深吸一口气："我不会再受他们胁迫了，我必须保护你们，安全走出这个山洞！"

"对不起——哥哥，"李力锋用袖子抹了一把眼泪，"我们错怪你了。"

"不，你们没有。的确是我锁死了你的手机。他们释放了奴隶主的蜚，故意制造混乱，就是让我找机会偷偷看你手机里的照片。"

　　船长皱起了眉头："我现在明白了。你小子，是故意锁死他的手机吧，目的就是引起他们的怀疑?"

　　"没错。"库索坚定地说，"他们怀疑我，就不会告诉我新的线索，这样你们无论怎样威胁我，我都不可能说出我一无所知的事情。"

　　"哼!"船长脸色铁青，"你这个卖鱼干的小渔夫真不地道，我现在真是讨厌透了一切跟鱼有关的东西!钓鱼的!卖鱼的!"他瞥了一眼店主，"还有打扮成鱼的!"

　　"天择，你们赶快走，这里有我和大炮就足够了。"库索说道。

　　天择摇摇头："不，哥哥，我们要和你一起安全走出这个山洞!"

　　"砰"一声巨响，一团白烟卷向库索，接着第二朵胡椒云从库索的枪管奔出，扑向船长。

　　场面直接乱了。一瞬间胡椒面就包围了所有人，咳嗽声、喷嚏声此起彼伏。迷雾中，"砰砰砰"的声音响个不停。邋遢男两根手指堵着鼻孔，跟一只大雾中找不到地洞的土拨鼠一样，趴在地上摸索他扔掉的枪。班长捂着口鼻冲进店铺，从展柜提出仅剩的一把胡椒枪，一通灵巧走位，闪到邋遢男身后，对准他的后背连扣扳机。邋遢男灰色的衣服现在成了白色。

　　船长气急败坏地去瞄班长，李力锋捡起西装男的枪又开火了，船长一头乌发连同他飘扬的红发带瞬间就白了。他端枪又冲李力锋一通"突突"，浓烟掩护下，李力锋闪到店门后面，露出枪筒精准一击，船长的脸直接敷上了白色"面膜"，鼻孔被胡椒粉堵实了。

　　胡椒面越来越浓，能见度越来越低，而战斗还在继续。

　　可怜的店主扶着胡椒大炮，眼珠子跟着炮筒子冲着胡椒面里的人群焦急乱转，根本瞄不准任何人。"我的天呐!你们这是要轰了我的店吗?能不能手下留情?"

"这要看大家讲不讲理了。"李力锋跳到木桶后面，"突突突"又是一梭子。

店外的战斗现场已经没有什么能见度可言了，谁都看不见谁，谁也控制不住局面，一团又一团胡椒面从枪筒喷射而出，且方向不明。

迷雾中就听班长大喊："你倒是开炮啊！"

"不能开啊！"店主大声回应，"炮弹不长眼，我看不清谁是谁啊！"

天择快要窒息了，即使捂住口鼻，胡椒粉还是跟他过不去，疯狂往他鼻子嘴巴里钻。他用尽全力大喊："进店铺！进店铺！阿嚏——"说完就朝着自认为是店铺的方向跑去。在他的腰碰上展柜、脚底绊上一杆胡椒枪，屁股顶上大木桌之后，他的胸脯终于成功地撞上了大炮。店主循声将他拽到大炮后方。店内的胡椒粉浓度没有外面的高，外面胡椒爆炸声还响个没完没了，天择根本弄不清谁在哪儿："这边，这边——"他对那团迷雾大喊，"班长，你们快过来！"

班长没过来，邋遢男过来了。他肥硕的身躯冲破浓雾，提着一杆胡椒枪，二话不说扑上炮筒子，想霸占大炮。这事儿店主哪能答应啊。他跳起来扑向邋遢男，把他从炮筒上拉下来："天择，护住引线！"

天择把整个身体都压在了炮筒后端，阻止任何人接近引线。店主抱着邋遢男在地上打起了滚儿，谁都制服不了谁。天择想把大炮推开上去帮忙，可他根本就推不动。

突然，胡椒枪声戛然而止，浓雾中伴随着剧烈的喷嚏，响起木棍撞击的声音。接着一声尖叫，李力锋被扔出了浓雾，摔在店铺的地板上，胡椒枪掉落一旁。

"李力锋，快来帮忙！"天择对他大喊，李力锋一边往这边跑一边抱怨："胡椒用完了，改木棍格斗了！真是的，弹匣太小了！"

"你没事吧?"

"我没事。"

"帮我推大炮。"

地上的邋遢男一看,大炮马上要被推走,这下他不干了!他一声大吼,把压在他身上的店主举了起来,如同举了一个超大号的杠铃,狠狠地摔向一边,接着爬起来,冲天择扑去。

千钧一发之际,店主从地上跳起来,从后面抱住邋遢男的脖子。邋遢男一个趔趄,重重地撞向炮尾,接着炮筒子绕着支架开始旋转。天择及时躲开,李力锋却爬上炮尾,整个人原地起飞,跟着大炮筒子一块儿转着圈:"救——救命啊——"

引线在他身下被甩了起来,从邋遢男面前一圈又一圈地飘过,店主死死扣着邋遢男的手,扯着脖子大喊:"救人!快保护引线!"

天择真想把引线直接吃了!他直扑炮筒,让炮筒停下,把李力锋从炮筒上拽下来,李力锋晕得跟个陀螺似的,摇摇晃晃站不稳脚跟。

邋遢男怒吼着把店主撞向墙角,又朝大炮扑来。他推开天择,扑上炮筒,调整方向,把炮口对准店外:"船长!二蛋子!炮弹来啦!快跑!"

随着一声惊叫,班长从迷雾里飞了出来,跌进墙角那堆木桶。

邋遢男的手已经摸到引线。库索还在店门口,天择什么都顾不上了,一个猛虎扑食压上邋遢男的手臂,店主同时冲来,扳开邋遢男的手,双方争夺引线控制权,三人在炮筒后撞来撞去,大炮绕着支架,又开始转个没完没了。

"李力锋!快稳住大炮!"天择大叫。

李力锋还在与大炮共跳陀螺舞,店主和邋遢男两人谁也看不准谁,谁也对不准谁。

　　店外胡椒面逐渐消散，显出库索、船长和西装男清晰的身影。西装男捂着喉咙倒在地上挣扎，咳嗽和喷嚏连天，库索和船长举着胡椒枪正在格斗。三人听见天择的呼叫，同时瞥向店内，他们的下巴几乎要给惊掉了。

　　胡椒大炮跟疯了一样转圈，失去了准星，眼看要走火，西装男最先反应过来，随着他的视线急剧地转向一旁，他的身体也连滚带爬冲了过去。船长眼珠子跟着炮筒一块转，手忙脚乱躲避炮口。

　　库索扔掉胡椒枪直奔大炮，停住炮筒，将炮口冲外。班长晕晕乎乎从地上坐起来，就见船长正在捡他的弯刀。班长拿起身旁的胡椒枪，才意识到弹匣里没胡椒了，接着就发现自己跌进了胡椒桶堆，旁边还有一个桶翻倒了。

　　"都别动！"她大叫一声，胡椒枪直对船长。

　　船长提着弯刀愣在原地，店主和库索拧着邋遢男的胳膊坐在地上。

　　"现在都听我指挥！"班长指了指身旁的胡椒桶，"这儿胡椒粉多的是，嗯？"

　　邋遢男哀叫着："面粉胡椒粉，我恨透这些粉了！"

　　"哈！"李力锋摇晃地指着胡椒桶，"我爱死这些粉了！"

　　"现在听我说，你，红发带！把刀放下！"

　　船长把弯刀扔在脚边。班长朝邋遢男叫道："过去跟你的船长站到一块儿，快！"

　　库索把邋遢男拽起来，推向船长。刚走出两步，邋遢男突然转身，锁住库索的脖子。班长正要扣扳机，邋遢男把库索挡在身前："哼！我就不信你敢开枪。"

　　"你放开他！"天择大叫道。

　　邋遢男勒着库索退到店门口。

"各位小屁孩儿们，刚才的胡椒大战玩得还过瘾吧？"船长狞笑着把海盗弯刀架上库索的肩膀。

"你想干什么！"班长瞪着船长，牙齿咬得咯嘣响，她的手紧紧捏着胡椒枪筒，指关节都发白了，好像那枪筒就是船长的脖子。

"把甲骨文交出来！对了，还有那张照片，青铜树的照片。指望你们去找青铜神鸟，我的头发早就等白了！"

"你头发已经白了！"天择的视线在弯刀和船长之间来回移动，生怕刀刃碰到库索的脖子，"好，只要你们不伤害库索哥哥，我们把东西给你。"天择捡起掉落在一旁的书包，从里面取出青铜树照片，"李力锋，那张纸呢？"

李力锋犹豫地看着天择。

"你不会把它吃了吧？"

李力锋赶紧摸索着口袋，很快就掏出一张皱皱巴巴的纸。"我去把东西给他！"他说。

"不行！"船长叫道，"必须李天择把东西送过来！"

天择盯着凶神恶煞的船长，明白了船长的意图，船长本就想将他俘虏在手，然后引爷爷出来救他。他怎么能给爷爷制造麻烦呢？他盯着海盗弯刀，刀刃闪烁的冰冷寒光如同一条马上要发动攻击的银环蛇，在库索哥哥的脖颈旁游移。库索冷静地注视着天择，眼睛里闪烁着抗拒，面容却毫无畏惧，他的脖子牢牢卡在邋遢男强壮的臂弯里，他用微小的动作摇了摇头，警示天择不要过去。

天择的脑海中突然闪现出食水湖边，库索哥哥和他们初遇的场景，还有那座夜风中温暖的藤蔓屋。如果这一切都是爷爷的安排，那么库索哥哥就是爷爷信任的人，也就是我信任的人。我们和库索哥哥从会见的开始，就注定了我们之后命运的相连。好朋友也不可能一直做正确的事，就算李力锋也不可能。他的确帮助了船长一伙人，可他是迫不得已，他思念父母，就如同我现在思念爷爷一样，也许人在朋友或者家人遇到危险时，就会冲动吧。库索哥哥不也在我们受到威胁时，挺身而出吗？

天择镇定地向李力锋伸出手，对他说："把甲骨文给我。"

李力锋迟疑不定，目光在天择和船长之间来回移动。

"快一点！"

李力锋慢慢伸出手，把那张纸递给他。"天择，你——"

天择拉住他的手："你从胡椒枪下救了我，现在，我也要从弯刀下，救出哥哥。库索哥哥是我们的好朋友，既然是好朋友，不管什么事，都要一起面对。包括做错的事。"

天择迈着坚定的步子，朝库索走去。

库索急得眼泪都落下了："傻孩子，我求你了，别把线索给他们，赶快走啊。"

"哥哥，我不会扔下你一个人的，我说过，我们要一起安全走出洞穴。不管什么宝藏，都没有一个好朋友重要。"天择脸上没有丝毫畏惧，脚步也没有丝毫迟疑。

"你快走啊——快走啊——"库索大吼着，泪水滑上银色的弯刀，湿透邋遢男的衣袖，"是我犯了错误，这是我该受的惩罚，我不值得你这样啊——"

天择伸着胳膊，手中捧着青铜树照片和那张纸，停在距离船长一米远的位置。

"把东西给我！"船长厉声叫道。

"先放了库索。"

船长冷笑一声："下一秒你该不会准备吃掉纸和照片吧？"他冲邋遢男使了个眼色，"去，把李天择抓过来！"

邋遢男脸都扭曲了："船长，我头上被石子儿打的包还没好呢。"

"瞧你那点胆！"船长啐了口唾沫，一把推开邋遢男，站在库索后面，弯刀在库索脖子上架得稳稳当当，"过去！这回他们别想轻举妄动。不论弹弓还是胡椒枪，都快不过我的刀！"他盯着天择，"如果你们轻举妄动，就会失去一个——"他不屑地瞥了一眼库索，"对朋友并不忠诚的朋友。"

"如果哥哥对我们不忠诚，现在他就不会在你的弯刀下。"

船长狞笑着："你说得对，正是因为他对你们太忠诚，而我们又对宝藏太忠诚，才会形成当下这个局面。所以，胖三儿，你还犹豫什么呢——"

邋遢男的眼睛就一直没离开过班长，尤其是她的两只手。他步伐迟疑，几乎一寸一寸朝天择移去。

天择把线索紧紧攥在手中，那张写满甲骨文的纸片已经在打斗中皱皱巴巴了。突然，一个想法闪过天择脑海。他相信，朋友们一定有这样的默契。

他看向满面泪痕的库索，冲他眨了眨眼睛。库索愣了一下，接着悄悄露出一个会意的表情。

"叔叔，"天择突然对船长叫道，"我忘了告诉你一件事——在给你线索之前，我觉得应该告诉你，不然你拿到了也没有用。"

"你怎么那么多话！还不赶紧的——胖三儿！"

"他是叛徒！"天择指着邋遢男高喊道，"我不能把线索给他，他会偷走的。"

整个店铺的人都愣住了，直勾勾地盯着天择。

邋遢男愣在原地，眨巴着眼睛，茫然地望着天择，而船长迷惑地看着邋遢男。

"他和二蛋子是一伙儿的。"天择继续高叫，"二蛋子拿着指南针早就跑啦！不信，你让胖三儿拿出指南针看看——"

船长震惊地看着邋遢男，邋遢男已经语无伦次了："不——不，船长，我没把东西给二蛋子呀！"

船长深吸了一口气，瞪着邋遢男："那你倒是把东西拿出来证明一下啊！"

邋遢男开始手忙脚乱地摸口袋，因为他太邋遢了，自己也忘了把东西放进了哪个口袋。千钧一发之际，天择冲库索使了个眼色，接着他迅速将纸和照片抛向船长，"船长大叔，接着！"

船长一转头，纸和照片已到近前，他伸手去接，握刀的手顺势松动，库索趁机挥起手臂，一把将刀刃从肩膀上推开，同时脖子一扬，后脑勺狠狠撞上船长的鼻子，船长尖叫着捂住鼻子，弯刀"哐啷"一声掉落在地——

在库索朝天择扑来之时，邋遢男终于找到了指南针，他举着指南针大叫："我找到啦！你们看，我不是叛——"

随着"砰"一声巨响，邋遢男的声音被淹没了。一块儿被淹没的，还有他找到指南针的惊喜面庞。库索拉着天择朝大炮冲去。

烟幕之中，西装男摇摇晃晃闪到门口，与邋遢男撞了个满怀："胖三儿，我们控制局面了吗？"

"控制你个胡椒面！"李力锋大叫一声，闪身扑上大炮，对准三人使劲拉下了引线——

第二十章　失踪的稻米

"你们能不能行个好，向我解释一下这闹的是哪出？"他一边开门，一边念叨，"如果这是新式的儿童游戏，那我得告诉你们，我太老了，不觉得它好玩。"

——《威尼斯神偷》［德］柯奈莉亚·冯克

一声惊天动地的巨响划破长空。顷刻之间，门外如同降临了一团巨大的乌云。大炮强大的后坐力把炮筒子往后冲了一米，而李力锋则被撞进了密室，坐到十米开外的地板上，捂着肚子，哎哟哎哟地叫着。一团猛烈的气浪把船长三人组掀飞上天空，摔落到比李力锋还远的地上。

天择扑在地上，耳朵里如同无数蜜蜂在筑巢，"嗡嗡嗡响"个不停。旁边的库索甩甩脑袋，把天择拉起来："你没事儿吧？"天择根本听不清他的话，第一时间跑向李力锋，一边拉起他一边抱怨："能不能先商量一下？你开火太突然了，谁受得了啊！"

李力锋比他更不满："什么破大炮！看着没火药，咋后劲这么大嘞。"

刘静涵摇摇晃晃站起来，捂着耳朵，不停晃着脑袋："完了，我聋了！"

店主扶着自己的大炮，整个人都被震晕了，他双目呆滞，可怜巴巴地望着被摧残的店铺，墙上、地上、胡椒枪展柜以及木桶，全都覆盖了一层白色胡椒面，他的胡椒店大概从来没有这样名副其实过。

一股轻风吹进天窗，将弥散的胡椒面逐渐吹散。众人聚在大炮后面缓了缓神，店外船长三人组不见了踪影，李力锋跑向一旁，从地上捡起一个圆形的东西，交给天择，那是邋遢男被轰走时掉落的。

天择握着指南针，擦去上面覆盖的胡椒面："爷爷的指南针，这次帮了我们大忙了。"

"那可不，你得把它好好保管。"班长揉着耳朵，"耳朵居然没聋，真是幸运。"

库索叹了口气："你们为了我，把线索给坏蛋了。"

"没关系，哥哥，那张照片表示的线索，我们已经拿到了。"天择高兴地抱住库索。

"唉，都怪我，把李力锋的手机锁死了，你们丢了甲骨文，这可如何是好？"

"哈哈哈——"李力锋这时得意地笑着，从口袋掏出另一张纸，打开，举在面前，"线索还在这儿呢。"

众人惊讶地看着那张纸："哇！你是怎么做到的？"天择兴奋地叫道。

313

"偷梁换柱。"李力锋骄傲地仰着头，"这招厉害吧？"

"那你给我的是——"

"咱俩的绝交书。"

"啊？"天择惊叫道，"你就不怕被他发现？那我就完蛋啦！"

"放心，"李力锋走过来搂住他的肩膀，"我相信你一定能化险为夷的！"

"哇——你真是太莽撞啦！"天择故作生气地打了他一拳，接着放声大笑起来，"不过我喜欢！哈哈哈——难怪那个纸团皱皱巴巴的，这下你的绝交书是物尽其用啦！但愿他们看到我们送的绝交书，能在上面签上名字。哈哈哈——"

库索看着他们，激动得热泪盈眶，班长站在一旁，眼眶红红的："这真是——男孩子的友谊，嗯？"

"不，也有女孩子的友谊！"李力锋拉住班长和库索，四个人紧紧相拥。

大红鱼店主撇撇嘴："你们都不来抱抱我啊，是不是嫌我这条大红鱼身上有鱼腥味儿啊？哈哈哈——"他说着也大笑起来，走过来和所有人拥抱在一起。

"叔叔，谢谢您的胡椒店——"天择仰头笑嘻嘻地看着店主，店主轻轻摸了摸他的头。"好啦，接下来你们有什么打算？"

五个人彼此松开，天择叹了口气："我也不知道，我们想去找神秘族，叔叔。您有线索吗？"

店主摇摇头："你爷爷没有告诉你神秘族的线索吗？"

"没有啊——"

"哦，你可得再想想。"店主皱着眉头，"你们是跟着多卡来这儿的吧？"

天择点点头。

"摆渡船的小船夫没问你们要通行布偶吗?"

"有!"天择从书包取出那个布偶。店主把布偶拿在手上,眉头越皱越紧。"这布偶怎么这么硬啊?"他撕开布偶后背的一条缝合缝,一串白色的稻米如瀑布一般滑落于地。"这不对啊,布偶里面应该是棉花才对。你们从哪儿拿的布偶?"

"附近的彩虹村。男主人叫春木。"天择说。

店主把布偶还给天择:"的确有传言,神秘族在我们的集市附近活动。而且他们也爱吃稻米——"他盯着地上白花花的米粒,"我觉得如果你们能解释为什么布偶里的棉花被换成了稻米,你们就能找到神秘族了。"

天择眉头紧锁,直勾勾瞪着手中的布偶,一道闪电劈过他的脑海。

村庄的人,为什么要把布偶里的棉花,换成稻米?他瞪大了眼睛,集市的通关信物是棉花布偶,如果说集市散发着"恶臭",那么作为集市通关信物的棉花布偶也是"臭"的,而他们用稻米,替换了棉花,这难道不是"用稻米的芳香,挤开集市的恶臭"吗?

原来,"众里寻他千百度"的神秘民族,曾经就在眼前啊!他和神秘族,已经见过面了!天择激动得几乎要跳起来!"谢谢您,大红鱼叔叔!我们得马上回村庄了!"

众人急匆匆地向店主告别,一路冲下坡道,来到河边。小船夫还守在那里,一见他们回来了,从船舱里站起来:"哇——你们是来交易的,还是来打仗的——你们把洞穴都要震塌啦!发生啥事儿了?"

"剧情太复杂,少儿不宜——"李力锋一边跳上船一边说,"快载我们去洞口——"

四人坐在一起，班长低声问："天择，你究竟想起什么啦？"

"用稻米挤掉布偶里面的棉花，嗯？"天择兴奋地直喘气，"你想到了什么？"

"我的天啊，你是说村庄的人就是神秘族？"班长瞪大眼睛问。

"用稻米替换棉花，用米香挤开'恶臭'，做这事的人，不用说，肯定是神秘族。"

库索高兴地一拍手："你们果然找到神秘族啦！"

天择笑嘻嘻地看着他："哥哥，你大概一直都知道我们的计划吧？"

库索得意地扬扬眉毛："那当然。我没告诉你们，是因为你很谨慎，会躲开我，这样我就无法跟着你们，实现对你爷爷的承诺啦。"

"原来是这样，"班长有点儿埋怨地看了一眼天择，"我就说吧，库索哥哥是好人啊。你差点误会哥哥了。"

"也不能这么说，"库索尴尬地笑了笑，"天择的谨慎是正确的。毕竟当时我是个陌生人，你们有警惕心很正常，这我早就料到了。以后遇见陌生人，也要提高警惕，毕竟，你们有可能遇见大魔一的人，比如刚才那三个！"

"啊？"船头的小船夫突然叫道，"刚才那三个狼狈不堪的男人，原来是大魔一的人？"

"你才知道！"天择和李力锋异口同声叫道。

"我当时只是好奇，他们都成'白头仙翁'了，还边跑边冒着呛人的烟雾，为啥还捧着一张纸，兴高采烈地边跑边笑——我猜是大炮把他们轰得精神失常了。"

天择和李力锋相视一笑："你猜得没错！"

　　小船很快停靠在洞口，众人顺着原路返回村子，直奔春木的家。春木看着他们又回来了，高兴地把他们让进家门。

　　"叔叔，你们是神——"天择赶紧住口，他激动得有些莽撞，他总不能直接问春木，"你们那首指明了青铜神鸟下落的童谣是什么？"这就摆明了是来夺宝藏的。他得用一点时间思考，怎么样才能让神秘民族说出那首童谣。

　　厨房里灶台中的火焰还在噼啪烧着，春木为他们搬来椅子，让众人围坐在火灶边，天择觉得一股舒适的温暖从脚蔓延到头发。

　　"孩子们，你们有事情找我吗？"

　　这时，小女孩春雨跑进厨房："真是太好啦，你们又来陪我啦。"

　　班长看着天择，似乎在问："怎么办？是不是可以先从小女孩问起？"

　　天择想了想，对春雨说："你们这儿——有没有什么——呃——比方说儿歌？或者，"他谨慎地说，"童谣？古老的童谣？"

　　"好多啊，"小女孩笑嘻嘻地说，"要不要我唱给你听？"

　　"好啊，"班长说，"我们想听听你们这儿的童谣是怎么唱的——最好唱汉语。"

　　春雨转动着明亮的大眼珠，轻柔的嗓音响起。春木抱着双臂站在一旁，微笑地看着女儿灵动欢唱。

　　第一首唱了一半，她的四位哥哥姐姐也走进了厨房，接着是她的母亲。天择觉得这样下去可不行，他总不能让小女孩把所有童谣都唱一遍，他听到后天都听不完。

　　"对不起，打扰你们了。"天择不好意思地说。

　　"孩子们，欢迎你们到来。"春土笑呵呵地对天择说，"天快黑了，我得准备晚餐了。"

春土开始烧水，春木掀开布偶架子旁的一个大缸，从里面舀出一碗米。天择毫不奇怪，神秘族就是爱吃稻米。

天择低声问春雨："有没有哪一首童谣，里面提到了——呃——乌鸦之类的？"

春雨想了想，然后慢慢摇了摇头。

"那你们除了说明多拉语，还说什么语言？"天择想起铜镜上神秘民族的秘密文字。

"还说汉语、西班牙语、葡萄牙语……"

"不不不，"天择急忙打断她，"除了蛮多拉的语言。还有没有别的？"

小女孩再次摇了摇头。

天择皱起眉头，班长也狐疑地看着他，李力锋挠着后脑勺。情况似乎有点不对劲。难道神秘族把神秘童谣隐藏得很深，不告诉小孩子吗？可是神秘族的语言，族落的小孩子不该不知道啊。语言，本来就是从小开始学习，才更容易掌握啊。

"爸爸，我们的稻米，昨晚没有丢吧？"年纪最大的男孩春水问春木。

天择一愣，看着春木："什么？还有人偷稻米？"

"没错。经常丢。不过最近一段时间，稻米没有失窃。"女主人说，"我怀疑是有人把我们村的稻米偷了去。但我们没有证据，不敢乱说。"

天择眉头越皱越紧："这儿每家每户都被偷过稻米吗？"

"是的，每家每户。"春木将盛放稻米的碗放在灶台上。"我们的稻米，经常会少一些。"

　　一道闪光划过天择脑海，他倏地站了起来："你们知道那布偶里，塞的是什么吗？"

　　"大概是棉花吧。"另一个男孩春树说着，从架子上取下一个人偶，捏了捏，"奇怪，之前我就发现，布偶变硬了，可是他们送给我们的布偶，就是软软的，好像里面是棉花啊，现在似乎变成了——"

　　"稻米！"天择坚定地说出这两个字。

　　"啊？"春木瞪圆了眼睛，"这是咋回事啊？"他抓过布偶，扯开一处缝合缝，里面果真是白花花的稻米。

　　春木诧异地看着妻子："有人把咱们的稻米，塞进了布偶？这是谁做的恶作剧啊？"

　　春土从布偶中抠出几粒米，放在手心仔细端详："不对，这不是咱们的糙米，这是夏之国的香米。"

　　"没错，"春木捏起一粒米，举到眼前，"这种米又细又长，是非常高贵的品种。一般人是吃不到的。而且，它产自遥远的夏之国。怎么会跑到我们家呢？"

　　"米缸里的米少了，而布偶里又多出高档米，"李力锋挠着后脑勺，"看上去这小偷还很仗义哈。"

　　天底下会有这样的小偷吗？偷了东西，还能主动奉还更好的？偷米的人，真的是小偷吗？

　　用散发着香味的稻米，替换了布偶内的棉花，天择想，这正应了"用稻米的芳香，挤开集市的恶臭"这句话。

　　偷糙米还香米的人根本不是小偷，而是真正的神秘族！

第二十一章　神秘民族

真假不放在一起比一比，根本分不出真假。

——《俗世奇人》　冯骥才

任凭春木一家人怎么回忆，他们也想不起任何异常情况。门锁没有被撬，厨房也没留下陌生脚印，谁都没见过老鼠光顾的痕迹，米缸的盖子也没人动过。似乎一切证据都显示，是米缸里的空气，偷吃了他家的稻米。

就算明多拉的空气爱吃米饭，布偶里的稻米，难道也是空气给换进去的？空气活啦？

哎呀，天择暗叫，这简直太乱了！如果按照不正常的思路来分析问题，他再长十个脑袋都不够啊。

他努力冷静下来，想象自己是福尔摩斯，该怎么分析问题？一定有什么线索是他没有看到的。

他搓着额头，大脑飞快地转着，如果是神秘族换的稻米，他们明明有更高档的米，为何要偷糙米呢？难道他们吃不惯香米，所以给布偶填充香米，再拿点糙米充饥？或者，偷糙米的人和放香米的人，压根就不是同一拨人？这一捧稻米，有人偷，还有人还，还米的人简直正义得令人摸不着头脑。但是不论偷米和换米的是不是同一拨人，那个换米的人，一定是神秘族人。关键他是怎么做到的？

他不是在村落里，就是在村落附近！

到底有什么线索被我漏掉了呢？天择把额头都搓红了，他决定先研究被换了瓤儿的布偶，他看向架子上的布偶，一个一个地看，观察它们的衣服，观察它们的造型……

突然他跳了起来。

架子上有八只人偶，加上春木手中的那一只，一共有九只。而他清楚地记得，原先架子上，一共摆着十只人偶。

他激动地问春天："你家里一共有几个人偶？"

"九个。"男孩丝毫没有犹豫，"我记得很清楚。"

天择在架子上仔细寻找，很快就发现，那只挺个滑稽大肚子的人偶不见了！"那个大肚子人偶呢？"他尖声问道。

男孩挠了挠头："什么大肚子人偶？这儿的人偶从来没有挺着大肚子的。"

天择心中咯噔一跳，消失的第十只人偶，并不是被人偷走了，而是一只原本就不该在这儿出现的人偶。

他恍然大悟！简直不敢相信，自己曾与神秘族如此近距离地面对面，而他一点儿都没察觉。

他拉开书包拿出《山海经》，急促翻动着。

"找到啦！"他大叫着，招呼所有人过来，"你们看，第十四卷《大荒东经》里，记载了小人国。"他指着其中一段注释，"这些小人们，身高九寸，九寸大约就是三十厘米。这正好是人偶的高度！"

"所以——"班长若有所思地看着天择。

"所以，"天择一字一顿地说，"那个挺着大肚子的人偶，根本不是人偶，而是小人国的一员！我们要找的神秘族，就是小人国！"

李力锋难以置信地望着天择："难怪这个民族这么神秘！原来他们具备身高优势，还隐藏在一堆布偶中，这谁能发现啊！"

"这就全解释通了！"班长说，"米缸丢米，香米换棉花，一切都进行得悄无声息还无迹可寻，夜晚森林里也是只闻其声不见其人——哇，这简直太奇妙了！"

天择走向架子，将人偶一个一个取下捏了捏，有七个人偶内，塞的是稻米，最后两个，里面还是棉花。而那个小人今天来过，人偶里的棉花尚未替换完成，他肯定会再来。

天择眼珠子一转，计上心来。他按顺序放回人偶，四下看看，厨房不大，一览无遗，没有小人的踪迹。"你们这儿有没有硬纸板和镜子？呃——还有剪刀和糨糊？"

班长和李力锋纳闷儿地看着他。春木不解地去拿剪刀和糨糊，春水立刻走出去，很快拿来一片纸板和几块碎玻璃片。"给，这是我们晒稻谷用的，还有玻璃片，是我前不久不小心打碎的一面镜子，扔在院子垃圾堆里的。"

天择看看班长："你的手工比我好，我们需要一个小筒镜，能监视厨房。"

班长立刻会意。除了春土在厨房煮粥做早餐，其他人都来到外面客厅，专注地看着纸板在班长手中被裁开，然后被折成两个长方体纸筒，接着她把纸筒的端头小心翼翼地剪成45°斜面，选出一片大小合适的碎玻璃片，用糨糊粘在一个纸筒的端头，再把另一个纸筒拼装上去，一个"L"形的筒镜就做好了。

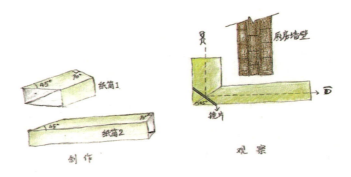

"这是什么啊？"春水好奇地把它举在手上。

"你把眼睛凑到纸筒端头看看，"天择一边说一边帮他调整好角度。

"哇！"和天择一般大的春山叫道，"我不用转头就能看到旁边有扇大门！"

"没错，这是运用了镜面反射的原理。"

春花、春天、春雨和春草吵闹着争夺筒镜，争先恐后地往镜筒里看，发出不可思议的惊呼。

"天择，你真是学以致用。"李力锋高兴地说，"我们可以用这个监视小人族啦。"

这时春土端着一锅热气腾腾的白粥，兴高采烈地走出厨房，将它放在客厅的餐桌上。

几个孩子蹦蹦跳跳地去厨房拿碗勺："开饭喽——开饭喽——"

所有人坐在桌边，厨房里已经没人了。春天拿起纸筒镜："这个任务交给我吧。我一会儿再吃。"说完，他悄声走向厨房，身体靠在门边，将筒镜伸过褐色的门帘，一端伸进厨房，另一端留在门外，眼睛贴在门外的镜筒上，监视着厨房里的动静。

"我们得假装所有人都在吃饭，"班长说，"所以，我们需要热闹一点——"

所有人都开始以最大的音量讲话，一时间餐桌上沸腾起来。

"天择，你说这要是再有只烤鸡该多好啊！"李力锋叫道。

"要是真有，可千万不能是你烤的，不然我们就得吃烤炭了。"班长白了他一眼，"这样的晚餐很有营养，别在这儿挑三拣四的——"她压低声音，"这样很没礼貌。"

突然，春天朝天择扔来一块玻璃，天择转头看着他，春天拼命指着纸筒镜——

厨房有动静了！

所有人安静下来。

天择轻声快步走向纸筒镜，李力锋和班长也跟了过去。班长示意春木家人继续说话，千万别安静。

喧闹声再次进入高潮。春花、春草、春雨和春山一边说着话，一边急切地看向纸筒镜，他们肯定也想过来看一看。

天择接过纸筒镜，就见一个挺着大肚子的小人，大概是刚从厨房窗户的缝隙翻进来，一边拍着身上的土，一边腆着大肚子，一晃一晃走向摆放人偶的架子，姿态甚是可爱。他还背着一个大布袋，里面肯定是稻米。

天择调整纸筒的角度，一路追踪着那个小人。

春天返回餐桌，换来了春花。天择把镜筒给春花，低声告诉她，千万别出声。

"哇，"春花悄声说，"他开始掏棉花啦。"

李力锋急切地摸着镜筒，春花把镜筒给他。"掏得真快啊——"李力锋轻声感叹道。

然后班长拿过镜筒："不出所料啊，他开始给里面换稻米了。"

餐桌那头一边保持着喧哗，一边一个接一个地过来，一睹神秘族的风采。

"天择，我们怎么办？"李力锋低声问，"我冲进去把他抓住，放心，一定能抓住，我速度很快的。"

天择摇摇头："不行。他身材矮小，很容易躲开。而且，万一你动作大了，很可能会伤到他。不能鲁莽。"

"我动作可以小点。"

"就算你抓到他，以他们唱的那首歌谣来看，这绝对是一个自大而又不服输的民族，我们从他嘴里，什么都问不出来。"

李力锋点点头："好。我听你的。"

"李力锋，班长，你们悄悄绕到厨房后面的窗户，监视他，他是从窗户进来的，不出意外的话他一会儿也会从窗户出去。会布谷鸟叫吗？三声为信号。"

李力锋和班长冲天择点点头，二人一前一后奔出了房子。

这时春山对天择一边挥手一边低叫着："他要走啦——"

天择抓过镜筒，就见那个小人一蹦一跳，肚子上下颠动，背上背着空布袋，高高兴兴地走到了窗户旁，跨过窗框，翻了出去。

天择拿起书包，匆忙感谢了春木一家人的热情招待，然后在春木家不舍的眼神中，跑出了房门。

他刚跑到屋子转角，就听到三声布谷鸟叫。

"他往北边的森林跑了。"李力锋焦急地说。

"保持距离，追！"

天择一声令下，三人轻声快步，循着小人的背影，钻进了丛林。

丛林树木稀疏，所以夕阳的光辉映照着林中每个角落，追踪着那个移动着的、小小的背影。他在散发着扑鼻香味的花丛中，惬意地跳跃奔跑，还翻着跟斗，激起片片花瓣，在五彩花瓣雨中若隐若现。

"我隐于丛林之中，没于芳丛内外。"这句歌谣不禁跳出天择脑海。黄昏的余晖透过绿叶和灌木，在地面上投下点点绿光。

"绿光照耀我的脚步，于杰作中徜徉。"班长轻快地低语，她仰头看着高大的树木，又低头看看绽放的花儿，"这些，何尝不是杰作呢？它们都是大自然的杰作啊。"

"没错。"李力锋也蹦蹦跳跳，"欢乐随着花儿绽放，在预言的星空下闪耀——天择，你说这是个什么预言呢？"

"那个快乐的小人，马上就会告诉我们啦。"

小人身材矮小，时不时被花草遮挡，天择必须紧盯着他，一秒都不能漏下，这真是个考验眼力的活儿。

三人跟着小人逐渐深入丛林，来到一片空地，空地上铺着一层柔软的绿草"地毯"，中央鼓起一片小高地，高地上，有一座城堡。天择感觉像把李力锋家里的乐高城堡搬了上去，只是比玩具城堡放大了起码二十倍，高度差不多能达到幽幽谷宅院住宅楼的三层。那真的是一座城堡，而且用彩虹七色砖块垒筑，五彩缤纷，在一片绿色之中，突兀得犹如一个童话世界。

众人张着嘴巴，目不转睛盯着这座城堡，城堡外围绕一圈护城河，深度能没到天择膝盖，宽度等于天择的身高，河水连通附近一条小溪。一座木质吊桥横跨护城河，通向城堡那扇巨大的木门。小人蹦蹦跳跳走过木桥，径直进了城堡。木桥又从护城河上抬起，收了起来。

这是一片荒无人迹的丛林，这座防御森严的城堡，在平时也没有任何敌人需要防卫。今天总算来了三个"敌人"，可是护城河一跳就能过去，进攻大门也不需要攻城锤，连厚重的城墙看上去也是一推就倒。

神秘族的大城堡，看上去只是在防卫他们自己，或者，只是给他们自己提供一种心里安慰。

突然，一片尖叫传来，那声音如同几百米外一座小学校园里的喧闹，接着城堡高耸的塔楼响起铃铛一般的脆响。神秘族发现了入侵者，全体开始警戒。

天择很快就看见一片黑色的东西，密密麻麻如同飞蚁，从城堡朝他们扑来。

"啊——"李力锋尖叫一声，天择拽着同伴赶紧后退，他感觉自己手臂和胸膛上如同被针扎。

他低头一看，衣服上挂满了黑色的刺，是荆棘上的小刺。神秘族对他们发起了攻击。

李力锋跳着脚，拍打身上的刺："这都是什么人啊！我们还没做什么呢，他们就先攻击我们。"

"他们很敏感的。"天择说，"任何比他们体型庞大的人，他们都会视为敌人。"

"我们拿枝条编个护盾，直接闯进去。"李力锋生气地叫道，龇牙咧嘴拔着衣服上的刺。

"我们不能硬闯，"天择说，"必须向他们示好。"

班长捡起一根小树枝，从衣角扯下一块白色的小补丁，挂在树枝顶端。一边摇晃一边朝城堡走去。

城堡内不再发射荆棘刺，城门打开了，一位全身"金碧辉煌"的胖乎乎的小人——大概是国王，领头从城门里走了出来，换稻米的那个小胖子在他旁边。两人身后跟着一群提着弓箭的士兵，全副武装。

接着蚊子一般的吵闹声响起，城门前的人对天择他们大喊大叫，天择觉得他们也许需要一个扩音喇叭，因为他一个字都听不清楚。

三人俯下身，凑近了他们。所有人都朝后退了一步，仰头看着压在他们头顶上的三只大耳朵，鸦雀无声。

然后喧闹声再次响起，士兵们惊慌地大叫大嚷，国王对着小胖子言辞激烈。

天择这回听清了，他们说的是他听不懂的语言。

他转头看着小人们："各位激动的先生们，你们会说汉语吗？"

小人们愣了一下，然后换成了汉语。国王对着天择三人指指点点，嘴巴奔放地蹦出一连串无法写上纸面的词汇。

"这还不如听不懂呢。"天择叹了口气。国王厉声斥责小胖子，嫌他没留意身后的"大尾巴"，导致王国暴露。小胖子极力辩解，大概是说无数年都没人发现小人们的行踪，更别提什么跟踪了。

天择举起《山海经》说："要说暴露，你们早就暴露了。这本书上可有你小人国的记载。而且，不仅这本书，《格列佛游记》里也有你们这样的小人国。"

国王瞪着《山海经》，无奈地叹了口气："哦，这些作者真是太坏了，就不能写点别的，偏偏要写我们。"

"别的也有很多呀。"李力锋叫道，"想不想看？"

国王不耐烦地挥挥手："没兴趣！"他的声音就算扯开嗓门，也如同小婴儿的嗫嚅，"好吧，那我就看门见山——你们来彩虹堡有何贵干？"

李力锋和班长看着天择，天择琢磨着既然国王都这么直爽，他是不是也该礼尚往来？最后，他还是放弃开门见山，说："我们想学习你们的语言。"

国王笑了笑："这简单。这太简单啦！"他小手一挥，两名士兵冲进城堡。天择以为他会叫来几名语言老师，结果，那两名士兵呼哧呼哧喘着粗气，抬来一本巨大无比的厚书。

这本书跟小人们一样高，宽度也和他们身高一样。"给吧，你们自己看。看完了，记得还回来。"

天择从士兵头顶上抬起"大书"，这书在他手中，就是正常大小。不过此书的封面非常精致，绿叶编织的封皮上，镶嵌着五彩缤纷形态各异的花瓣。

天择激动地把书打开，还没看就傻眼了。书里的字，十个才等于一只蚂蚁的大小。这已经不是用放大镜能不能看清的问题，这恐怕得找个显微镜！

李力锋瞪圆眼睛凑近纸面："呃——恕我直言，这是我见过的最不适合做语言书的书。我们哪怕完整地读完一页，眼睛就得瞎。"

天择无奈地把书合上，实话实说："字太小了，我们看不清。"

"哈哈，"国王兴奋地一拍手，士兵大笑不止，"我就说嘛，我们绝对是天下无敌的。他们眼神这么差，却徒有一副巨大的躯壳，居然还想开拓世界？"

"哈哈——"李力锋也一拍手，士兵被笑声的气浪掀翻了一大片，"我就说嘛，我们的书上绝对没说错，小人国的人果然自负自大头脑膨胀，居然还想开拓世界？"

国王摇摇晃晃站稳了，却被李力锋的话气得再次摇摇晃晃。"你——你——"他指着李力锋，连话都说不出来了。

天择冲李力锋使了个眼色，赶紧说："对不起。我们不是故意要冒犯你们。请原谅，我们眼神的确不大好——你还有其他办法吗？"

"没有！"国王气冲冲地叫道，厚实的胸脯和圆圆的肚子交替鼓动。

天择无奈地抿抿嘴唇，望着眼前的大城堡，不知该如何将这场对话进行下去。这座城堡对天择来讲并不宏伟，但是对于小人们，这是庞然大物。

李力锋低声说："天择，别跟他们软磨硬泡了，我看咱冲进去占领高地算了——"

"哇哇哇！"国王尖叫着，"我听到你们的话了。我们还是顺风耳！"

"别开玩笑了。"天择对李力锋说，"我们连这个城门都钻不进去。"

"那就拆了它，看他们老实不！"李力锋也不顾及国王能不能听见了，扯开嗓门似乎想让全城的人都听见。

士兵又紧张地提起弓箭，准备发射荆棘刺。

"别别别——"天择连忙摆手，"他只是开个玩笑。"

士兵把弓箭又放下了。

天择示意李力锋别再说话了，这些小人很敏感。他看着国王，觉得这座彩虹堡和小人国，与秘密集市肯定有关系，不然溶洞的通行布偶，为何跟他们的外貌相似，连身高都一样？他的视线落在城墙的一座防御塔上，这座塔的形状与钟乳石很像，上面镶嵌着一个圆圆的黑乎乎的防御窗洞，这场景也似曾相识。这不就是溶洞里，那些石柱上古怪的洞口吗？

天择决定先弄清楚这个问题，他故作好奇地问国王："你们的城堡很漂亮。是你们自己盖的吗？"

"不是我们自己盖的，难道还是你盖的？"国王不屑地冲他翻了个白眼。

"您别误会，我是说，这些彩虹颜色，你们画得很漂亮。我只有在童话书上才见过这么美丽的城堡。"

国王扬了扬眉毛，语气缓和了一些："那是当然，这些颜料都是我们从植物里面提取出来的，绝不掉色，而且，我是总建筑师。"

"那你们是怎么把这些又大又重的石块，一层层垒上去的？你知道吗，这看上去比我们蛮多拉的金字塔还要不可思议呢。"

国王嘴角微微上翘，得意地笑着："我们也是机械师，我们是用起重设备，有点像——哦，那叫什么来着？"他转向小胖子，"噢——是的，它叫杠杆！"

"而且，"小胖子也激动地叫道，"我们还用船，把好多石头从溶洞运了出来。"

"哦！天哪！"国王愤恨地踩了小胖子一脚，"你怎么能说这个？"

"那些窗口——"天择指着一座防御塔，"有人住在里面吗？"

"当然，里面有卫兵在监视敌人。"

这时一名卫兵配合地从窗口探出脑袋。天择回想起在溶洞中，那种被监视的感觉。

这时天空中传来"咕咕"声，一只信鸽从天而降，落在吊桥旁。一位小人从鸽子上下来，扑到国王耳边，低声说着什么。

国王越听眼睛睁得越圆，他尖声问天择："你们居然打败了红发带船长？"

天择不好意思地笑了笑："这要感谢大红鱼店主的帮忙。"

"你们战斗力还真行啊。你们是谁,从哪儿来,要去哪儿?"

天择犹豫了一下,现在他们苦苦寻找的神秘族就在眼前,再藏着掖着,就对不起此情此景了。"我们要去西边找青铜神鸟,你们能帮助我们吗?"

国王冷笑一声:"想找青铜神鸟的人多了。你们是何居心?"

"我爷爷让我来找青铜神鸟,要阻止大魔一。"天择说。

"你爷爷?何许人也?"国王高傲地仰视着天择。

天择拿出爷爷的照片,举到国王面前:"你见过他吗?"

国王瞪大了眼睛,吃惊地看着天择:"你怎么会有李亿恒的照片?"

天择也吃惊地看着他:"他——他是我爷爷!我来这儿就是找他的——"

"你是李天择?"

"啊——"天择高兴得快跳起来了,"我爷爷对你说起过我吗?"

"那是当然啦!"

李力锋和班长惊讶地看着这一切,幸福来得太突然。

"我爷爷去哪儿啦?"天择激动地抓起国王,把他捧在手心里,他的身体软软的,真的如布偶一般脆弱。

"他去了——"

突然,国王严肃地瞪着他:"你说你是李天择你就是李天择?"

"啊?"天择一脸困惑,"那怎么办呢?我该怎么证明我就是李天择呀?"

"李亿恒和他的孙子各有一个指南针,只要你拿出其中任何一个,我就——"

没等他讲完，天择就把两个指南针同时举到他面前，国王吃惊地看着指南针："哦，我的天啊，你真的是李天择。"

"如假包换。"天择嘿嘿一笑，焦急地问，"你快告诉我，我爷爷去哪儿了。"

"好吧。李亿恒前不久托人告诉我们，如果见到一个名叫李天择的乖孩子，那么就告诉他，去冬之国的成都载天山。"

天择顿感一股暖流袭遍全身，对，这正是爷爷给他的称呼——乖孩子。

"我爷爷也去那儿了吗？"

国王点点头："他说他去冬之国另有任务——"

天择十分振奋，一下子全身都是劲儿。

成都载天山，正是《山海经》中记载的夸父的家，也是夸父追日的起点！寻找青铜神鸟的线索，一定隐藏在夸父之路上！更令人振奋的是，爷爷也前往冬之国了。他终于有机会和爷爷见面啦。

"哦，我的天呀——"国王捂着脑门儿，看上去要晕了，"我还以为我们的预言，要等到第一百任国王才能实现呢！没想到，在第五十五任就事如所愿啦！"

"国王，快告诉我们，那个预言是什么？"李力锋着急地嚷嚷道。

国王坐在天择的手心里，说："我们小人国里，有一则预言，预言指明有一位男孩，来自蛮多拉的男孩，能解除明多拉的诅咒。李亿恒告诉我们，那位来自蛮多拉的男孩名字叫李天择。只有他，才能前往西方的秋之国，取出门后的信物，那个信物能帮助解除整个明多拉世界的诅咒。"

"青铜神鸟？"天择叫道。

"没错，就是那个！"国王说。

李力锋和班长一左一右扶着天择的肩膀，兴奋得合不拢嘴。"天啊，我们是一个团队！被预言选中的团队！"李力锋激动得脸蛋都红了。

"预言里提没提到解除诅咒的办法？"班长说，"还是只要拿到青铜神鸟，诅咒就能解除？"

国王思索了一会儿，说："如果李亿恒没告诉天择其他做法的话，大概就是这样了吧。不过在此之前，我可以——呃，应该说是必须，必须告诉你们小人国前五十四任国王保护的那首古童谣——谢天谢地，第五十五任国王可以把它说出口了，这简直荣幸至极。"

天择感觉眼前头晕目眩。他，居然是解除五季谜国诅咒的预言选中的人！他从没想过，自己在明多拉居然这么重要。他立刻掏出铜镜，面朝国王："国王陛下，镜子上刻的，是不是那首童谣？"

国王对他微笑着："是的，孩子。它暗示了青铜神鸟的隐藏地点。"

天择差点把国王狠狠亲一口，但最后时刻他把耳朵俯向了国王，等待国王告诉他这首神秘童谣。

可国王却抿着嘴唇，严肃地看着天择，"不。在你得到童谣之前，我们先要完成另外一件事——"

第二十二章　最后的考验

"这真是一次大冒险，"露西安大声说，"但我很高兴一切都结束了。因为当它正在发生的时候，简直太刺激了。"

"哦，不，"菲利普马上说道，"冒险最好的部分就是它正在发生。这一切都结束了，我觉得太可惜了。"

——《幽暗岛的灯光》［英］伊妮德·布莱顿

当天择看见一卷古老得发黄的纸，被两个士兵从城堡大门抬出来的时候，他以为那是一份保密协议。神秘族当然不愿意任何人透露彩虹堡的位置。

然而，当他展开那卷纸时，他惊呆了。

李力锋和班长则捂住了嘴巴。

上面用汉语书写着一份授权书。大致意思是，要将溶洞里的秘密集市，交由天择管理。而末尾的署名，竟然是"李亿恒"。

天择大惑不解地看着站在"李亿恒"三个大字上面的国王，"这是怎么一回事啊？"

"正如你所看见的，这座秘密集市名叫彩虹集市，它的老板，正是你的爷爷——李亿恒。我们小人族受雇于他，哦，我们从不愿受雇于任何人。可是，李亿恒不一样，他在明多拉与大魔一抗衡，一心一意想帮助我们解除诅咒。所以，我们非常信任他。他说，他能找到预言中的那名男孩，前提是，我们必须按照他说的去做。所以我们不得不受雇于他，如果我们小人族能为明多拉做出什么巨大贡献，那么，解除诅咒，就是我们这个氏族最伟大的贡献。老板建造了彩虹集市，定期开市，收集植物、动物和其他珍贵的宝藏。然后交给那名预言中能解除诅咒的男孩，也就是你——李天择，以助你一臂之力。我真是羡慕你，这儿的宝藏简直数不胜数。"

李力锋和班长目瞪口呆地望着天择，嫉妒得眼圈都红了。

国王接着说："老板用春国通宝，购买顾客带来的宝物。后来我们发现，这儿交易的很多东西，特别是一些动物，都不被明多拉法律所允许，所以我们才认为这个集市是散发着恶臭的。"

班长说："贩卖野生动物？这可不怎么样。"

天择有点不好意思了。

国王接着说："但是我们没有办法，相比对解除诅咒的憧憬，忍受这个邪恶集市并不算什么。他让我们暗中监管这座集市，如果有人试图抢夺宝藏，就启动水库的水闸，封锁所有通往宝库的水路。你应该注意到了溶洞石柱上那些洞口，那就是我们监视集市的地方。为了保证我们的安全，他从玄股国定制了棉花布偶，制定了用布偶通行的办法，一来保证进入的人都是来交换货物的，二来也是为了掩护我们，因为布偶和我们的形象相似，一旦我们被发现，可以假装成布偶。集市里面的店主，都是他雇来的，并付给他们一定的薪酬。不过，根据我们的观察，那些店主随后就把所有珍贵的动物都放生于丛林了。"

班长吃了一惊。天择舒了一口气，难怪在集市里没看见动物呢。

"可他们为什么要收那些动物呢？还给那些抓它们的人付钱？"班长不解地问。

"你们要知道，不只彩虹集市在收买珍稀动物，很多地方也在收买，餐馆、不法商人和无良的奴隶主。而彩虹集市出的价是最高的，这样，那些捕捉这些动物的人，才会把动物全部卖给我们。你们可能会说，如果我们不收买这些动物，就不会有人去抓它们。其实不是，就算我们不收，照样有人收买它们，照样有人去抓捕它们。只有我们把这些动物全部收买，它们才有可能全部被放生。"

"那这样，天择爷爷岂不要浪费很多钱？"李力锋抓着脑袋。

"李亿恒在明多拉的财富多到你根本无法想象。而且他也见不得残害动物，特别是珍稀动物，所以，是他要求集市老板们这样做的。"

班长赞许地看着天择，天择也看着她，感到心中从没有这样骄傲过："这个世界上也有许多像你爸爸那样的寻宝者，他们是伟大的。"

"既然李爷爷的财富惊人，为啥你们还要偷人家的粮食呢？"李力锋问，"还被我们发现了。"

国王叹了口气："我们小人国的首都在南边夏之国，香米都是从首都给我们送来的，那是一种特别的香米，是我们小人国的最爱。可是首都很远，我们又很小，运米的路途很长，需要的时间很久，一次又运不了多少，吃完了，我们就得去偷，等下一波米运到了，我们再给人家还上。"

"你这个小偷还挺有道德。"李力锋撇撇嘴。

班长瞪了他一眼。

"哦，我的意思是说，这根本算不上偷，顶多是借。借米，然后还米。对——对吧？而且给村民还上了更好的香米。"

"原来你们歌谣里唱的'用稻米的芳香，挤开集市的恶臭"，是还稻米的意思？"天择问。

"是的。曾经我们很排斥这个集市，误以为他们贩卖珍稀动物，而且我们还观察到彩虹村的人们喜欢收集集市里用坏的布偶，所以我们就想出一个一举两得的办法，用我们爱吃的稻米，换掉村落中布偶里的棉花，这样既给他们还上了更好的粮食，消除我们偷稻米的罪恶感，还能表达我们对集市的厌恶。这个习惯我们一直保持着，"国王苦笑一声，"其实我们喜欢的那首歌谣，歌词是我们的前辈们谱写的，他们大概没弄清楚事实，所以给彩虹集市安了一个'邪恶'的标签，其实集市里做的都是合法交易。但我们已经唱习惯了，所以也没有改过来。好啦——"国王拍了拍手，"我们言归正传，李天择同学，现在请决定，你要不要接管你爷爷留给你的彩虹集市？"

李力锋、班长和库索期待地看着天择，脸上洋溢着激动的光泽。天择看了看库索，又看了看国王——

"不，国王陛下。"他说，"感谢您把集市的授权书拿给我，但我想把集市留给更需要它的人。"他看着库索，"库索哥哥帮助了我们，我想把集市交给库索哥哥管理。"

库索的眼珠子都快掉了："啊？"

李力锋瞪着天择："你说什么？"

"我们得去寻找青铜神鸟，"天择对李力锋说，"再说，宝库这么多东西，我们拿不完也带不走。放心，我们再穷也不会让你请客吃霸王餐的。"

李力锋的表情，看上去就像是一辈子的零花钱全被地下河给淹没了。

"另外，"天择转向国王，"国王陛下，如果您愿意，请和库索哥哥一起管理好彩虹集市，让所有的交易都合法，好吗?"

国王立正挺胸，对天择郑重地一点头："放心，李天择同学，我们一定全力帮助库索管理好集市。"接着他脱下自己华丽的长袍，平整地铺在地上，从士兵手中接过一支笔，用他所能写下的最大号的字，在长袍的内衬上一笔一画仔细书写着。写完之后，他把长袍小心翼翼折叠起来，双手递给天择："孩子，你要的童谣我已经写在王袍的内衬之中。你拿去吧——"

天择毕恭毕敬地双手接下，他真的不知道该如何感谢国王陛下。

这时国王意味深长地舒了一口气："你爷爷说的没错，你的确是预言中的男孩。虽然我一直很信任你的爷爷，但并不完全信任。那首童谣，我都没有告诉他，我必须亲自告诉预言里的男孩。包括他说你是预言中的男孩，我也一直不信。现在，你的决定证明了你就是那个男孩。孩子，青铜神鸟能帮助你找到明多拉宝藏，那处宝藏蕴含巨大的能量，它可以帮助你打败大魔一，解除明多拉的诅咒，也可以让你成为第二个大魔一。天择，你向我们证明了你不会贪图宝藏，不会被贪心蒙蔽，你会将宝藏用在正确的地方，因为你真正懂得每一个人需要什么，真正理解你的朋友，并以他们需要的方式去帮助他们。李亿恒没有说错，你和你的爷爷，永远值得信任!"

李力锋、班长和库索眼眶湿润，默默地注视着天择。国王和彩虹堡在天择眼中逐渐模糊，他擦干眼泪："谢谢你，国王陛下。"

国王向天择、李力锋、班长和库索依次伸出右手。而众人只能用食指和大拇指轻轻捏住他的手掌，算是握手结交。

"现在，请那位幸运儿，在彩虹集市授权书上签字吧。"国王说。

库索激动地看了看天择，从一名士兵手中接过一支芦苇笔，在所有人祝福的眼神中，用汉语写下了自己的名字：拉希拉希库索。

国王一挥手，两名士兵卷起授权书，抬进了城堡。

"还有一件事，"国王指了指身后的彩虹堡，"这座城堡是好几任国王接力修建的，我给上面涂了色彩，它才如此美丽。但是它很脆弱，在你们巨人的世界，它不堪一击。"

天择笑了："放心吧，国王陛下，我保证，只有我们四个人知道彩虹堡的位置，不会有第五个人知道的。对吧？"他看着库索。

库索点点头："不过我可能会成为这儿的常客，这地方真是太美啦。"

"打败了大魔一，记得再来看看我。"国王不舍地看着天择。

"放心，我们一定会的。"

📖　　　📖　　　📖

白昼在辽阔的东海之上吐出最后一丝气息，夕阳的余晖消失在海平线之下。

黑暗的沙滩上，燃着一堆篝火，三个落魄的男人围坐在篝火边，沉默不语。

突然，那个头上缠红发带的男人跳了起来，举着一张皱巴巴的纸，仰天大喊一声："李天择，我一定要抓到你！"说完，他把那张纸揉成一团，扔进火堆。

绝交书升起一团烈火，火星飞扬——

第二十三章　新的征程

"好好歇会儿吧，小鸟，"他说，"然后继续飞吧，去拼搏，奋斗，要靠自己，人、鸟、鱼都一样。"

——《老人与海》　［美］欧内斯特·米勒尔·海明威

晚上，天择四人一回到自由客栈，就看见一位身披黄色鱼皮衣的威严男人，立在餐厅正中央，两个肩头各立一只昂首挺胸的白色信天翁。老板娘一看见他们，立刻叫道："执法官先生，他们回来啦！"

天择吓了一跳。执法官找他们，难道他们闯祸啦？

众人提心吊胆地看着执法官迈着阔步走向他们，接着，执法官开口了："有人举报，说你们在来玄股国的路上，放走了一只蜚？"

班长说："对。是我放的。"

"哦——"执法官点点头，"那么，你必须为此付出一百个春国通宝的代价。"

"不是，"班长争辩道，"它是一只动物，它不应该受奴——"

"好的！"库索立刻打断班长的话，"一百个春国通宝，我来付，您稍等片刻。"他说完冲进后花园，很快背着那袋贝币回来了，他解开贝币的麻袋，数出一百个，放进了执法官的收纳兜里。

班长愧疚地看着库索，库索叹了口气，语重心长地说："朋友们，在之后的旅程中，不论你们在哪一个国度，记住，每一个人都要做好自己，遵守那里的规定。"

"可是他们奴役动物！"班长不服气地叫道。

"没错。你爱护动物，我不能说你做错了，但发生了这种事，肯定有什么地方出了错。我希望有朝一日，你能找出这个错误，并纠正它，我等待着你将那根无限长的树枝，伸入最深的陷阱，静涵。"

班长若有所思地点点头。

夜晚，天择、李力锋、班长相聚在库索的房间中，库索依依不舍地看着三位小伙伴，叹了口气："明天，我们就要分开了。好朋友却不能常在一起，哈，看来我是天生孤独啊。"

天择拉着他的手："哥哥，我们在明多拉能认识你这位好朋友，我们很高兴。放心吧，我们会回来看望你的。"

库索看着天择："我能拜托你一件事吗？"

"你说吧。"

库索从衣服内侧的口袋中，掏出一只乌篷船模型，他盯着小木船，泪眼蒙眬："这是我小时候，我爸爸为我做的一只小木船。自从和父母失散以后，我就一直带着它。现在我长大了，模样跟小时候也不一样了。他们可能已经认不出我了，但是，他们一定认得这只木船。"库索拿起天择的手，将木船轻轻放于他的手心，"你打败大魔一之后，如果不嫌麻烦，拜托你帮我找找我的父母。如果你见到了他们，请把这只木船交到他们手上，告诉我的爸爸妈妈，我已经长大了，生活得很好，我好想他们——"库索抽噎着将头埋进胳膊中，天择的脸庞早已被泪水打湿，他想起了李涛博士和王奇夫人，他感觉自己已经很久都没有见到爸爸妈妈了，一种思家之情猛烈撞击着他的心灵。

"放心吧，哥哥。我不仅会找到你的父母，还会让你和你的父母团聚。我保证。"

库索泣不成声，只是感激地点了点头。

晚上回到房间，天择急匆匆地展开国王的王袍，李力锋、班长和天择坐在一起，三人一块儿读着童谣：

> "水上方，圆下青；
> 金银入，百鸟出；
> 单不数，双只一。"

"这又是一首哑谜。"班长叹了口气。

"天择，这首童谣难道能告诉我们青铜神鸟地址吗?"李力锋挠着后脑勺。

天择默不作声地叠好王袍："明天再想吧，今天我好累啊。"

他整理好行囊，把库索的木船模型小心翼翼放进书包，合上拉链。"但愿一切顺利，让库索和我们，尽快与爸妈团聚。"

"我们一起努力。"李力锋紧紧攥住天择的手，班长也把双手握进来，三人坚定地相互点点头。

第二天一早，天择、李力锋、班长和库索在自由客栈享用了一顿丰盛的午餐。天择特意点了一份米饭，春木一家人，还有那座七色彩虹堡，会成为他脑海中最美好的回忆。

餐后，众人在绿叶和花朵的陪伴下，前往玄股国的东门。天择三人和库索一路说说笑笑，绿叶和花朵并排走在前面，愉快地迈着小碎步。众人很快就出了城门。

城门之外，是蔚蓝浩瀚的东海。清晨的阳光灿烂温暖，给平静的海面镀上了一层钻石般的波光。阵阵清凉的海风迎面扑来，空气中夹杂着海水的腥咸，天择深深吸了一口，只觉自己的大脑，似被清澈的海水清洗过一遍，神清气爽。

一艘巨大的九桅帆船停泊在玄股国东港码头，身着各色鱼皮衣的船员，匆匆忙忙往船上搬运巨大的木箱子。

"孩子们，"库索对天择说："船长阿卡是拉齐介绍给我的朋友，他们要去冬之国买卖货物，他有前往冬之国的入境文书，你们就跟着他吧。昨天晚上你们回房之后，我付了两斤贝币给阿卡，虽然我昨天是第一次见他，但我刻意用汉语跟他对话，嗯——你们和他交流不会有任何问题，我能看出他是一位正直的玄股国人，他会照顾好你们，为你们备好保暖的衣服，为你们兑换冬之国货币。在冬之国，你们也要照顾好自己。"

天择点点头："哥哥，希望你能经营好彩虹集市，照顾好我们的朋友——国王陛下和他的子民。"

"放心吧。"库索指向晨阳中气势宏伟的帆船，"胜利者号在迎接你们。一路顺风，我的朋友们。"

天择、李力锋和班长与库索哥哥一一相拥告别，在走向帆船的路上，班长一直擦着眼泪。

南风正起，帆船上一声高吼，九支桅杆上，棕色的风帆全部升起，勾芒神图案在帆篷之上熠熠闪烁，巨大的胜利者号在春之国温煦的和风中，缓缓启航，向北方冬之国进发。

📖　　　　　📖　　　　　📖

远方的水面上，一艘巨大的木船，鼓着一面黑色的风帆，缓慢移动着。

甲板边缘，站着三个男人。

一个西装笔挺的人，放下单筒望远镜，嘴角斜出一抹冷笑："哼，这下你跑不了了！"

另一个留着邋遢长发的男人，嘴里像塞了个撑衣架似的，咧开一嘴大黄牙笑着："你还想从我们手中夺宝藏？哼，等我们追上你，整个明多拉就是我们的啦！"他转向身边一个高挑的魁梧男人，"船长，我们要不要通知大魔一？"

船长盯着前方的大帆船，帆船的船尾，距离他越来越近——

"大魔一，已经知道了。"

——未完待续——

作者声明

　　小说中的鲱鱼罐头在现实中的确是一个令人闻风丧胆的存在，正如本书所述，人们一般会因猎奇或者挑战游戏而在开阔通风处打开这种罐头，也许是为了闻闻气味，也许是为了细细品尝（这种人一般堪称勇士）。但绝对不能在室内及人流密集处开启，否则后果将严重得不敢想象。

　　小说中，关于上海博物馆的"见日之光"铜镜及三星堆遗址一号青铜神树的描写均是真实的，不过对于一号青铜神树的解读流派各异，将青铜神树视为扶桑树的象征是目前的主流说法。

　　关于《山海经》及其创作的解读也均为真实的，千百年来对于这部上古名著的解读，有多种流派，各有论据。本书对其的解读是根据《山海经》原著及相关现当代理论的合理推断。

　　小说中的鬼市纯属虚构。很多城市都有鬼市，现代鬼市已成为文物爱好者的集聚地，与小说中的鬼市场景有所不同，特别是在神秘性方面，当代城市的鬼市在当地几乎众所周知，且双方交易过程中也不需要戴面具且屏蔽手机信号。

至于宝藏山秘境，则是完全虚构的。秘境中的世界是依据个人对于《山海经》世界的想象而创设的。

另外，鉴于中国文化博大精深，每位孩子的名字都富含美好的寓意，小说中人物的起名也遵从这一原则。如和现实中的人名雷同，纯属巧合。

为方便读者朋友查阅学习，本书各个章节之引言，引自作品之名称、出版社及作者、译者说明如下（排名不分先后）：

《一千零一夜》（ألف ليلة و ليلة），［阿拉伯］布拉克善本，李唯中译，花山文艺出版社，1998。

《天路历程》（ *The Pilgrim's Progress* ），［英］约翰·班扬（John Bunyan），西海译，上海译文出版社，2020。

《X的悲剧》（ *The Tragedy of X* ），［美］埃勒里·奎因（Ellery Queen），唐诺译，新星出版社，2017。

《刺猬杰斐逊和一桩悬案》(Jefferson)，［法］让—克劳德·穆莱瓦（Jean-Claude Mourlevat），张昕译，二十一世纪出版社，2020。

《老人与海》（ *The Old Man and the Sea* ），［美］欧内斯特·米勒尔·海明威（Ernest Miller Hemingway），文爱艺译，崇文书局，2015。

《出卖笑的孩子》（ *Timm Thaler—oder Das verkaufte Lachen* ），［德］詹姆斯·克吕斯（James Krüss），李墉灿译，明天出版社，2011。

《威尼斯神偷》（ *Herr der Diebe* ），［德］柯奈莉亚·冯克（Cornelia Funke），洪果译，上海文艺出版社，2019。

《幽暗岛的灯光》（ *The Island of Adventure* ），［英］伊妮德·布莱顿（Enid Blyton），杜夕如译，浙江文艺出版社，2020。

《小镇夜行记》（*Esperanza*）［瑞典］雅各布·维葛柳斯（Jacob Wegelius），王梦达 译，湖南少年儿童出版社，2022。

《小王子》（*Le Petit Prince*），［法］安托万·德·圣埃克苏佩里（Antoine de Saint-Exupéry），李继宏 译，天津人民出版社，2013。

《俗世奇人（壹）》冯骥才，作家出版社，2017。